Belzhar

Título original: *Belzhar*
Traducción: Silvina Poch
Edición: Cristina Alemany
Colaboración editorial: Leonel Teti
Diseño: Agustina Arado
Diseño de cubierta: Kristin Smith

© 2014 Meg Wolitzer
© 2014 Michael Miranda, foto de portada
© 2015 V&R Editoras
www.vreditoras.com

Argentina: San Martín 969 10º (C1004AAS), Buenos Aires
Tel./Fax: (54-11) 5352-9444 y rotativas. e-mail: editorial@vreditoras.com

México: Av. Tamaulipas 145, Colonia Hipódromo Condesa,
Delegación Cuauhtémoc, México D. F. (C.P. 06170)
Tel./Fax: (5255) 5220-6620/6621 · 01800-543-4995
e-mail: editoras@vergarariba.com.mx

ISBN 978-987-612-907-7

Impreso en Argentina por Triñanes · Printed in Argentina

Abril 2015

Wolitzer, Meg
Belzhar. - 1a ed. - Ciudad Autónoma de Buenos Aires: V&R, 2015.
320 p.; 20x13 cm.

Traducido por: Silvina Poch
ISBN 978-987-612-907-7

1. Narrativa Juvenil Estadounidense. 2. Novela. I. Poch, Silvina,
trad. II. Título
CDD 813.928 3

Belzhar

MEG WOLITZER

V&R
EDITORAS

A mis hijos, Gabriel y Charlie

prólogo

ME ENVIARON ACÁ POR CAUSA DE UN CHICO. SE llamaba Reeve Maxfield, y yo lo amé pero luego murió, y pasó casi un año y no sabían qué hacer conmigo. Finalmente, decidieron que lo mejor sería mandarme a este lugar. Pero si le preguntaran a cualquiera de los empleados o profesores de esta institución, todos insistirían en que me enviaron acá debido a los "efectos persistentes del trauma". Esas fueron las palabras que mis padres escribieron en el formulario de inscripción de El Granero, descripto en el folleto como un internado para adolescentes "emocionalmente frágiles y sumamente inteligentes".

En la línea donde dice "Razón por la cual el alumno desea inscribirse en El Granero", tus padres no pueden poner *Por un chico*.

Pero es la verdad.

Cuando era pequeña, amaba a mi mamá, a mi papá y a mi hermano Leo, que me seguía a todos lados diciendo: *Jammy, espérame*. En el segundo curso de la escuela secundaria, cuando tenía catorce años, me enamoré del

Sr. Mancardi, el profesor de Matemáticas, aun cuando mis habilidades para esa asignatura estaban muy por debajo de lo normal.

—Jam Gallahue, bienvenida —decía cuando yo llegaba tarde a la primera hora de clase, el pelo todavía mojado por la ducha; a veces, en invierno, las puntas se me congelaban como si fueran ramitas—. Estoy emocionado de que hayas decidido acompañarnos —no lo decía con tono sarcástico. Pienso que realmente estaba emocionado.

Me enamoré de Reeve de forma tan violenta como nunca me había sucedido antes en mis quince años. Después de conocerlo, las formas de amor que había sentido por esas otras personas resultaron repentinamente básicas y aburridas. Descubrí que existían distintos niveles de amor, al igual que en las Matemáticas. En ese entonces, en un aula más alejada, un grupo de genios compartían los últimos chismes sobre paralelogramos en las clases de Matemáticas Avanzadas. Mientras tanto, en las clases de Matemáticas para Principiantes del Sr. Mancardi, los demás nos sentábamos en medio de una nebulosa numérica, las bocas medio abiertas mientras contemplábamos confundidos a la irónicamente llamada Pizarra Interactiva Inteligente.

De modo que había estado, sin saberlo, en una nebulosa de *amor* para principiantes. Y después, de repente, descubrí que existía algo así como el Amor Avanzado.

Reeve Maxfield era uno de los tres alumnos de intercambio de tercer año, que había decidido tomarse un descanso de su vida en Londres, Inglaterra —una de las ciudades más apasionantes del planeta—, para pasar seis

meses en Crampton, un suburbio de Nueva Jersey, con Matt Kesman –un aburrido y alegre deportista– y su familia.

Reeve era diferente de los chicos que yo conocía, todos esos Alexes, Joshes y Matts. Y no era solamente por el nombre. Tenía una apariencia que ninguno de ellos poseía: elegante, encorvado y delgado, con jeans negros, ajustados y caídos que le dejaban ver los huesos de la cadera. Parecía uno de los miembros de alguna de esas bandas británicas punk de los años ochenta que mi padre todavía adoraba y cuyos álbumes conservaba en fundas de plástico especiales, porque estaba seguro de que algún día valdrían una fortuna. Una vez había buscado uno de sus discos más preciados en *ebay* y vi que alguien había ofrecido por él dieciséis centavos, lo cual, por alguna extraña razón, me provocó ganas de llorar. Las portadas de esos discos solían mostrar a una banda de chicos en una esquina, con aspecto burlón, riéndose de algo que solo ellos entendían. Reeve habría encajado a la perfección. Tenía cabello castaño oscuro, que se arremolinaba sobre un rostro realmente pálido porque, aparentemente, en Inglaterra no había sol. *¿En serio? ¿Nada? ¿Oscuridad total?*, le había preguntado cuando él insistía en que era cierto.

–Algo así –había respondido–. Todo el país es como una casa enorme y húmeda sin electricidad. Y a todos les falta vitamina D. Hasta a la mismísima reina –había dicho todo eso con expresión seria. Y tenía la voz *rasposa*. Y aunque yo no sabía qué pensaban de él en Londres, donde ese tipo de acento era común, para mí, su voz sonaba como un fósforo encendido junto a un trozo de papel quebradizo. Parecía explotar con un estallido silencioso. Cuando él hablaba, me daban ganas de escuchar.

También me daban ganas de mirarlo sin parar: el rostro pálido, los ojos café, el pelo suave y desgreñado. Era como un vaso largo de laboratorio, de esos que usábamos en la clase de Química. Siempre se veía en ebullición porque, en su interior, siempre se estaba llevando a cabo algún proceso interesante.

Ya comparé a Reeve Maxfield con Matemáticas y con Química. Pero, en definitiva, la única asignatura que resultó realmente importante en toda esta historia fue Literatura. No la de mi escuela en Crampton sino las clases a las que asistí mucho después en El Granero, en Vermont, luego de que Reeve se marchara y yo apenas consiguiera sobrevivir.

Por misteriosas razones, yo había quedado entre los cinco alumnos elegidos para formar parte de una materia llamada "Temas Especiales de la Literatura". Lo que sucedió en esa clase fue algo que ninguno de nosotros habló con nadie. Aunque, obviamente, pensábamos en eso todo el tiempo y creo que habríamos de continuar haciéndolo por el resto de nuestras vidas. Y lo que más me sorprende y obsesiona de todo es esto: si no hubiera perdido a Reeve y no me hubieran enviado a ese internado, y si no hubiera sido una de los cinco adolescentes "emocionalmente frágiles y sumamente inteligentes" de "Temas Especiales de la Literatura", cuyas vidas se habían destrozado de cinco maneras distintas, nunca, jamás, me habría enterado de la existencia de *Belzhar*.

capítulo 1

–DIOS MÍO, JAM, YA ES HORA DE QUE TE LEVANTES –dijo DJ Kawabata, mi compañera de habitación. Era una chica emo de Coral Gables, Florida, con "ciertos problemas de alimentación", como había comentado vagamente. Se cernía sobre mi cama y su pelo negro colgaba sobre mi rostro. Gracias a DJ, nuestro dormitorio era una búsqueda del tesoro de comida oculta: barras de cereal, cajas de pasas de uva, hasta una botella de una marca desconocida de kétchup llamada, creo, *Hind's*, como si los fabricantes esperaran que la gente habría de confundirse con el kétchup *Heinz* original y lo compraría. Había ubicado todos esos productos estratégicamente para las llamadas "emergencias".

Llevaba solo un día en El Granero y aún no había presenciado ninguna emergencia de mi compañera de dormitorio, pero ella me había asegurado que no tardarían en llegar.

–Siempre vienen –me había dicho con un encogimiento de hombros la primera vez que intentó explicarme cómo sería compartir la habitación con ella–. Vas a ver algunas atrocidades que desearías no haber visto nunca. Pero no te preocupes, estoy hablando de manera *figurada*. No estoy realmente desquiciada.

Realmente desquiciada no era razón suficiente para ser aceptada en El Granero. Este lugar no era un hospital y consideraban muy importante advertir que estaban en contra de suministrar medicación psiquiátrica. En su lugar, insistían en que la experiencia escolar tenía como objetivo unir a los alumnos y ayudarlos a sanar.

No podía imaginar cómo pensaban lograrlo si ni siquiera te permitían tener Internet. Estaba completamente prohibido, lo cual me parecía una crueldad. También te confiscaban el teléfono celular. Había un viejo teléfono que funcionaba con monedas en los dormitorios de las mujeres y otro en el de los muchachos. Y, como no había Wi-Fi, podías utilizar la laptop para escribir los trabajos pero no podías entrar en Internet para investigar. Podías escuchar música pero no tendrías suerte si pretendías bajarte nuevas canciones online. Estabas completamente desconectado, lo cual no tenía ningún sentido considerando que todos los alumnos de esta escuela ya estaban desconectados de una u otra manera.

A pesar de que nadie lo decía abiertamente, El Granero era una casa que estaba a mitad de camino entre un hospital y una escuela común. Era como un enorme nenúfar donde podías permanecer como la rana antes de dar el salto que te llevaría de vuelta a la vida cotidiana.

DJ me contó que había estado previamente en un hospital especial para trastornos alimenticios. Todas las pacientes eran chicas, explicó, y las enfermeras llevaban

esos uniformes con dibujitos cursis de cachorritos u ositos panda y las hacían pesarse constantemente. A veces, cuando bajaban demasiado de peso, las alimentaban a la fuerza a través de tubos.

–Eso me sucedió una vez –afirmó DJ–. Una de las enfermeras me sostuvo y me aplastó sus tetas contra la cara y, cuando alcé la mirada, lo único que vi fue una marea de cachorritos Golden Retriever.

Cuando llegué a El Granero, DJ ya llevaba dos años allí. Y esa mañana, el primer día de clases, mientras flotaba encima de mí con su pelo colgando sobre mi rostro como una cortina, solo deseé que se marchara. Pero no lo hizo.

–Jam, ya te perdiste el desayuno –advirtió, como si fuera mi madre o algo parecido–. Es hora de ir a clase. ¿Qué tienes primero?

–Ni idea.

–¿No miraste tu Hori?

–¿Hori? Si hablas del *horario*, no.

Había llegado el día anterior después de un viaje de seis horas con mis padres y Leo. Mi madre se había pasado todo el camino sollozando y fingiendo que se trataba de alergia y mi padre escuchaba Radio Nacional con extraña intensidad.

–Hoy –decía la mujer de la radio–, vamos a dedicar todo el programa a las voces reprimidas por los talibanes.

Mi padre subió el volumen y asintió pensativamente como si se tratara de algo fascinante mientras mi madre cerraba los ojos y lloraba, pero no por las voces reprimidas por los talibanes, sino por mí.

Sentado junto a mí, mi hermano Leo actuaba como acostumbraba hacerlo, oprimiendo botones en el aparatito que tenía en el regazo.

–Hey –dijo cuando avanzó un nivel del juego y me miró.

–Hey.

–Sin ti, la casa será horrible.

–Más vale que te vayas acostumbrando –repuse–. Nuestra infancia juntos está llegando a su fin.

–Eso es una maldad.

–Pero es la verdad. Y luego, con el tiempo –proseguí–, uno de los dos morirá y el otro tendrá que ir a su funeral. Y dar un discurso.

–Jam, ya *basta* –dijo Leo.

De inmediato, lamenté haber dicho algo semejante. Ni siquiera sabía por qué había hablado de esa forma. Estaba todo el tiempo de malhumor y Leo no merecía que lo tratara así. Solo tenía doce años y aparentaba ser todavía más pequeño. Algunos de sus compañeros de curso parecían estar listos para tener hijos; Leo parecía ser uno de esos hijos que ellos podrían llegar a tener. A veces, le hacían zancadillas en los pasillos, pero a él no le molestaba porque había encontrado la forma de que nada lo afectara. Desde que había cumplido diez, estaba obsesionado con el mundo alternativo de un videojuego llamado *Dream Wanderers* que tenía cubos mágicos, aprendices y personajes llamados *driftlords*.

Yo aún seguía sin saber qué era un *driftlord*. Pero, en aquel momento, ni siquiera sabía lo que era un mundo alternativo. Ahora claro que lo sé. Y también comprendí lo que mi hermanito ya sabía hacía tiempo: a veces, un mundo alternativo es mucho mejor que el mundo real.

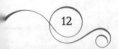

–No quise ser mala –le dije a Leo mientras íbamos en el auto–. A veces me pongo así –agregué.

–Mamá y papá me dijeron que, cuando actúas de esa manera, debo dejarlo pasar, debido a...

–¿Debido a qué? –mi voz tenía un dejo de nerviosismo.

–A todo lo que has sufrido –respondió con incomodidad. Leo y yo prácticamente no habíamos hablado del tema. Era tan pequeño, y no podía entender lo que me había sucedido, lo que había sentido.

La conversación no iba hacia ningún lado, de modo que cada uno se dedicó a mirar por su ventanilla y finalmente Leo cerró los ojos y se quedó dormido con la boca abierta. El auto permaneció envuelto en el olor de las papas fritas sabor barbacoa que él había estado comiendo. Sentí pena por Leo porque ahora sería como un hijo único. Y porque se había quedado sin una hermana mayor normal y, en su lugar, tenía una que estaba tan destrozada como para tener que ir a vivir a una escuela especial en otro estado, a seis horas de viaje.

La llegada a El Granero fue sumamente tensa. Mamá trataba de ordenar mi habitación mientras DJ nos observaba en silencio desde su cama, claramente divertida con toda la escena.

–No te olvides de darle a tu muñeco dos buenos golpes todos los días para que el relleno se mantenga uniforme –advirtió mamá mientras yo colocaba mis pertenencias en los cajones.

De mi bolso, extraje el frasco de mermelada de piña y jengibre *Busha Browne's*, el dulce de Jamaica que Reeve me había dado la noche en que nos besamos por primera vez. Mientras sostenía en la mano el cilindro de vidrio frío, supe que nunca abriría esa mermelada. Era una especie de urna que contenía las cenizas de Reeve. La tapa quedaría intacta para siempre; ese recipiente era sagrado para mí. Lo coloqué en el cajón de arriba de mi cómoda y lo cubrí cuidadosamente con una montaña de sostenes, ropa interior y un viejo camisón de Tweety.

–Dale un buen golpe con el brazo. ¿De acuerdo, Jam? –continuó mamá–. Como si fuera un acosador que te asaltó en un callejón.

–*Má* –repuse mientras DJ seguía observando con total descaro. Me resultaba muy irritante y no podía creer que tuviera que vivir con ella.

–Lo que quiero decir es que debes darle un buen puñetazo en la parte de abajo y en los costados –prosiguió mi madre mientras mostraba cómo debía atacar al "compañero de estudio", ese enorme almohadón con brazos que ella había insistido en comprarme cuando pasamos por el supermercado de Crampton.

La mujer de la caja nos había sonreído una vez que logramos subirlo a la cinta móvil. Y luego había dicho con voz cantarina:

–¿Alguien va al Colegio Fenster?

El Colegio Fenster era un internado pretencioso, que quedaba no muy lejos de mi casa en Nueva Jersey, donde las chicas tenían caballos y todos llevaban uniformes celestes y cantaban canciones cursis con rimas horribles como: "Oh Fenster, querido Fenster, nunca olvidaremos este semestre". Incómodas, mamá y yo hicimos un gesto negativo con la cabeza.

Mi compañero de estudio era gigante, anaranjado y de gamuza. Lo odié en la tienda y volví a odiarlo al verlo en mi cama de El Granero con los brazos estirados. Hasta odiaba el nombre: "compañero de estudio". Todos sabían que yo todavía no estaba en condiciones de estudiar.

Aparentemente, sin embargo, ya era hora de "ponerse a estudiar en serio" y "aplicarse a la tarea", como decía la gente. Y como no podía hacerlo, entonces era hora de inscribirme en El Granero donde, supuestamente, la combinación del aire de Vermont con la miel de castaño y la ausencia de medicación psiquiátrica y de Internet, me curarían. Pero yo no podía curarme.

La otra cuestión que detestaba de que el muñeco se llamase "compañero de estudio" era que yo ya no tenía "compañeros" ni amigos. Antes de conocer a Reeve y querer estar todo el tiempo con él, mis mejores amigas eran otras dos chicas simpáticas y de bajo perfil, con cabello lacio... chicas como yo. Estudiábamos mucho pero no éramos tragalibros, y habíamos fumado algo de marihuana pero no éramos drogadictas. Por encima de todo, nos consideraban lindas, dulces y algo tímidas.

En realidad, no creo que nadie pensara demasiado en nosotras. Éramos el tipo de chicas que se trenzaban el pelo unas a otras de pequeñas, practicábamos pasos de bailes sincronizados y nos quedábamos a dormir unas en las casas de las otras todos los fines de semana. En esas pijamadas, conversábamos muy abiertamente sobre gran variedad de temas como las "relaciones amorosas", por supuesto, aunque de nosotras, solo Hannah Petroski tenía un novio de verdad y de larga data, Ryan Brown.

Los dos tomaban la relación muy en serio y casi habían tenido sexo.

—Estamos a un *milímetro* de hacerlo realmente —había revelado Hannah un fin de semana. Y aunque yo no sabía con claridad qué quería decir eso, asentí como si supiera. Hannah y Ryan estaban enamorados desde la clase de kínder de la Sra. Delahunt y se habían dado el primer beso en un retazo de alfombra en el rincón de la siesta.

Después de que perdí a Reeve, mis amigas iban a visitarme muy seguido. Venían a casa con expresión solemne y las escuchaba desde mi habitación cuando hablaban con mis padres en la sala.

—Hola, Sr. Gallahue —decía una de ellas—. ¿Jam está mejor? ¿No? ¿Ni un poquito? Guau, realmente no sé qué decir. Bueno, le hice unas galletas...

Pero cuando llamaban a la puerta de mi dormitorio, nunca quería hablar con ellas demasiado tiempo.

—Solo deseo que superes esto de una vez —comentó Hannah finalmente un día, sentada en el borde de mi cama—. Ni siquiera estuvieron juntos mucho tiempo. ¿Cuánto fue? ¿Un mes?

—Cuarenta y un días —la corregí.

—Bueno, sé que estás pasando un momento difícil —señaló—. Digo, Ryan es mi vida, así que no es que no pueda entender de *alguna* manera lo que te ocurre. Pero igual... —agregó con voz apagada.

—¿Pero igual *qué*, Hannah?

—No sé —respondió y luego añadió con tristeza—: Tengo que irme, Jam.

Si Reeve hubiera estado ahí, yo le habría dicho: "¿No odias la forma en que las personas dicen *Pero igual, tres puntos* y dejan que sus voces se vayan apagando como si hubieran concluido la frase? *Pero igual* no quiere decir *nada*, ¿verdad? Solo significa que no puedes explicar lo que sientes".

–Sí, odio eso –me habría contestado–. La gente que dice *Pero igual* está poseída por el demonio.

Reeve y yo solíamos ver el mundo de la misma manera. Después de perderlo, me quedé echada en la cama. Una vez, usé mi camisón de Tweety durante cinco días seguidos. Mis amigas dejaron de venir: no más visitas ni galletas. Mis padres trataron de hacerme volver a la escuela pero todos me observaban porque sabían cuánto había amado a Reeve. Me quedaba sentada en la clase con los ojos cerrados y no escuchaba casi nada de lo que hablaban.

–*Hola*, Jam –decía alguna profesora–. ¿Qué pasa ahí dentro?

A veces, en el medio de la jornada escolar, me encontraba en un cuadrado de luz roja, bajo la señal de salida del gimnasio o sentada en un puf en un rincón de la biblioteca y, de repente, recordaba que ese era un lugar en el que había estado con Reeve. Entonces, me daba un ataque de pánico. Se me cortaba la respiración y salía disparando por el pasillo, atravesaba las puertas de incendio y no paraba de correr.

Al principio, algún profesor o alguien del personal de la escuela corría detrás de mí, pero después de un tiempo todos se cansaron de hacerlo.

—¡Estoy demasiado vieja para esto! —me gritó una vez la enfermera de la escuela desde el otro lado del campo de fútbol.

—Si Jamaica no logra quedarse en la escuela durante las horas de clase —advirtió el director a mis padres—, tal vez deberían pensar en recurrir a otro sistema para ella.

De modo que intentaron con clases a domicilio. Trajeron a un antiguo profesor de Historia que todos sabíamos que lo habían echado por ir a dar clase borracho de tanto beber vodka. Era un sujeto agradable con una cara triste y arrugada como esos perros Shar-Pei y, aunque nunca fue ebrio a darme clase, yo no podía prestar atención y volvía a quedarme dormida.

—Ay, Jam —decía—. Me temo que esto no está funcionando.

Y después de que mi papá, mi mamá y mi hermano Leo se despidieron de mí en el dormitorio —todos ellos muy alterados, yo vacía y sintiéndome estúpida—, y después de haberme sentado en el comedor frente a un pollo asado con quinoa, abrumada por las caras y voces nuevas que me rodeaban mientras permanecía separada y sin hablar con nadie, y después de una noche en la que apenas había dormido, me encontraba acurrucada en la cama, en la primera mañana de clases en El Granero.

Y DJ, completamente vestida y con el cabello encima de mi cara, pidió ver mi horario. Hice un vago ademán hacia el escritorio, donde estaban apiladas desordenadamente el resto de mis pertenencias. Hurgó entre ellas hasta que encontró un papel doblado. Al observarlo, su expresión cambió.

–¿Qué? –disparó, y me miró con extrañeza. DJ era mitad oriental y mitad judía. Tenía pelo oscuro lacio y brillante y el rostro salpicado de pecas–. ¿Tienes "Temas Especiales de la Literatura"? –inquirió elevando el tono con incredulidad.

–No lo sé –respondí. No me había fijado qué clases tenía, pues no me importaba en absoluto.

–Sí, acá está –afirmó–. Es tu primera clase del día. ¿Tienes idea de lo extraño que es que te hayan elegido?

–No. ¿Por qué?

DJ se sentó a los pies de mi cama.

–Primero, se trata de una asignatura legendaria. La profesora que la dicta, la Sra. Quenell, solo lo hace cuando quiere. Por ejemplo, el año pasado, decidió no darla. Dijo que no existía la "mezcla" adecuada de alumnos y vaya uno a saber qué quiso decir. E incluso cuando sí dicta la materia, no acepta a casi *nadie* en su clase. Te tomas el trabajo de llenar la solicitud para que te incluyan pero, básicamente, siempre te ofrecen otra clase en su lugar. Este verano –prosiguió DJ–, le escribí una nota especialmente aduladora explicándole lo importante que era para mí que me aceptara para cursar la asignatura al comenzar el otoño. Dije que, cuando fuera a la universidad, quería hacer una licenciatura en Literatura y que, "si tenía la suerte de ser aceptada en Temas Especiales, seguramente eso me lanzaría en la dirección correcta". Realmente usé esas palabras lameculos, pero no funcionaron. Me pusieron en la clase de Literatura común, como a casi todo el mundo. Es una broma total.

–Bueno. Quizá sea una suerte que no lograras entrar.

–Eso es lo que siempre dice la gente –repuso DJ irritada–. Y no hace más que aumentar mis deseos de estar ahí. Te cuento que dura solamente un semestre, termina justo antes de las vacaciones de Navidad. Y se estudia solo un escritor.

–¿Un solo escritor durante todo el semestre?

–Sí, y siempre cambia. La Sra. Quenell es muy vieja –continuó DJ–. Es uno de los pocos profesores de El Granero a los que no se los llama por el nombre. El primer día de clase, uno de cada dos profesores dice: "Llámenme Heather" o "Llámenme Ishmael", como diciendo "somos sus mejores amigos y pueden contarnos cualquier cosa". Pero no es el caso de la Sra. Quenell. Y hay otra cosa rara: hay alumnos que aparecen anotados en su clase sin haber pedido estar en ella. Como, al parecer, tú. Suele haber cinco o seis personas en la asignatura. Es la clase más pequeña y selecta de toda la escuela.

–Por mí, puedes tomar mi lugar –acoté.

–Ojalá pudiera. Durante el semestre, todos actúan como si esto no fuera gran cosa. Pero cuando termina, dicen que les cambió la vida. Me muero por saber en qué les cambió tanto. El problema es que ahora no puedes preguntarle a nadie porque todos los que han estado en esa clase ya abandonaron la escuela. También había alumnos de distintos años, pero los últimos ya se graduaron o se fueron. Te juro que es como una de esas sociedades secretas. –DJ me observó con una expresión entre impresionada y hostil, y agregó–: Entonces dime, ¿qué tienes tú de especial?

Lo pensé un segundo.

—Nada —respondí. Reeve fue lo más especial que me había ocurrido en la vida. Ahora no era más que una chica apática de pelo largo, a la que solo le importaba su propio dolor. Desconocía el motivo por el cual me habían elegido para cursar Temas Especiales de la Literatura con la Sra. Quenell. Ni siquiera *quería* estar en una clase avanzada donde era obvio que debería esforzarme mucho para que me fuera bien. Yo prefería que me permitieran pasarme todo el año durmiendo al fondo de la clase, mientras la profesora se acaloraba y quedaba al borde del infarto al debatir si *Huckleberry Finn* era racista o no.

En cambio, era probable que tuviera que "participar". Pero yo no quería participar en nada. El mundo podía seguir girando sin mí y dejarme en paz para que pudiera cerrar los ojos y descansar durante las clases. En apariencia, El Granero no había recibido el mensaje.

Pero DJ, que tampoco había recibido el mensaje de que quería que me dejaran en paz, me obligó a salir de la cama y a vestirme.

—Arriba —decía mientras hacía gestos con la mano, porque debía levantarme. Noté que tenía las uñas pintadas de un verde grisáceo.

—¿Acaso eres mi mamá? —pregunté.

—No, tu compañera de cuarto.

—No sabía que levantarme fuera tu tarea —señalé con frialdad.

—Bueno, ahora ya lo sabes —dijo DJ, quien, a pesar de su apariencia y de la forma insidiosa en que se había comportado frente a mis padres, parecía que se tomaba muy en serio eso de ser compañera de habitación. Se las arregló para sacarme de la cama y hasta insistió en que comiera alguna cosita antes del comienzo de la clase.

—Necesitas tener la mente bien despierta —afirmó.

—No me importa.

—Créeme. Lo necesitarás. Aquí tienes. Come. —La situación era sumamente irónica: la chica con trastornos alimenticios le insistía para que comiera a su compañera de habitación sin esos trastornos. Pero DJ no pareció notarlo. Había hurgado debajo del colchón para extraer una barra aplastada de cereal con chocolate y malvaviscos.

Tomé la barra y la engullí aunque tenía gusto a tierra vieja y compacta rellena con trocitos de grava. No le pregunté por qué debía hacerle caso cuando no la conocía en absoluto. Lo único que sabía de ella era que debía tratarse de una chica con bastantes problemas como para haber aterrizado en El Granero. Y, en realidad, yo debía estar igual.

—Es por tu bien —me había dicho mi padre unas noches atrás, cuando estaba preparando el bolso con el que solía ir de campamento todos los veranos.

Luego mi madre, que siempre soltaba la verdad cuando estaba estresada, había agregado:

—¡Cariño, ya no sabemos qué hacer contigo!

De modo que en la primera mañana de mi exilio en El Granero y después de haber comido una barra de cereal aplastada y desabrida, mi compañera de cuarto me hizo salir deprisa al exterior. El parque de la escuela lleno de hojas verdes y brillantes era realmente bonito, aunque a mí seguía sin importarme. Genial, en vez de vivir en una casa suburbana estilo rancho color azul pálido

en Gooseberry Lane en Crampton, Nueva Jersey, este ser medio muerto en que me había convertido vivía ahora en Nueva Inglaterra en un internado anormal, que había sido arreglado para que pareciera una escuela normal. Había muchísimos árboles, senderos sinuosos y chicos con mochilas.

–¿Ves ese edificio? –dijo DJ señalando una enorme construcción de madera color rojo–. Solía ser un granero –de ahí tomó el nombre la escuela, *obvio*– pero ahora se usa para dar clases. Es el edificio más lindo de todos y, como no podía ser de otra manera, ahí es donde se encuentra el aula de Temas Especiales.

Me llevó hacia el interior y me condujo por un largo corredor.

Los viejos pisos de madera pulida crujieron bajo nuestros pies. Los chicos deambulaban haciendo tiempo hasta que llegara la hora del inicio de las actividades.

–Hola, DJ, ¿estás en la clase de Física de Perrino? –le preguntó un chico.

–Sí –respondió con desconfianza–. ¿Por qué?

–Yo también.

–Qué asombrosa coincidencia –comentó.

Ahí, DJ parecía popular, algo que nunca habría ocurrido en Crampton. Por otro lado, también fue muy sorprendente que yo llegara a ser popular en mi escuela después de haber sido, durante tantos años, una chica linda de cabello largo igual a tantas otras. Pero cuando empecé a salir con Reeve, algunos chicos que formaban parte del grupo que decidía qué otros chicos eran importantes, empezaron a prestarme más atención. Todos notaron aquella vez en que Reeve se había sentado conmigo en la clase de Arte mientras yo lo dibujaba. Ese día estábamos muy juntos y se corrió el rumor de que algo pasaba entre nosotros.

Eso explicaría por qué Dana Sapol, probablemente la chica más importante de Crampton y que nunca había sido simpática conmigo, había levantado la vista de su armario y dicho:

—Este sábado, mis padres se irán con mi hermanita Courtney a lo de mis abuelos, así que va a haber fiesta en mi casa. Deberían venir. Estará el inglés guapo del intercambio.

Traté de aparentar que no era importante que ella hubiera dicho eso, pero claro que lo era. Dana me guardaba rencor desde aquel día en segundo curso en que ella había ido a la escuela sin ropa interior. Lo descubrí porque se colgó boca abajo en los juegos del patio, aunque afortunadamente, yo había sido la única que la había visto.

—Dana, olvidaste ponerte *ropa interior* —susurré colocándome delante de ella para que nadie más la pudiera ver.

Uno pensaría que me iba a estar agradecida. Yo lo había notado antes de que nadie la viera. Pero fue como si yo supiera algo escandaloso de ella, con lo cual podría tenerla dominada para siempre. No es que alguna vez fuera a utilizar en su contra lo que había visto, pero fue lo que ella pensó. Transcurrieron los años y el incidente de la ropa interior de Dana se podría haber convertido en algo gracioso de lo cual reírnos, pero no fue así. Me trataba cruelmente o me ignoraba... hasta el momento en que, repentinamente, me invitó a su fiesta.

Yo había girado la combinación de mi cerradura con una expresión vagamente interesada, como si no me importara la invitación ni que Reeve estaría allí. Como si tal vez pudiera tener algo que hacer el sábado por la noche más allá de quedarme a dormir en lo de Hannah o en lo de Jenna, o de ir al centro comercial a mirar jeans, o pasar una noche de juegos en familia con mis padres y Leo. Antes, no me habían parecido mal esos programas –hasta me habían gustado– pero, de golpe, no podía creer que hubiera pasado tanto tiempo haciendo esas cosas.

De pronto, solamente quería estar con Reeve. Era lo único en que pensaba. Él había dicho que a los Kesman, la familia con la que vivía, les preocupaba que eligiera las amistades "correctas". Era algo comprensible. El año anterior, habían recibido a una chica de Dinamarca que lo único que hacía era andar en zuecos y fumar marihuana. De modo que, cuando llegó Reeve, le revisaron el equipaje en busca de sustancias ilegales.

–O zuecos –agregó Reeve.

Pero él no se dedicaba a esas cosas y yo tampoco.

–Si quiero volverme paranoico y engullir un tazón entero de fresas con nata y una bolsa de patatas fritas no necesito ninguna hierba que me obligue a hacerlo, joder –dijo una vez, y me pareció muy gracioso.

–"Un tazón entero de fresas con nata" –repetí–, "patatas", "joder". Me encanta cómo hablas.

–"Oye, tía" –continuó Reeve tratando de divertirme–. "Chaval". "Gilipollas". "Eso serían doce duros". "Los infantes de la casa de la hostia".

Parada afuera del aula, en un pasillo de El Granero,

el rostro y la voz de Reeve daban vueltas en mi cabeza hasta que DJ puso fin a mi ensoñación.

—*Concéntrate*. La clase está por comenzar. Después tendrás que contarme todo lo que sucedió.

Y me empujó hacia adentro.

capítulo
2

–BIENVENIDOS –DIJO LA SRA. QUENELL CUANDO todos estuvimos sentados alrededor de la mesa. En realidad, no éramos más que cuatro. La clase era todavía más pequeña de lo que DJ había asegurado. Para mi sorpresa, ahí no había un timbre estruendoso y agresivo para señalar el comienzo de la clase. Supuse que, en El Granero, los alumnos eran tan frágiles que el sonido de un timbre podría enloquecerlos. En su lugar, la profesora echó un vistazo a la esfera extremadamente pequeña del reloj de oro que tenía en su estrecha muñeca y frunció levemente el ceño, como hace la gente cuando mira la hora.

La Sra. Quenell era como una abuela graciosa y elegante con el pelo del color de la nieve descolorida, peinado hacia atrás. Debía tener un poco menos de ochenta años. Echó una mirada a su alrededor y dijo:

–Había esperado que todos llegarían puntualmente al comienzo, pero veo que no es así. Tenemos mucho trabajo por delante, de modo que me agradaría empezar aun cuando haya un ausente.

Me pregunté quién sería. Tal vez era alguien nuevo como yo y no tenía una compañera como DJ que lo sacara de la cama y lo empujara dentro del aula. En ese mismo instante, podría estar profundamente dormido y deseando que todo el mundo lo dejara en paz, igual que yo.

—Como todos ustedes bien saben, esta asignatura se llama Temas Especiales de la Literatura —explicó la Sra. Quenell—. Y ahora me gustaría que fueran diciendo sus nombres y unas pocas palabras acerca de ustedes. Aun cuando algunos ya se conozcan de antes, recuerden que yo no los conozco más que por los informes.

Los otros tres chicos que se encontraban sentados a la mesa ovalada de roble en esa salita luminosa eran un muchacho con un estilo cuidadosamente planchado, con pelo negro recién cortado y camisa rayada; una hermosa afroamericana con la cabeza cubierta de trencitas y cuentitas brillantes en los extremos, que parecían fibras ópticas; y un chico cuyo rostro estaba cubierto por una capucha gris. No solo tenía la capucha levantada sino que también apoyaba la cabeza sobre los brazos cruzados, el rostro alejado de la vista de todos.

Súbitamente, como si supiera que lo estaba mirando, el chico de la capucha volteó hacia mí. El movimiento fue veloz y sorpresivo como cuando una de las tortugas gigantes del zoológico decidía, de pronto, girar la cabeza. A diferencia de la tortuga gigante, el chico de la capucha era atractivo pero de una forma hostil. Se notaba que preferiría estar en cualquier lugar menos ahí —que era lo mismo que me pasaba a mí— aunque yo ocultaba mis sentimientos mejor que él. Lo mío no era hostilidad sino indiferencia.

Luego se bajó bruscamente la capucha y soltó su largo cabello rubio. Podía imaginarlo haciendo surf, snowboard, algo audaz, el pelo volando en el viento. *Conque es de esa clase de chico*, pensé, *el modelo temerario que nunca me gustó.* Y a Reeve tampoco.

–Los *machos* acaban de llegar –anunció Reeve un día en que una banda de ese estilo irrumpió en el comedor–. Vinieron a buscar su asignación diaria recomendada de proteínas *macho*.

–Ocho millones de gramos de carne cruda de tiburón –comenté.

De pronto, me di cuenta de que tenía los ojos fijos en el joven de la capucha justo cuando él me echaba una mirada que parecía decir "Ya deja de observarme".

Nerviosa, desvié la vista hacia la ventana como esperando ver a un estudiante solitario apresurándose para llegar a nuestra clase.

La Sra. Quenell le hizo un ademán a la muchacha de las trencitas, que se sentaba a su izquierda. Parecía ser esa clase de chica que, cuando caminaba por la calle, era probable que se le acercara gente de alguna agencia de modelos y le entregara una tarjeta diciendo: "Llámanos cuando quieras". Estaba sentada muy erguida en su silla con la mejor postura que yo hubiera visto alguna vez en alguien que no fuera un caballito marino.

–¿Qué les parece si empezamos por aquí? –dijo la profesora.

–De acuerdo –respondió la joven después de una pausa incómoda–. Me llamo Sierra Stokes. –Y se detuvo como si esa fuera toda la información que necesitábamos.

–¿Puedes agregar algo más? –preguntó la Sra. Quenell.

–Soy de Washington D.C. y estoy en El Granero desde la primavera pasada. Antes de eso –añadió Sierra en una voz ligeramente dura–, abandoné la escuela por un tiempo. Supongo que eso es todo.

–Gracias –dijo la profesora, y luego le hizo un movimiento de cabeza al chico de aspecto serio. Tenía una de esas cabezas cuadradas y masculinas que debían haber sido cuadradas y masculinas desde que emergió del canal de parto.

–Me llamo Marc Sonnenfeld –apenas se presentó pensé que tenía que formar parte de un *equipo de debate* en la escuela, seguramente como director–. Soy de Newton, Massachusetts –prosiguió–, y vivo con mi hermana y mi madre. Era presidente del centro de estudiantes y también director del equipo de debate.

Lo sabía.

–Pero después todo se puso horrible y ya no sé realmente dónde estoy –hizo una pausa y luego agregó–: Supongo que eso es todo.

–Gracias, Marc –repuso la Sra. Quenell y se volvió hacia el muchacho rubio de la capucha–. Muy bien, ¿por qué no te presentas a continuación? –su silencio se extendió tanto que resultó grosero, como si estuviera fingiendo que no la había escuchado. Finalmente, habló con una voz tan suave y monótona que era imposible oírlo desde el otro lado de la mesa.

–Una voz –dijo la profesora–. Eso es todo lo que tenemos –nadie tenía la menor idea de lo que eso significaba, pero ella pareció satisfecha ante nuestra confusión y esperó.

–Mmm, ¿qué? –masculló Marc.

–Todos tenemos solamente una voz –explicó la mujer–. Y el mundo es tan ruidoso... A veces creo que los que son callados –y señaló al chico maleducado– se han dado cuenta de que la mejor manera de que les presten atención no es gritando sino susurrando, lo cual hace que todos se esfuercen más para oírlos.

–Eso no es lo que yo estaba haciendo –dijo el muchacho en una voz repentinamente más fuerte–. Es mi manera de hablar. Solían decirme que utilizara mi voz *interior*. Y eso es lo que hice. ¿Y qué? ¿Ahora usted quiere mi voz *exterior*?

La mujer emitió una sonrisa tan leve que me pregunté si alguien más habría alcanzado a verla.

–No, tu verdadera voz –comentó–. Sea como fuere. Espero que la descubramos.

¿Quién *era* esa profesora? No podía decidir si estaba bromeando o hablaba en serio.

Me sentía incómoda sentada en esa sala; además, la habitación era tan pequeña que no había forma de ocultar mi incomodidad. En realidad, no había forma de ocultar nada cuando éramos tan pocos los que nos encontrábamos sentados alrededor de esa mesa. Un semestre completo en esas condiciones sería insoportable. Al echar una mirada a los que me rodeaban, tuve la clara sensación de que todos se sentían igual que yo.

Sin embargo, la profesora actuaba como si no se diera cuenta de que estábamos incómodos. Continuaba mirando al chico de la capucha esperando que se presentara de manera apropiada. Cuando finalmente lo hizo, pareció resultarle un gran esfuerzo.

–Soy Griffin Foley –dijo.

Y se detuvo. ¿Eso era *todo*?

–Bienvenido, Griffin –lo saludó la Sra. Quenell, y continuó esperando.

–Vivo en una granja a dos kilómetros y medio de aquí –agregó–. Siempre obtengo malas notas en Literatura. Se lo advierto –y luego se hundió en el asiento.

–Gracias –repuso la señora–. Me doy por advertida.

Justo en ese instante, la puerta se abrió de un golpe y el picaporte se estrelló contra la pared con tanta fuerza que temí que dejara un agujero. Sorprendidos, todos nos dimos vuelta al mismo tiempo y nos encontramos ante una chica en silla de ruedas que intentaba ingresar al aula.

–Mierda –exclamó cuando su mochila se enganchó con el marco de la puerta.

Todos los que estábamos en la mesa, la Sra. Quenell incluida, nos levantamos de un salto para ayudar aunque, de inmediato, nos sentimos un poco avergonzados ante nuestra exhibición exagerada de amabilidad. Sierra llegó primero, apartó la mochila del camino y la chica ingresó rápidamente a la clase. Era pequeña, pelirroja, delicada, pero estaba muy enojada, y la expresión que me vino a la mente fue *ardiendo*.

–Sé que no tengo excusa por haber llegado tarde –disparó con voz casi histérica–. No quiero recurrir al justificativo de ser paralítica... Ah, disculpe, *discapacitada*. Y no quiero que me diga que está perfectamente bien que haya llegado tarde –concluyó.

No obstante, al echar un vistazo a la profesora, consta-té que no estaba todo perfectamente bien. La cuestión era

que esa chica aún no lo había comprendido. Seguramente había oído que todos los profesores de El Granero eran muy relajados y amables con los alumnos, temerosos de que una sola palabra severa pudiera desintegrarlos.

–No pensaba decirte eso –aclaró la Sra. Quenell–. Me gustaría que esto no vuelva a suceder. Tenemos mucho para hacer y no quiero perder un segundo.

La chica pareció sorprendida. Juraría que todos hacían lo imposible por no alterarla, de la misma forma en que todos hacían lo imposible por no alterarme a mí.

–Lo siento –se disculpó–. Pero todavía no aprendí a manejar bien esto.

–Entiendo, pero tendrás que encontrar la manera de hacerlo –dijo la Sra. Quenell con tono severo–. Si vas así por la vida, te perderás muchas cosas.

Entonces me di cuenta –y quizás a todos nos ocurrió lo mismo, porque esa chica también era nueva, igual que yo–, me di cuenta de que no era discapacitada de nacimiento y que su silla de ruedas debía ser un agregado bastante reciente. De pronto, tuve muchas ganas de saber qué le había sucedido. Como no tenía las piernas enyesadas, pensé que no tendría ningún hueso roto. Sin embargo, las piernas tampoco se veían arrugadas como las de la Malvada Bruja del Este justo antes de desaparecer bajo la casa. Parecían piernas normales enfundadas en blue jeans, salvo que resultaba claro que no funcionaban.

–Pero es tan duro –repuso la chica en una voz que sonó muy juvenil.

–Lo sé –dijo la profesora en tono más suave–. *Duro*. Utilizaste la palabra perfecta. Y yo creo firmemente en encontrar la palabra perfecta. He sido así desde que tengo memoria.

Cerró los ojos y pensé que estaba haciendo memoria literalmente, rescatando una imagen específica muy lejana en el tiempo. Me pregunté si no sería demasiado grande como para estar enseñando. Tenía una personalidad ligeramente impredecible, que alternaba entre impaciente y comprensiva.

La mujer abrió los ojos y le dijo a la joven de la silla de ruedas:

—Desde que llegaste, ya te has enterado de dos cosas. La primera, sobre la impuntualidad: a tu profesora no le agrada. Y la segunda, sobre las palabras perfectas: le agradan mucho. Y tal vez ahora podrías contarnos algo acerca de *ti*.

La muchacha se mostró descontenta ante la propuesta.

—¿Como qué?

—Les he pedido a los alumnos que fueran diciendo sus nombres y haciendo algún comentario breve acerca de sí mismos. Ahora es tu turno.

—Me llamo Casey Cramer —dijo de mala gana—. Casey Clayton Cramer. Todo con C. Tres —agregó.

—¿Qué? —preguntó Marc—. ¿Tus notas?

—No. *Casey, Clayton, Cramer*. Todos empiezan con C.

—Ah —murmuró—. Es cierto.

Nos sentimos incómodos e increíblemente apenados por Casey Cramer, que no podía caminar y había recibido un reto de la profesora. Pero también estábamos esperando que dijera algo como: "La razón por la cual estoy en esta silla de ruedas es...". Pero no dijo nada semejante. Eso había sido todo.

Con una leve sensación de náusea, comprendí que había llegado mi turno.

Me dije que no tenía que contarles nada importante, ni sobre Reeve ni sobre lo que me había ocurrido. Solo tenía que decir alguna cosa ínfima, como todos los demás. Darles algo para dejarlos contentos.

La Sra. Quenell me observó con sus ojos claros e interesados.

–Muy bien. Ahora te toca a ti.

Y esperó. No me quedaba otra alternativa. No podía decir que no estaba de ánimo para hablar de mí; estaba segura de que la profesora no lo consideraría una excusa valedera. Bajé los ojos hacia la madera de la mesa que, de repente, me pareció tan interesante como Casey en la silla de ruedas. Me quedé mirando un rato largo y finalmente levanté la vista y dije:

–De acuerdo. Veamos. Me llamo Jam Gallahue –y me detuve esperando que eso fuera suficiente.

Pero obviamente no lo fue.

–Continúa –repuso la profesora.

–Bueno –dije bajando nuevamente la mirada–. En realidad mi nombre es Jamaica, que es el lugar donde fueron mis padres de luna de miel. Y donde fui *concebida* –Marc rio con vergüenza–. Mi hermano me decía Jam cuando era pequeño, y quedó. Ah, y soy de Nueva Jersey.

Eso fue todo. Miré a mi alrededor y, además de la Sra. Quenell, nadie parecía muy interesado en lo que yo tuviera para decir. La situación era realmente incómoda y patética: cinco alumnos que no tenían nada que ver entre sí, con la profesora que los había elegido.

Y a pesar de que ese sería un buen momento para que ella nos explicara por qué había elegido a cada uno, que nos dijera algo así como "Deben estar preguntándose por qué están aquí. Bueno, en sus pruebas, todos demostraron una aptitud especial para la comprensión de textos...", ni siquiera trató de dar una explicación. En cambio, volteó levemente la cabeza para echar una mirada al grupo; como si nos estudiara y estuviera intentando memorizar nuestros rostros.

Fuera de mis padres, del Dr. Margolis y, obviamente, de Reeve, contadísimas veces había sentido que alguien me prestara tanta atención. Me pregunté qué era lo que le resultaba tan interesante. Si yo fuera ella y tuviera que sentarme acá y observarnos a nosotros, estaría mortalmente aburrida. Pero la Sra. Quenell me echó una mirada a mí y luego al resto de la clase, como si todos fuéramos fascinantes y dijo:

–Gracias, Jam, y gracias a todos. Es justo que yo les cuente algo acerca de mí. Soy la Sra. Quenell. De hecho, me llamo Veronica Quenell, pero prefiero que me digan *Señora*. Si alguno de ustedes quiere que le diga Señor o Señorita, estaré encantada de hacerlo –silencio, nadie prefería eso–. Doy clases en El Granero desde mucho antes de que ustedes hubieran nacido –continuó–. Exijo ciertas condiciones de mis alumnos y pretendo que las cumplan en serio. Puntualidad, por supuesto, pero no solo eso. También trabajo duro, honestidad y actitud receptiva. Es probable que ahora estén pensando *Por supuesto, Sra. Quenell, claro que cumpliremos sus condiciones*. Pero a veces la mente se cierra y no se produce aprendizaje alguno. No leen. No hacen la tarea. Y cuando eso sucede, obviamente, no tiene sentido que estén aquí.

Pero si hacen todo lo que les pido, creo que les resultará muy enriquecedor. Me apasiona dar esta clase, que es la única que enseño actualmente porque ya no me cuezo al primer hervor. Con lo cual quiero decir que ya no soy *joven*, por si tal vez no lo habían notado –hizo una pausa y volvió a mirarnos a todos–. Oh, entonces *sí* lo habían notado –comentó con una leve sonrisa–. Por desgracia, la edad es una de esas cosas que ninguno de nosotros puede modificar –otra pausa y luego finalmente agregó–: Tal vez algunos de ustedes se estarán preguntando por qué fueron invitados a participar de esta clase.

–Mierda, ya lo creo –disparó Griffin Foley, y una risa de sorpresa se extendió por toda la mesa. Marc hizo un gesto de desaprobación–. Conmigo, cometió una gran equivocación –aseguró.

–Como cualquiera, yo también cometo equivocaciones –dijo la Sra. Quenell–. No soy perfecta en absoluto. Pero revisé sus fichas con cuidado y no tengo ninguna duda de que están en el lugar correcto. Hasta tú, Griffin –echó otra mirada alrededor de la mesa–. Entre hoy y el final de diciembre, cuando esta clase termine, estaré sumamente interesada en escuchar lo que tienen para decir acerca de ustedes mismos –luego añadió–: Y no espero que entiendan nada de lo que estoy tratando de decirles.

Todos nos quedamos mirándola con atención. Era cierto, no entendíamos nada de nada.

–Pero no se preocupen –advirtió–. Ya entenderán. De eso estoy segura –observó nuevamente el reloj–. Veo que el tiempo vuela, como es su costumbre. Me gustaría presentarles a la primera escritora que veremos este semestre. También es la última, porque es la única escritora que leeremos. Siempre que dicté esta asignatura, me concentré en un solo autor por vez, y siempre lo fui cambiando. Me agrada que las conversaciones se renueven... –en una voz más calma, añadió–: Creo que ya puedo contarles que ustedes serán mis últimos alumnos.

Todos nos quedamos sorprendidos. Sierra levantó la mano y preguntó:

–¿Qué quiere decir?

–Sierra, acá no hay que levantar la mano; solo elevar la mente. Lo que quiero decir es que voy a jubilarme una vez que termine este semestre –aclaró–. He estado aquí durante mucho tiempo y ha sido maravilloso. Pero creo que ya es momento de que me vaya. De modo que vendí mi casa y tengo pensado hacer un crucero alrededor del mundo –en uno de esos barcos gigantescos atestados de ancianos como yo, haciendo fila para servirse el postre– antes de decidir dónde me instalaré. Cuando terminen las clases, ya habré empacado y me despediré de El Granero –la emoción se fue filtrando en sus palabras, aunque claramente trataba de contenerla–. Al final del semestre, la escuela me ofrecerá una fiesta por mi retiro –añadió–. Y están todos invitados.

El fin del semestre parecía tan lejano. Ni siquiera podía imaginarme cómo haría para llegar desde ese primer día hasta la fiesta. Parecía una eternidad. Para la profesora, el tiempo volaba pero, para mí, se mantenía inmóvil.

–Pero basta de hablar de mí –continuó–. Yo no soy importante para este debate, ustedes lo son. Así que prosigamos con este último semestre de Temas Especiales.

Buscó bajo el escritorio, extrajo una pila de cinco libros idénticos y los repartió. El título era *La campana de cristal*, de Sylvia Plath.

Recordé que Hannah Petroski me había dicho que era una novela increíble "pero muy deprimente".

Marc Sonnenfeld levantó la mano, luego recordó lo que había dicho la profesora y la bajó rápidamente.

–Conozco ese libro –comentó–. Se supone que es muy oscuro. Creo que recuerdo algo acerca de la autora –hizo una pausa como si no supiera si debía continuar.

–Continúa –dijo la profesora.

–Bueno –prosiguió con incomodidad–, creo que ella... se suicidó, ¿no es cierto? Me parece que abrió el gas y metió la cabeza dentro del horno.

–Sí, es cierto.

–No quiero ofenderla –señaló Marc–. Estoy seguro de que es una buena profesora de Literatura y demás, pero ¿cree que es... apropiado para nosotros? Lo que quiero decir es... ¿acaso no estamos todos un poco...? –avergonzado, se interrumpió antes de concluir la frase.

–Continúa.

–*Frágiles* –agregó, con un poquito de ironía en la voz–. Como dice en el folleto. Se supone que todos somos muy frágiles. Como de porcelana.

–Sí, creo que dice algo así en el folleto –repuso la Sra. Quenell–. Marc, ¿sientes que leer un libro sobre los problemas emocionales de una joven –de una escritora que finalmente sucumbió a sus propios dramas emocionales– sería demasiado para ti?

–Creo que no –contestó Marc después de reflexionar un poco–. Se supone que es un clásico.

La profesora echó un vistazo alrededor de la mesa.

–¿A alguno de ustedes le resulta incómodo tener que leer *La campana de cristal*?

Mientras todos negábamos con la cabeza, me pregunté qué dirían mis padres. Tal vez les preocuparía que leyera un libro deprimente. Me imaginé yendo al teléfono público, después de la clase, y hablando con ellos para contarles que debía leer *La campana de cristal* y que eso me alteraba. "Vamos a sacarte ya mismo de esa escuela", diría mi padre indignado. Y luego tendría que marcharme al día siguiente y regresar a mi propia casa, a mi propia cama y ya no tendría que lidiar con ese ambiente nuevo y extraño y con todas esas personas con problemas.

–Muy bien, gracias –dijo la Sra. Quenell como si no se le hubiera ocurrido antes de ese momento que su elección de libro y de escritora resultaba algo inusual en una escuela como esa. Marc tenía razón: ahí, el suicidio tenía que ser un tema sensible. Seguramente, muchos de los alumnos de El Granero estaban deprimidos. Era como si, al elegir a Sylvia Plath, la profesora estuviera metiéndose de lleno en el problema. Como si estuviera haciendo exactamente lo que quería porque no le importaba lo que la gente pensara de ella. Y, durante una milésima de segundo, me sentí impresionada.

–Si alguien cambia su manera de pensar –prosiguió–, por favor venga a hablar conmigo. Elijo el programa con mucho cuidado, de la misma manera en que los elegí a cada uno de ustedes.

Quizá nos había elegido con cuidado pero quién podía saber qué criterio había utilizado en esa selección. Ninguno de nosotros parecía tener mucho en común.

–Para aquellos que no conocen *La campana de cristal* –explicó–, fue escrita hace más de cincuenta años por Sylvia Plath, una brillante escritora norteamericana. El libro es autobiográfico y cuenta la historia de la depresión de una joven y, supongo, su caída en la locura. ¿Alguien sabe qué es una campana de cristal? –meneamos la cabeza–. Es un recipiente de vidrio en forma de campana utilizado para muestras científicas o para crear un pequeño vacío. Cualquier cosa que se coloque bajo una campana de cristal quedará aislada del resto del mundo. Por supuesto que se trata de un título metafórico. Sylvia Plath, cuya depresión la hacía sentirse como si ella misma estuviera dentro de una especie de campana de cristal, desconectada del mundo, se suicidó a los treinta años.

Nadie hablaba; nos limitamos a escuchar.

–Esta es la única novela que escribió. Fue una poeta muy refinada y talentosa y, al final de su vida, escribió parte de su obra más potente, los poemas de la colección *Ariel*, que también leeremos. Ah, y además fue una prolífica escritora de diarios. Por lo cual –anunció–, también les entregaré *esto*.

Volvió a estirarse bajo la mesa, extrajo una pila de diarios de cuero rojo exactamente iguales y los repartió. Cuando abrí el mío, emitió un leve crujido. Tenía el lomo rígido, se veía de inmediato que estaba muy bien hecho y que era muy viejo, las páginas amarillentas como si hubiera estado guardado dentro de una caja en un armario durante décadas. Las líneas azul pálido de las hojas estaban más pegadas unas a otras que en los cuadernos que yo solía usar, y supe que me llevaría mucho tiempo llenar una página entera.

–Guau –exclamó Griffin–. Esto es una antigüedad.

–Sí. Igual que la profesora –comentó la Sra. Quenell con una sonrisa. Juntó las manos y nos miró–. Por esta noche –prosiguió–, además de leer el primer capítulo de *La campana de cristal*, también comenzarán a pensar en llevar su propio diario. Intenten imaginar qué podrían escribir. Si pueden, empiecen a hacerlo. Si no, al menos reflexionen acerca del tema. Es su propio diario, les pertenece y será una representación de ustedes y de su vida interior. Pueden escribir lo que quieran.

Sin embargo, lo único que pensé, sarcásticamente, fue *uhh, qué emocionante*, porque no había nada de lo que desease escribir. No iba a apuntar en ese diario las cosas en las que pensaba constantemente, día y noche. La persona en la que pensaba. Eso era solo para mí.

–Una vez que el espíritu eche a rodar –continuó la Sra. Quenell–, escribirán sus diarios dos veces por semana y me los entregarán al final del semestre. No los voy a leer, nunca lo hago, pero *sí* los voy a recoger y los guardaré. Al igual que la escritura misma, esto es un requisito. Creo profundamente en que mis alumnos miren hacia adelante y no se demoren en lo que no es provechoso –hizo una pausa y luego añadió–: Dedicaremos todo el semestre a realizar una lectura profunda y también a lo que yo llamo "escritura profunda". Y todos deberán participar de los debates en clase. Sé que algunos días serán más duros que otros.

Volvió a echar otra mirada a la clase y nos habló con gran seriedad.

–Y hay algo más que exijo a mis alumnos, aunque no me agrada decirlo de esa manera. Es algo que me gustaría *pedirles* que hicieran, de un ser humano a otro: que se cuiden entre ustedes.

No creí que ninguno de nosotros supiera a qué se refería, pero todos estuvimos de acuerdo.

–Gracias –dijo la mujer–. ¿Alguna pregunta?

–¿Está segura de que está bien escribir en estos diarios? –inquirió Marc–. Tienen aspecto de que deberían estar en un museo.

–Está perfectamente bien –le aseguró.

–¿Pero qué deberíamos escribir? –insistió.

–Marc –dijo la Sra. Quenell–. Ya no eres un niño, ¿verdad?

–No –respondió.

–Eso creí. Si te digo *qué* debes escribir, te estaría tratando como si realmente lo fueras. Creo recordar que tu cumpleaños fue en el verano, ¿no? ¿Y cumpliste dieciséis? –Marc asintió–. Es una buena edad, en la que puedes tomar ciertas decisiones en forma independiente, y una de ellas es qué escribir en tu diario. Ya no necesitas que una mujer mayor te dé indicaciones. Sé que hay mucho movimiento dentro de tu cerebro.

–Sra. Quenell –presionó Marc con expresión todavía preocupada–, no quiero ser molesto, pero trabajo mucho mejor cuando me dan instrucciones. Lo lamento –acotó.

–No hay nada que lamentar. Dame un momento para pensar –después de unos segundos, continuó–: Yo diría que debes escribir acerca de aquello que cuente tu historia de la mejor manera. Espero que eso te sirva de ayuda.

Miré a Marc. No, eso no parecía servirle de ayuda en absoluto, pero la profesora no pareció notarlo. Cuando se puso de pie, observé cuán alta era. Se destacaba sobre nosotros con su cabeza blanca y su elegante blusa de seda.

–Todos –concluyó paseando la vista alrededor de la mesa– tienen algo que decir. Pero no todos tienen el valor de decirlo. La tarea de ustedes es encontrar la manera de hacerlo.

capítulo 3

"¿Y CÓMO FUE?", ME PREGUNTÓ DJ ESA TARDE durante las horas de estudio. Era un período de dos horas en el cual teníamos que permanecer en el dormitorio o en la sala común del piso de abajo y hacer la tarea. Para esa ocasión, había decidido utilizar a mi horroroso muñeco anaranjado: mi compañero de estudio. Para mi sorpresa, era bastante cómodo apoyarse contra la tela suave y descansar mis brazos humanos en sus brazos gruesos e inanimados.

–¿Cómo fue qué?

–Temas Especiales de la Literatura, *obvio*.

–Supongo que no estuvo mal –respondí. A decir verdad, Temas Especiales era una asignatura más bien rara. Pasaba de ser incómoda a extrañamente interesante.

–¿No les enseñaron algún idioma oscuro y hermético? –preguntó DJ–. ¿O realizaron algún rito de iniciación que involucrara aceites esenciales?

–Nop.

–Tal vez los alumnos del año pasado nos estaban

provocando —concluyó DJ—. Al final del semestre, se comportaban como si fuera lo más importante del mundo.

—No fue nada especial. Nos entregó ejemplares de *La campana de cristal*.

—¿Sylvia Plath? ¿Eso es lo que van a leer todo el semestre? —inquirió DJ con leve superioridad.

—Sip.

—Buena elección para este lugar.

—Exacto —señalé—. Creo que piensa que podemos aprender algo de esa novela o algo por el estilo.

—Yo leí *La campana de cristal* hace años —comentó DJ—. Bueno —agregó con voz satisfecha—, tal vez sea mejor que no esté en esa clase, ya que habría sido tedioso tener que leerla otra vez.

—Ah, y tenemos que escribir un diario —añadí—. Podemos escribir lo que queramos. Pero tenemos que entregárselo al final para que ella lo guarde. Jura que no lo va a leer.

—Un *diario* —resopló—. Qué obviedad.

Contenta de que Temas Especiales no fuera algo tan genial, DJ volvió a acomodarse en su cama. Mi primer día en El Granero no había sido terrible, pero tampoco mejor que cualquier otro de mis días del último año. Las horas habían transcurrido inútilmente; la única diferencia era que mis padres ya no rondaban mi puerta preocupados por mí, preguntándose cuándo volvería a ser la de antes.

Apoyada contra mi compañero de estudio, leí rápidamente el primer capítulo de *La campana de cristal* y luego el segundo, aunque no se suponía que debía leerlo. La novela era acerca de una estudiante universitaria muy

inteligente y súper ambiciosa llamada Esther Greenwood, que ganaba un concurso de una revista y la invitaban a pasar el verano en Nueva York para trabajar en una publicación de modas con un grupo de chicas también premiadas. Y mientras vivía en un antiguo hotel donde los hombres no podían pasar más allá de la planta baja, Esther comenzaba a sentirse extraña y desdichada.

La historia sucedía en 1950, cuando el mundo era distinto. Las personas usaban sombreros y tenían citas. De acuerdo con un cuadernillo que nos había entregado la profesora, Sylvia Plath había ganado un concurso y trabajado para una revista durante un verano mientras estaba en la universidad. Y durante esa estadía, había comenzado a sentirse distante y aislada. Igual que Esther, cuando regresó a su casa después del verano, tomó muchas pastillas para dormir y se ocultó en el espacio que había debajo del porche de la casa familiar, esperando morir.

Sin embargo, Sylvia Plath no murió sino que entró en coma y, unos días después, recuperó la conciencia. Su familia escuchó los gemidos, llamó a una ambulancia y le salvó la vida. A continuación, después de haber estado en un hospital psiquiátrico y de haber recibido muchas terapias normales y también de shock –donde le colocaban electrodos y encendían el voltaje–, se recuperó. Y lo mismo sucedió con su personaje, Esther. En la vida real, Silvia se convirtió en escritora y tuvo un matrimonio problemático con otro escritor, un poeta inglés llamado Ted Hughes. Tuvieron dos hijos, un varón y una mujer.

Pero cuando tenía treinta años y vivía en Londres, hizo otro intento de suicidio: abrió el gas y metió la cabeza en el horno, como Marc había dicho en clase. Esa vez, lo logró.

DJ cerró el libro de Historia súbitamente y se puso de pie.

–Ya terminé –anunció–. Me voy abajo para ver si logro sacarle a Hayley Bregman una galleta *Milano* de menta y chocolate. ¿Quieres venir? –esa era la primera invitación vagamente social que había recibido en El Granero, pero no conseguí demostrar ningún interés. Además, DJ y yo ya pasábamos mucho tiempo juntas.

–No –contesté–. Probablemente escriba mi diario. Aunque en realidad no tengo nada que decir.

–Opta por el recurso de decir tonterías –sugirió DJ–. Es lo que yo siempre hago cuando alguien me pide que escriba algo acerca de mí misma.

Cuando se marchó, tomé el diario del escritorio. Esa noche, aún no me había sentado en ningún momento. Había realizado toda la tarea en la cama y mis esfuerzos habían sido bastante débiles. Mis calificaciones no iban a ser buenas pero no encontraba las fuerzas necesarias para "intentarlo", como mis padres me habían rogado antes de enviarme ahí.

–Solo inténtalo, Jam –dijo mi padre–. Aunque sea un semestre, ¿de acuerdo? Y ve qué pasa.

Lejos de mi casa, sentada en la cama mientras el viento golpeaba los viejos postigos de mi habitación y se oían los ruidos distantes de las chicas haciendo pasos de música tecno al otro lado del pasillo, me reclíné sobre el muñeco y abrí el diario.

Solo iba a escribir unos pocos renglones, nada más que eso. *Opta por el recurso de decir tonterías*, había dicho DJ.

Decidí escribir algo soso y aburrido para que, al final del semestre, cuando la Sra. Quenell dijera "Entreguen los diarios", ella viera que, aparentemente, yo me había esforzado... aunque no iba a leer lo que había escrito. Descubrí que, por alguna razón, no quería irritarla o decepcionarla.

Pero no tenía absolutamente nada que decir. En lo único que pensaba era en Reeve.

Era raro que pudieras vivir durante mucho tiempo sin necesitar a nadie y luego conocías a alguien y sentías que no podías estar un minuto sin esa persona. En primer lugar, Reeve y yo nos habíamos conocido porque teníamos clase de Gimnasia juntos. Unos años antes, mi escuela había creado una clase de Gimnasia alternativa, que tenía mucho yoga y mucho bádminton. De modo que, el primer día, en medio de esa clase, apareció un joven de ojos oscuros con bermudas arrugadas y una camiseta roja que decía *Manchester United.* Alguien susurró que era uno de los chicos nuevos del intercambio escolar.

Durante el partido, el inglés no hacía el menor esfuerzo y dejaba que los volantes pasaran zumbando junto a él. Yo también decidí dejar de jugar y preferí observar a ese chico que mascullaba *"Coño"* mientras unas plumitas de plástico pasaban a centímetros de su cara.

Luego se terminó la clase y, mientras los varones y las mujeres se dirigían a los diferentes vestuarios, yo hice algo totalmente impropio de mí. No había que olvidar que era una de las chicas calladas, tímidas y buenas, y no alguien que hiciera un gran esfuerzo por impresionar a nadie.

Sin embargo, por alguna razón, le dije a ese muchacho:

–Buena estrategia –me demandó mucho coraje expresar algo tan tonto como eso.

Me miró con los ojos entornados.

–¿Y de qué estrategia se trata?

–Evasión.

–Sí –admitió–. Es básicamente la forma en que he vivido hasta el día de hoy.

Nos sonreímos ligeramente y ahí terminó todo. Durante la semana, lo vi en la escuela e inventé excusas para hablar con él y él inventó excusas para hablar conmigo.

–A la familia con la que vivo, los Kesman –contó un día en el comedor– les encanta cantar en canon. ¿Saben lo que es eso?

–¿Cantar en canon? –pregunté–. Ah, como *Fray Santiago, Fray Santiago, ¿duerme usted?, ¿duerme usted?*

–Es insoportable. Después de la cena, tenemos que quedarnos todos en la mesa y cantar en canon durante *horas*. Tal vez no sean horas, pero lo parecen. Es la familia más sana y saludable que conocí en toda mi vida. ¿Todas las de acá son así?

–No –respondí–. La mía no lo es.

–Eres una chica afortunada –dijo Reeve.

Estaba muy entusiasmada con él, pero me dije que debía calmarme, que era solo un amigo. De todas maneras, quería que fuera más que eso. Pero, realmente, ¿por qué habría de interesarse en *mí* cuando había tantas opciones mucho más obvias? Pero podía jurar que yo le interesaba. No le conté a ninguna de mis amigas y experimenté en silencio lo que Reeve provocaba en mí.

Una tarde, la clase de Arte se realizó fuera de la escuela pues teníamos que dibujar un paisaje. Me había ubicado en una loma frente al estacionamiento con los árboles a lo lejos. Estaba sentada con el bloc de hojas y la carbonilla cuando Reeve apareció a mi lado.

Nos quedamos sentados en silencio, hombro con hombro, sin tocarnos. Aunque estábamos muy cerca el uno del otro, ni siquiera nuestros suéteres se chocaron por accidente. Hacía solo dos semanas que lo conocía y no sabía casi nada de él. Nuestra relación consistía en sonrisas comunes, otras burlonas y en decirnos cosas graciosas.

Pero yo *quería* que nuestros hombros se tocaran. Era como si pensara que podíamos comunicarnos por medio de ellos. Mi hombro, bajo la lana celeste de un suéter que había tejido mi abuela Rose antes de morir, podía tener una breve conversación con *su* hombro, que se hallaba bajo la lana color chocolate de un suéter que probablemente había comprado en alguna tienda de Londres. Y si nuestros hombros lograban tocarse, yo sabía que sentiría una emoción superior a todo lo que había conocido antes. Fue entonces cuando descubrí que nunca antes me había sentido *emocionada*.

A los catorce años, había besado a Seth Mandelbaum exactamente cuatro veces. No había estado mal, pero *emocionante* no era la palabra adecuada. La segunda vez, nos encontrábamos detrás de las cortinas el día en que Jenna Hogarth festejaba los catorce años ("¡Jenna cumplió catorce!", repetía sin cesar su madre en forma irritante) y Seth metió la mano por debajo de mi camisa y, sujetando el sostén, susurró con voz muy seria: "Eres muy femenina". Y yo largué una carcajada. Herido, Seth se vio forzado a preguntar: "¿Qué es tan gracioso?", y yo a responder: "Nada".

Esa relación no concluyó realmente sino que se fue apagando. En poco tiempo, fue como si nunca hubiera existido.

Pero con Reeve era diferente. Mis sentimientos eran tan intensos cuando estaba con él que tenía que tratar de no darle tanta importancia. Al principio, no nos tocábamos; y el contacto visual también era escaso. Por la mañana, yo echaba un vistazo rápido por el hall de la escuela y mi mirada de rayo láser lo detectaba en medio del mal aliento matutino de las decenas de chicos que atestaban la zona de los casilleros.

Y al día siguiente de la clase de Arte, en que terminé dibujando un retrato increíble de Reeve y todos vieron que entre nosotros existía una verdadera conexión, Dana Sapol me invitó a su fiesta. No podía creerlo, estaba tan entusiasmada... pero me obligué a comportarme de manera ultra discreta. Reeve y yo nos veríamos fuera de la escuela por primera vez y podía suceder cualquier cosa.

La sola idea de sentarme junto a ese chico que venía de Londres por unos pocos meses, o incluso de estar en la misma habitación que él en una fiesta, me hizo sentir como si fuera a desmayarme y caer estrepitosamente al piso.

El sábado por la noche, mis padres me dejaron en la casa de los Sapol. Leo también estaba en el auto porque los tres iban a ir al cine del centro comercial y a comer pizza. Mientras atravesábamos las calles, miré por la ventanilla las tiendas del centro comercial y distinguí el caballito violeta al que mi padre solía llevarme cuando era pequeña. Colocaba una moneda tras otra en la ranura y yo cabalgaba sobre él como si fuera la experiencia más excitante del mundo.

Pero, en realidad, no había hecho nada excitante. Apenas había salido de Crampton: una vez para ir a Disney World y todos los veranos para visitar a mis abuelos en Ohio. Reeve era de un lugar completamente distinto, donde se hablaba diferente. Había tenido experiencias que yo no podía ni imaginar, pero deseaba conocerlas. *El mundo es inmenso*, pensé esa noche mientras me llevaban a la fiesta. Inimaginablemente inmenso y, a veces, emocionante, y Reeve formaba parte de él.

–Que te diviertas mucho, querida –dijo mi madre al bajarme frente a la *McMansión* de Dana en el vecindario más elegante de los alrededores, donde las casas estaban muy separadas unas de otras. Tenía columnas blancas en el frente y un ventanal enorme, pero las cortinas estaban corridas.

Mis padres no tenían la menor idea de lo importante que era esa noche. No sabían que era una fiesta distinta de todas a las que había ido antes. Suponían que, en la casa de Dana Sapol, todos los chicos estaban sentados en la alfombra jugando al *Scrabble*. Y, obviamente, no sabían nada acerca de Reeve, porque yo nunca lo había mencionado.

Cuando entré, la sala de los Sapol estaba oscura y olía a cigarrillo, a pizza, a cerveza y a marihuana. La música sonaba a todo volumen. No vi a Reeve y saludé a algunos chicos, pero no me detuve a conversar. Él era el único con quien quería hablar, de modo que me abrí paso entre la multitud hasta que escuché su acento tan especial y actué como un perro deteniéndose bruscamente ante la voz del amo. Luego seguí esa voz y ahí estaba Reeve Maxfield con una camisa arrugada.

A veces, parecía como si todavía no hubiera desempacado. Llevaba la camisa arremangada y sostenía una bolsa de supermercado en una mano y una botella de cerveza en la otra. Cuando me vio, estaba hablando con un grupo de muchachos y, abruptamente, se detuvo en mitad de la frase.

–Termina lo que estabas diciendo, amigo –exclamó Alex Mowphry, que sujetaba su botella de cerveza por el cuello y trataba de lucir mayor de lo que era. En sexto curso, él había vomitado por todo el autobús en nuestro viaje de fin de semana a la ciudad colonial de Williamsburg.

–No –dijo Reeve. Bajó la cerveza y se dirigió directamente hacia mí–. Tendrán que imaginar lo que estaba por decir.

–Pendejo –masculló Alex.

–¿Pendejo? –repitió Reeve llevándose la mano al oído–. Lo siento, pero en mi país, se les dice así a los niños, de modo que supongo que significa algo... *agradable*.

Alex le hizo un gesto grosero con el dedo en alto, pero Reeve echó a reír. Luego se acercó a mí y me dijo *hola*. Mi rostro se puso caliente; pude sentirlo aun con el calor que hacía en la sala. Los otros chicos comenzaron a hacer bromas sobre nosotros mencionando el retrato que yo le había hecho en la clase de Arte, y nosotros les devolvimos las bromas. Después me preguntó:

–¿Quieres ir a otro lugar a charlar?

–Claro –respondí y caminamos por el corredor hacia las habitaciones. Tras la primera puerta que abrimos, había dos personas entrelazadas sobre una pila de abrigos. Levantaron la vista hacia nosotros sin mucho interés. Reconocí a Lia Feder, que había estado el año anterior conmigo en la clase de Matemáticas para Principiantes. Hizo un gesto con la cabeza, me dijo *hola* y luego continuó besando a un chico que yo nunca había visto, y quizás ella tampoco.

Cerramos la puerta y continuamos la recorrida. En la habitación siguiente, había un grupo de chicos sentados en el piso que parecían estar en las primeras rondas de un partido de *strip* póker. Todos levantaron la vista y emitieron unas sonrisitas disimuladas.

Finalmente, entramos al dormitorio de la hermanita de Dana. Courtney Sapol tenía cinco años y se había ido con sus padres por el fin de semana, dejando a Dana en la casa con sus sesenta amigos más cercanos, y yo. La habitación de Courtney era blanca y rosa, y la cama tenía baldaquino. No parecía correcto sentarse en ella; era una obviedad, como si estuviéramos diciendo: "Somos dos adolescentes que se gustan y, como no hay padres cerca en esta fiesta adolescente, es hora de tener sexo en la cama de una niña".

Pero yo no quería hacer eso, estaba abrumada por lo que sentía por Reeve y, además, ¿qué pasaba si él solo pensaba que yo era "dulce" y "agradable" y le gustaba mi cabello largo, pero no estaba realmente interesado en mí?

Eché un vistazo alrededor del dormitorio de luz tenue. La alfombra era mullida y sintética y, en la oscuridad, ni siquiera pude distinguir de qué color era. Resultaba muy extraño lo que ocurría con el color, cómo la oscuridad lo hacía desaparecer. Reeve apoyó en el suelo la mochila que llevaba con él.

–¿Provisiones? –pregunté.

–Sí, de mi país –contestó, y cuando espié dentro del bolso vi un frasco pequeño y lo saqué.

–*Mermelada de piña y jengibre Busha Browne's* –leí en la etiqueta–. Pero es de *Jamaica* –comenté y Reeve asintió.

–Bueno, Jamaica en un tiempo fue colonia inglesa.

Y entonces me di cuenta: Dios mío, había traído la mermelada de Jamaica *por mi nombre*. Claro. Era un regalo para mí, una broma interna entre los dos. Me sentí tan emocionada por el gesto que el calor volvió a encender mis mejillas. Esperé que dijera que era para mí, pero Reeve era tímido.

–¿Puedo quedármela? –pregunté suavemente.

–Claro. Es buena.

Pero sabía que nunca abriría ese frasco, sería un recuerdo de esa fiesta y de esa noche. Cerré la mano alrededor del vidrio y lo guardé con cuidado dentro del bolso.

En el piso, había una gran casa de muñecas, una de esas ridículamente costosas que los Sapol habían mandado a hacer especialmente para su hija. Se parecía a la casa de verdad: una *McMansión* en miniatura dentro de la *McMansión* de tamaño real. Las habitaciones estaban decoradas con muebles pequeñitos y muy elegantes, que probablemente había que pedir de un catálogo especial. Había cuadros enmarcados que tenían encima unas lucecitas que se encendían si jalabas de una cadenita. El

tocador de la mamá tenía un juego de peines y cepillos plateados. Las cerdas eran tan pequeñitas como las pestañas de un bebé.

En la sala de estar, estaban apiñados todos los miembros de la familia. Reeve se sentó en el piso y yo me acomodé junto a él.

–Aquí tienes –dijo alcanzándome con solemnidad una muñeca de madera con vestido y delantal estilo retro–. Esa eres tú –y levantó el muñequito del padre, recién llegado del trabajo, de traje y corbata–. Y este soy yo –agregó. Y llevamos al papá y a la mamá a recorrer la casa. Les hicimos preparar la cena en la cocina de mármol y los sentamos juntos en la sala a ver televisión.

–Están viendo *Britain's Got Talent* –anunció Reeve.

–No, *American Got Talent* –insistí yo.

–*Britain's Got Talent*.

–*American Got Talent* .

–Nuestra primera pelea –señaló Reeve.

Los dos muñecos estaban sentados uno al lado del otro en el sofá y sus hombros se tocaban, que era lo que yo había querido que hicieran nuestros hombros reales. Reeve arrojó el muñequito del papá al piso, de modo que yo hice lo mismo con la mamá. Los dos muñequitos quedaron uno junto al otro y, en la luz suave e incolora, Reeve y yo quedamos frente a frente. Mi corazón latía con todas sus fuerzas pero traté de ignorarlo.

Nuestros ojos se cerraron y los rostros se movieron al mismo tiempo con esa torpeza que recordaba de Seth Mandelbaum. Los hombros también se tocaron y sentí el crujido de su camisa arrugada de algodón.

Eso no tenía nada que ver con lo de Seth Mandelbaum.

Los labios carnosos de Reeve tocaron los míos durante un segundo y luego se despegaron con un leve chasquido. Los sentimientos se arremolinaron dentro de mí con mucha rapidez. Él retrocedió y emitió un sonido similar a un *ahh* y yo lo imité; ninguno de los dos se sentía cohibido: simplemente *excitados*. Nos besamos interminablemente encima de la casa de muñecas.

Esa resultó ser la noche en que nos enamoramos. Hacía dieciséis días que nos conocíamos. Solo nos quedarían veinticinco días más.

Abrí el diario y tomé el bolígrafo, pero no fui capaz de escribir una sola palabra.

capítulo 4

JUSTO DESPUÉS DE MEDIANOCHE, ME DESPERTÓ el sonido de llantos y chillidos.

–DJ, ¿qué es *eso*? –pregunté mientras me levantaba bruscamente de la cama.

Mi compañera de cuarto emitió unos bufidos desde el otro lado de la habitación. Le tomó una eternidad salir de la cama y asomarse al pasillo; yo ya me encontraba afuera con un grupo de chicas en camisetas o camisones, que decían "¿Qué pasa?", "¿Qué está sucediendo?", pero nadie lo sabía. Jane Ann Miller, la profesora de Historia que también era la supervisora de nuestra residencia, apareció con su bata de baño cortita color fucsia y se alejó por el corredor con paso rápido. Subió las escaleras en la dirección del ruido mientras todas nosotras salíamos tras ella en hilera como si fuéramos patitos.

El problema venía del piso de arriba, habitación 43. Junto a la puerta, había una placa que decía: JENNY VAZ Y SIERRA STOKES. Jane Ann golpeó con fuerza y se asomó Jenny, con quien yo aún no había hablado.

El llanto y el griterío –que ahora era llanto más que nada– continuaron, de modo que era Sierra quien estaba alterada.

Jane Ann se dio vuelta hacia nosotras y nos habló con voz severa:

–Regresen a la cama. No hay nada que ver –pero aun después de que entrara y cerrara la puerta, todas nos quedamos esperando. El llanto se calmó pronto y, finalmente, todo quedó en silencio.

Por la mañana, todas estábamos un poco dormidas por habernos despertado durante la noche. A la hora del desayuno, me encontraba en la fila con mi bandeja, los ojos medio cerrados, casi balanceándome, cuando noté que Sierra estaba dos personas delante de mí hablando con una chica desconocida.

–Sí, lo sé. Por *supuesto* que parecía real –decía la chica con mucha paciencia–. No podrías *creer* la que tuve este verano. Estaba dando un examen muy importante y, de repente, me di cuenta de que me había olvidado de llevar un lápiz...

–No tiene nada que ver –interrumpió Sierra.

–Oh, lo sé, siempre parece que sucediera de verdad –comentó la chica.

–Olvídalo –concluyó Sierra y se alejó.

Mientras desayunábamos, DJ me comentó:

–No es para sorprenderse que Sierra haya tenido una verdadera pesadilla teniendo en cuenta lo que le sucedió.

–¿Qué le sucedió?

DJ me observó desconcertada.

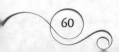

–Ah. Claro. No lo sabes –en el plato, tenía tres uvas y un trozo de pan tostado casi quemado; un pan tostado *emo*, como ella. Le dio un mordisco, tragó y luego continuó–: No debería hablar de esto; va en contra de la política de El Granero. Se supone que, aquí, las personas cuentan sus propias historias a otros solamente si quieren. ¿La conoces?

–Está conmigo en Temas Especiales –respondí.

–¿Ella entró y yo no? Bah, qué me importa. Bueno, todo lo que te contaré es que llegó el año pasado *completamente* trastornada y tal vez la pesadilla implica que no ha mejorado mucho.

–"Eso" que le ocurrió –comenté–. ¿Es algo realmente malo?

–Sí. Lo peor –contestó DJ. Aunque no sabía qué significaba "lo peor", sentí que me contraía por dentro.

Nos dirigimos a la primera clase y, durante Temas Especiales, eché una mirada a Sierra, que parecía molesta y distante. Casey no había llegado todavía y entró estrepitosamente en el aula con su silla de ruedas en el medio de un debate sobre el narrador en primera persona de *La campana de cristal*.

Sobrevino una pausa prolongada y me pareció que todos estábamos nerviosos.

–Casey –dijo finalmente la Sra. Quenell–. El mundo no te va a esperar.

¿Esto era el *mundo*?

–Lo siento –musitó Casey.

La profesora prosiguió la clase.

–Como les dije, esta novela se escribió hace más

de cincuenta años –explicó–. ¿Pero alguno de ustedes puede identificarse hoy con ella?

–Por supuesto –dijo Casey–. Se podría decir que yo estoy atrapada en mi propia campanita de cristal sobre ruedas.

Yo, pensé, *también tengo mi propia versión*. Recordé que, después de que Reeve muriera, solía quedarme todo el día echada en la cama escuchando a mis parientes y amigos hablar sobre mí en el vestíbulo o en la sala. Comencé a sentir que mi cama era una isla y que me alejaba flotando de todo el mundo y solo tenía los recuerdos de Reeve como compañía.

–El aislamiento es tan duro... –murmuré y, de inmediato, me sentí avergonzada de haber hablado.

La Sra. Quenell me miró.

–Sí –afirmó–. Y ustedes son tan jóvenes... La protagonista de la novela también lo es. Estar a las puertas de la vida y no poder ingresar en ella... es algo que debe evitarse, siempre que se pueda.

Todos permanecían muy atentos a la profesora. ¿Estábamos hablando de la novela? Tal vez no. Quizás estábamos hablando de nosotros mismos. Y pensé que eso era lo que podía suceder cuando uno empezaba a comentar un libro.

Recordé haber leído *La telaraña de Charlotte* con mi mamá cuando era pequeña. Estaba sentada junto a ella en el sofá de la sala cuando murió Charlotte. Y fue como si esa arañita de granero fuera mi verdadera amiga. E, incluso, como si ella fuera *yo*. Supongo que descubrí, súbitamente, que un día yo también iba a morir. Fue el momento en que lo supe por primera vez. Quedé impactada y lloré.

Así también me hacía sentir ahora la depresión del personaje de Esther, de Sylvia Plath: *Ah, ahora lo entiendo*, pensé. Y su aislamiento me recordó cómo me había sentido desde lo ocurrido con Reeve.

–Sí –dijo Griffin–. Es como si no pudieras hablar con las demás personas. ¿Qué saben ellas de lo que te está pasando? Nada.

–Nada de nada –concordé.

–De modo que los demás no saben nada de nada –dijo la Sra. Quenell–. Y Esther también parece sentirse así, y está sola dentro de su desesperanza. Para ella, nada cambia. Lo cual, me parece, es lo opuesto a la vida.

–¿Acaso no es la muerte lo opuesto a la vida? –preguntó Sierra, uniéndose a la charla por primera vez en el día.

–Yo pienso que *no cambiar* es similar a morir –señaló Griffin, y me di cuenta de que se sentía incómodo al estar participando de una conversación vagamente literaria. Estaba segura de que nunca debía haber hecho algo semejante en toda su vida–. Pero tal vez estoy equivocado, Sra. Q –añadió con rapidez.

¡Sra. Q! Un par de chicos rieron nerviosamente. Sin embargo, el nombre encajó de inmediato, y *quedó*, de la misma manera en que Leo había comenzado a llamarme Jam, y también había quedado.

–Usted sabe más de lo que piensa, *Sr. F* –dijo la profesora–. El cambio puede ser crucial. Todo está cambiando continuamente. Las células de ustedes están cambiando en este mismo instante. La vista desde esa ventana es ligeramente distinta de lo que era hace unos segundos.

Miré automáticamente hacia la ventana y, como si la Sra. Quenell lo hubiera programado, una hoja salió volando del árbol, chocó contra el vidrio y quedó adherida unos segundos antes de desaparecer dando vueltas.

–No podemos temerle al cambio –nos dijo–. De lo contrario, nos perderemos todo.

La clase estaba por llegar a su fin. La señora echó un vistazo al reloj como si quisiera volver al presente. Todos habíamos estado muy lejos, pensando en Sylvia Plath y su alter ego, Esther Greenwood y, por supuesto, en nosotros mismos. Esta clase era como una de esas tiendas abiertas las veinticuatro horas, con la única diferencia de que esta vendía únicamente depresión. Si yo fuera un negocio, me llamaría "La Tienda de la Desolación".

Y me sentía realmente desolada. Al terminar la clase y mientras caminaba lentamente por los jardines, me di cuenta de que el debate me había dejado agotada. *Tal vez dormiré durante la hora de Física*, pensé. Ya no tenía sentido seguir despierta. Sin Reeve, prácticamente no era una persona.

Di vuelta la esquina y me encontré sola en el sendero cubierto de hojas y vagué en silencio en medio de los árboles. Sabía que los colores del otoño en Vermont eran algo increíble pero no me importaba. En realidad, los colores parecían estar provocándome, diciendo: "Aquí estamos, Jam, todos los colores del espectro. Y, sin embargo, no puedes apreciarnos ni un poquito. *Ja-ja-ja*".

Hundí las manos en los bolsillos y encontré una moneda de diez centavos cubierta de pelusa. Mientras la hacía girar entre los dedos, divisé a Sierra que se

hallaba cerca arrojando piedras contra un árbol. Una y otra vez, se preparaba y luego disparaba alguna piedra contra el tronco con todas sus fuerzas. Tenía mucha determinación y concentración, como si lanzar piedras fuera una especie de ritual liberador.

–Hola –le dije interrumpiéndola.

Repentinamente avergonzada, se dio vuelta y me miró.

–Hola.

–Tienes mucha fuerza en el brazo –señalé mientras me acercaba.

–Gracias.

Incómodas, permanecimos una al lado de la otra.

–Debes estar muy enojada con ese árbol –agregué–. Acaso te pasó alguna enfermedad contagiosa como el hongo de la madera –pero ni siquiera rio de mi broma patética.

–Tuve una noche difícil. Supongo que ya lo sabes –comentó.

–Sí. Lo lamento.

Sierra me estudió como tratando de decidir si debía conversar conmigo o no. Luego acotó:

–¿Alguna vez tuviste una experiencia completamente absurda?

–No estoy segura.

–Me refiero a una experiencia tan ilógica que, si se la contaras a alguien, diría: "¿Qué rayos le pasa a esa *loca*?".

Mi corazón se aceleró. Después de perder a Reeve, había pasado por momentos muy intensos. Y algunas personas me echaban miradas de extrañeza porque no estaban acostumbradas a contemplar esa clase de intensidad y de dolor en alguien de mi edad. Pero Sierra se refería a otra cuestión y yo no estaba dispuesta a revelar la historia de Reeve en ese instante.

–¿Puedes explicarme un poco más? –fue todo lo que alcancé a decir.

–No te preocupes –concluyó–. No es importante –tomó la mochila, pasó las correas por los brazos y se marchó, dando por terminada la conversación. Había intentado averiguar si éramos dos almas afines y, aparentemente, había decidido que no. Me había puesto a prueba, y me había reprobado.

El viernes por la noche se realizó una fiesta informal. Era una de las ideas más tristes del mundo: un grupo de inadaptados psicológicos reunidos torpemente en un gimnasio mientras sonaba música *house*, como si se tratara de una reunión normal de adolescentes pero con aburridos profesores ubicados a los costados del salón, para controlar. Como todo en El Granero, esa fiesta se suponía que debía ser "sanadora" y que aprenderíamos algo de ella. Por ejemplo, a ser sociables.

–Dios mío. Estas fiestas son de lo peor, debería haberte advertido –exclamó DJ, que se encontraba junto a mí evaluando el lúgubre salón.

–¿Cuánto tiempo tenemos que quedarnos? –pregunté.

–Hasta el próximo milenio.

–¿Pero con qué *objetivo*?

–Esa es la pregunta del millón.

El cabello de DJ le cubría tanto el rostro que ya parecía

más bien una pared de pelo antes que una cortina. Tenía los brazos cruzados sobre el pecho, llevaba una minifalda rosa, *Doc Martens* y una chaqueta militar y, de alguna forma, todo armonizaba y le quedaba genial. Yo llevaba mi atuendo habitual: jeans, suéter y *Vans*.

De pronto, recordé el suéter café de Reeve, la lana suave color chocolate y su particular olor agridulce. Y, aunque estaba obligada a permanecer en esa reunión, comencé a repasar en detalle dentro de mi mente –como solía hacer en ocasiones– los cuarenta y un días de nuestra relación. Esos cuarenta y un días que había memorizado y que, en momentos de estrés o de hastío, reproducía una y otra vez dentro de mi cabeza, como una película pasando ininterrumpidamente. Comenzaba a recordar cada cosa que habíamos hecho juntos:

La mañana en que apareció en Gimnasia por primera vez.

La tarde en la clase de Arte cuando yo estaba dibujando en la colina y vino a sentarse junto a mí.

La noche en que nos besamos encima de la casa de muñecas de Courtney Sapol.

La vez que me mostró un DVD de su episodio preferido de los Monty Python del loro muerto.

Habíamos hecho más cosas pero, a medida que los recuerdos comenzaban a agolparse en mi cerebro, la garganta se me atoraba. Y si no dejaba de pensar en esos cuarenta y un días, era probable que me echara a llorar en el medio de esa estúpida fiesta.

Deja de pensar en él, me dije a mí misma. *Intenta ser sociable*.

Pero era demasiado duro. No tenía sentido estar allí; era una locura que nos obligaran. Casey Cramer había llegado tarde otra vez y ubicado la silla de ruedas junto a la salida. No tenía importancia que ella no pudiera bailar, pues nadie estaba bailando. La música era atronadora y hasta habían colocado una bola de discoteca que giraba patéticamente sobre nuestras cabezas. ¿Qué era eso? ¿Acaso habían enviado a algún empleado de la escuela a comprarla a un lugar llamado Equipamiento para Fiestas de Vermont? Los espejitos giratorios de la bola de discoteca no hacían más que destacar el hecho de que todos nos encontrábamos parados a su alrededor cual bultos inanimados y emocionalmente frágiles.

–Alguien podría tomar una fotografía de esta escena –comentó Casey– y titularla "Tragedia".

Griffin se encontraba cerca. De noche, con la luz débil del gimnasio y sin la capucha, su rostro lucía más hosco que de costumbre y me pregunté si siempre habría sido así o si eso era el resultado de lo que lo había llevado allí.

–¿Qué estás mirando?

La voz de Griffin me sobresaltó.

–Nada –respondí pero realmente aún continuaba observándolo sin darme cuenta.

–Sí –recalcó–. Me estabas mirando.

–Es mentira –insistí sin saber por qué me resultaba tan importante negarlo. Estaba respondiendo de manera similar a la forma en que se peleaban los niños pequeños–. ¿Qué pensaste? –le dije–. ¿Que estaba desesperada por descubrir al ser conmovedor oculto debajo de la capucha?

–Bueno, como quieras –disparó, la respuesta más ridícula del mundo. Luego se dio vuelta y salió del gimnasio dando zancadas.

–¿Qué fue eso? –preguntó Casey mientras lo observábamos partir.

–Ni idea.

A nuestro alrededor, algunos comenzaron a acercarse a la pista de baile y, para olvidarme del mal momento con Griffin, intenté concentrarme en lo que ocurría delante de mis ojos. A pesar de que la mayoría de los chicos que se encontraban allí estaban en un estado más bien deplorable, algunos de ellos aún deseaban participar de esas actividades humanas básicas. No tenía la menor idea de por qué.

La música aumentó el volumen y el salón se llenó. En pareja o en grupo, los chicos se largaron a bailar.

–¿De modo que piensas dejarlo solo allí afuera? –inquirió Casey.

–¿A quién?

–A Griffin. Salió.

–Me parece muy bien que se haya ido.

–Es que estaba pensando en lo que nos pidió la Sra. Quenell. Que nos cuidáramos unos a otros. Y todos dijimos que lo haríamos.

No quería estar obligada a lidiar con Griffin más de lo imprescindible. Implicaría tener que diseccionar mis sentimientos y analizarlos. A veces, durante el verano, mis padres solían hacernos trabajar en la cocina a Leo y a mí pelando maíz. Teníamos que quitar las barbas que estaban metidas entre los granos. Debíamos sacarlas una por una y nos llevaba muchísimo tiempo. Esto sería algo similar, aunque no con los pelos del maíz, sino con mis sentimientos.

A espaldas de Casey, las puertas exteriores del gimnasio se abrían hacia la noche. Y, bajo el aire fosforescente, otra vez con la capucha levantada, se encontraba Griffin con los brazos alrededor del cuerpo para defenderse del frío.

Casey tenía razón, debería ir a hablar con él.

Pero me llevó demasiado tiempo decidir qué hacer y, para cuando llegué al porche, Griffin ya se había marchado. No podíamos dejar la fiesta antes de que terminara pero, a diferencia de Marc Sonnenfeld, a Griffin no le agradaban demasiado las reglas. Si yo pudiera decidir qué hacer, también me marcharía de la reunión y de la escuela. Me subiría a un autobús esa misma noche y abandonaría a todas esas personas y sus tristes pasados, me dirigiría a mi hogar en Nueva Jersey y me metería en la cama por el resto de mi vida.

Detrás de mí, bajo la luz amarilla llena de insectos del porche, alguien pronunció mi nombre y, cuando me di vuelta, me encontré con Casey, que se veía diminuta en su silla de ruedas en medio de la noche.

—¿Estás pensando en huir? –preguntó.

—No es mala idea.

—No debe ser tan terrible estar acá para alguien como tú –señaló.

—¿Como yo? –Casey Cramer apenas me conocía.

—Alguien que puede caminar –explicó–. ¿Sabes cómo los llamamos a ustedes? CT.

–No sé qué es eso.

–Significa Capacitados Temporarios. Nadie sabe qué puede depararle el futuro, ¿verdad? Mírame a mí. Yo nunca supuse que podía pasarme algo así. Por lo tanto, disfruta de la vida mientras puedas –dijo Casey–. Ve a engancharte con nuestro joven e iracundo Griffin.

–No iba a engancharme con él –aclaré con pudor–. Solo pensaba ser amable.

–Perdona –dijo Casey–. A veces me vuelvo una amargada. Es que ya nadie va a sentirse atraído por *mí*.

–Eso no es verdad.

–Sí, claro, Jam, porque a un chico le va a encantar que no pueda moverme ni un centímetro. Y va a *adorar* llevarme al baño y sentarme en el wáter. Le va a resultar muy excitante, ¿no crees?

Comencé a decir algo pero no serían más que balbuceos sin sentido. Por propia experiencia, sabía que no había nada que pudiera decirle para que se sintiera mejor. Ambas estábamos perdidas y fragmentadas. Nos quedamos en medio del frío, tiritando un poco y sin decir nada.

capítulo 5

FINALMENTE, UNA NOCHE TARDE, FUI A BELZHAR por primera vez. No lo llamé así de entrada; tampoco los demás. Después de ir allí –después de que "eso" me sucedió– me aterraba la idea de que alguien se enterara. Al principio, parecía demasiado loco e incoherente como para contarlo.

A los trece años, cuando Jenna Hogarth y yo nos drogamos con la marihuana de uso terapéutico de su tío, imaginé que la lámpara con forma de gato que estaba en la sala de estar de su casa había *maullado*. Eso me puso como loca durante unos treinta segundos hasta que logré calmarme y tomármelo a risa. (Hasta el día de hoy, no tenía especial interés en fumar marihuana o perder el control.)

Pero no había manera de tomarse a risa Belzhar. Era demasiado importante como para hacerlo.

Belzhar surgió de la nada y nos cambió por completo a todos los que cursábamos Temas Especiales de la Literatura. Antes de ir por primera vez, no hacíamos más que deambular inocentemente por las aulas de

El Granero, siguiendo el ritmo monótono de la tarea, de la vida en la residencia y de las comidas. Por más que tratara de distraerme, extrañar a Reeve me producía en los huesos un profundo dolor que se negaba a desaparecer.

La noche en que fui a Belzhar por primera vez no parecía distinta de cualquier otra. Casey, DJ y yo nos encontrábamos en la sala común haciendo la tarea, vestidas con camisetas y pantalones de gimnasia. Las tres habíamos comenzado a andar juntas, aunque nunca conversábamos acerca de cuestiones personales. Nos juntábamos al caer la tarde para estudiar y charlar de cosas sin importancia. Sierra nunca se unía a nosotras.

–Ahora que ya llevan un tiempo cursando la asignatura, ¿qué tiene de extraordinario Temas Especiales? –preguntó DJ cuando Casey y yo comenzamos a hablar sobre los inminentes trabajos que teníamos que entregar. Por más que le hubiera asegurado miles de veces que la clase no tenía nada de particular, DJ no podía olvidar el asunto.

–¿Quién dice que es algo extraordinario? –inquirió Casey.

–Todo el mundo –respondió DJ–. Pero Jam cree que no es así. Tal vez me está ocultando algo.

–DJ, estás loca –señalé.

–Jam tiene razón –intervino Casey–. No es nada extraordinario. De todos modos, la Sra. Quenell es interesante. Todos los demás profesores nos tratan con demasiada suavidad. Y me encanta lo que estamos leyendo.

A mí también. Pero no me volvía loca por ninguno de los otros compañeros del grupo, salvo Casey.

Desde la fiesta, Griffin y yo nos habíamos evitado totalmente y Sierra se había mostrado callada y distante con todos. A Marc se lo había visto sorprendentemente agotado durante uno o dos días. Durante la cena, había alcanzado a escuchar que le decía a otro chico que tenía problemas para dormir. De modo que la clase no era una buena mezcla, pero leer a Sylvia Plath valía la pena.

–Bueno, ya es hora de irme rodando a la cama –anunció Casey finalmente, cuando comenzaba a hacerse tarde.

Se deslizó hasta la puerta y nosotras la abrimos por ella. Luego la ayudamos a pasar y dirigirse a su habitación. Un poco después, DJ y yo subimos las escaleras hacia nuestro sector. Una vez que ingresamos en el dormitorio y sin preguntarme si me parecía bien, DJ apagó la luz de un golpe dejándonos en medio de la oscuridad más completa.

–Muchas gracias –exclamé.

–De nada.

–¿No se te ocurrió pensar que yo podría querer dejar la luz encendida un rato más? ¿Para poder terminar mi inútil tarea sin tener que hacerla en braille?

–Entonces vuelve a la sala, Jam –contestó desde abajo de las sábanas.

–No quiero bajar otra vez. Quiero quedarme aquí.

–Quédate entonces. Yo voy a dormir.

Pensé en levantarme y encender la luz de un golpe, pero DJ volvería a apagarla de un manotazo. Y, además, tampoco me parecía tan importante. En cierto modo, la oscuridad me venía bien; encajaba con mi ánimo de esa noche y de todas las noches. No me importaba si debía permanecer el resto de mi vida en una habitación totalmente oscura.

Y ahí fue cuando todo comenzó. Estaba recostada en la cama con la mirada fija en la forma de mi grosera compañera, que se encontraba bajo las mantas del otro lado de la habitación, y pensé que estaba atrapada en ese lugar y que era muy triste que todo hubiera terminado así. Debería estar viviendo en Nueva Jersey, caminando por el campo de juego de la escuela secundaria con mi novio, Reeve Maxfield, tomados del brazo. Esa debía ser mi vida, pero me la habían arrebatado.

Me senté en la cama y me recliné contra el muñeco. Recordé que el primer día, al final de la clase, la Sra. Quenell había dicho que todos tenían algo que decir, pero no todos tenían el valor de decirlo. Nuestra tarea era encontrar la manera de hacerlo.

En la oscuridad, me dirigí al escritorio y hurgué entre mis cosas hasta encontrar el diario y la lucecita de lectura que mi madre se aseguró de que trajera a la escuela.

–Nunca puedes saber cuándo tendrás ganas de leer en medio de la noche –había dicho. Como si la lectura continuara siendo una de mis prioridades.

De vuelta en la cama y apoyada contra mi compañero de estudios, abrí el diario. Tal vez había llegado la hora de escribir en serio acerca de Reeve. Tal vez podría ayudarme, aunque fuera un poquito. Oprimí el bolígrafo y estas fueron las primeras palabras que escribí:

Reeve Maxfield era la persona que había estado esperando desde que nací, aunque no lo sabía.

Y, una vez que escribí eso, sentí que los brazos del muñeco comenzaban a aflojarse y se doblaban.

La tela pareció cambiar de textura, los bastoncitos se rellenaron y se transformaron en algo parecido a la lana.

Los brazos semejaron brazos humanos.

Seguramente, me había quedado dormida y estaba soñando con el chico que había amado y que había muerto.

Y, sin embargo, estaba segura de estar despierta y que algo les sucedía a mis pensamientos.

Date vuelta, me dije a mí misma.

Pero no fui capaz de hacerlo, porque los brazos que me sostenían se habían vuelto seguros y familiares y lo que deseaba más que nada en el mundo –aquello que era imposible– parecía estar sucediendo. Y si estaba equivocada, quedaría destrozada.

Date vuelta.

Lo hice y ahí estaba. Respiré profundamente y miré sus ojos adormilados y su pelo oscuro y revuelto. No era una escena onírica, no estaba haciendo lo que se conoce como sueño lúcido. En lugar de eso, Reeve, mi novio, a quien había perdido, estaba ahí, *aquí*, conmigo.

Ya no estábamos en mi dormitorio de El Granero, sino al aire libre en un día neutralmente gris. ¿Dónde nos hallábamos exactamente? Por unos pocos segundos, no pude reconocer el lugar. Hacía frío y, al mirar a mi alrededor, descubrí que no había árboles altos y cubiertos de hojas como en Vermont ni montañas de hojas amontonadas en el suelo. En cambio, nos encontrábamos en el vasto terreno del campo de deportes, ubicado en la parte de atrás de mi vieja escuela secundaria, en Crampton, Nueva Jersey.

–Regresaste –le dije y luego mi voz se quebró y me eché a llorar. No se podía decir que no lo hubiera hecho desde el último día en que lo había visto: había llorado constantemente, quemándome los ojos, inflamando mi rostro, manteniendo a mi familia despierta toda la noche, preocupando terriblemente a todo el mundo.

Pero ese llanto era diferente. Era un llanto de *alivio*. La última vez que había llorado de esa manera, creo que tenía cinco años y me había perdido en el enorme supermercado del pueblo. De repente, vi a mi madre doblar la esquina del pasillo con el carrito y comencé a sollozar como si ella hubiera regresado de la guerra.

–Ay, Jam, *shh* –dijo Reeve, me atrajo hacia él y dejó que llorara mientras me acariciaba el pelo.

–Gracias –fue todo lo que se me ocurrió decir–. Gracias.

"Los efectos persistentes del trauma", la frase que mis padres habían escrito en mi solicitud de ingreso a la escuela, habían pasado a un nuevo estado. Yo era como aquella anciana demente de Crampton que solía sentarse en la parada del autobús y murmuraba a la gente que pasaba por allí: "¿Ángela, cuándo vas a volver a casa? Ángela, mi bebita, te dejaré la luz encendida".

Pero, a diferencia de esa señora, yo me sentí repentinamente feliz. Probablemente su hija nunca iba a regresar a ella, pero Reeve, de alguna extraña manera, había regresado a mí. Y, por ese motivo, ese nuevo estado no era tan terrible.

–Jam –dijo finalmente–. ¿Te encuentras bien? –Su voz era la misma de siempre: ese acento particular, ese tono *rasposo*.

–¿Me estás preguntando a *mí*? ¿Y qué pasa contigo? –pregunté–. ¿Te encuentras bien?

Asintió.

–Ahora sí.

–No puedo creer que estés aquí –exclamé y me eché a llorar nuevamente.

–¿Adónde más podría ir? –comentó con una sonrisa triste–. ¿A cantar con los Kesman?

Me sentía incapaz de superar el hecho de que me hubiera sido devuelto como un objeto perdido que había extraviado mucho tiempo atrás. Tal vez el truco era sufrir mucho –llorar hasta enfermarte– y luego tu mente *estallaba* y adoptaba propiedades magnéticas por las cuales podías lograr que alguien regresara de verdad a ti.

–Ha sido horrible –le conté.

–Lo sé. Pero por favor no llores más, Jam –rogó–. Porque si no yo también me pondré a llorar. Y no tenemos mucho tiempo. ¿Acaso quieres pasarte el rato deprimida, como esas adolescentes de las películas no aptas para menores de 13 años?

–Yo no soy como una de esas chicas. ¿Y qué quieres decir con eso de que no tenemos mucho tiempo? –pregunté secándome los ojos–. ¿No *volviste*?

–No del todo –respondió mientras meneaba la cabeza como disculpándose, y entonces noté que, aunque era él sin lugar a dudas, desde el rostro dulce y la boca hermosa hasta el surco alargado entre los labios y la nariz que yo sabía que se llamaba *filtrum*, porque él me lo había dicho ("está en el diccionario, puedes buscarlo"), igual se veía más desvaído, como si fuera una especie de acuarela.

–Lo que quiero decir es que sí volví, pero solo por un tiempo –respondió–. Creo que es probable que ya lo sepas –agregó. Y pensé que tenía razón; yo realmente parecía saberlo.

–¿Pero qué es este lugar? –inquirí–. Creo que son las canchas que se encuentran detrás de la escuela, pero el terreno parece que no terminara nunca. Luce diferente.

–Creo que eso también lo sabes –señaló.

Tomó mi mano en la suya y sentí sus dedos largos, los callos, la curva de la palma de la mano. A continuación, caminamos por los terrenos oscuros y duros del campo de deportes; ahora parecía ser el lugar a donde podías ir si habías perdido a alguien y necesitabas desesperadamente que volviera, si no tenerlo te había provocado mucha tristeza.

Y era cierto que me había desmoronado al perder a Reeve y caído en un estado de monotonía espiritual, una especie de agonía, como si estuviera muerta por dentro y debajo de una *campana de cristal*.

Ese vasto espacio abierto, todo el cielo gris y el césped chato y seco, era el sitio más desolado en el que había estado, pero también era un lugar maravilloso porque él estaba allí. Me pregunté qué podíamos hacer dentro de ese tiempo limitado que teníamos para estar juntos. ¿Besarnos? ¿Tocarnos? ¿Conversar? ¿Hacernos bromas? ¿Quedarnos quietos de espaldas en el césped, cada uno con un auricular del *iPod* en la oreja, escuchando los primeros acordes de una canción de *Wunderkind*, la banda británica de música alternativa que a Reeve le encantaba?

–Ven aquí, mermelada de piña y jengibre –dijo y yo sollocé contra su hombro y mis lágrimas se derramaron por el suéter color café.

–Lo siento, vas a oler como un perro mojado –comenté cuando conseguí hablar.

–Creo que el olor a perro mojado está subestimado –contestó–. Espero que la gente no empiece a seguirme por todos lados para olfatearme el culo, joder.

–*¡Joder!* –exclamé–. Eres el mismo de siempre.

Pero los dos sabíamos que no lo era, no totalmente. Y cuando dijo que no teníamos mucho tiempo, me estaba advirtiendo que no me relajara demasiado. ¿Acaso *alguna vez* podías permitirte estar relajada en el amor? A mis padres siempre se los veía realmente relajados, sentados en el viejo sofá de la sala después de cenar; frotándose mutuamente los pies luego de un largo día en la oficina, donde ambos eran contadores; sin preocuparse por el hecho de que un día uno de ellos habría de morir y el otro quedaría desconsolado.

Aun ahora, Reeve y yo tampoco teníamos mucho tiempo; quizá nadie lo tenía. Tumbados en el suelo y a pesar del frío, nos besamos y me contó historias que ya me había contado antes, como esa en que siempre había querido llegar a formar parte de algún grupo de cómicos como los Monty Python, cuando fuera más grande. Yo estaba feliz de escuchar todo otra vez.

Deseaba preguntarle: "¿Todo este tiempo estuviste pensando en mí de la misma manera en que yo estuve pensando en ti?". Pero no lo hice. Si nos quedábamos echados en el suelo, de esa forma tan dulce y ligera, tal

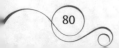

vez nunca tendríamos que levantarnos y eso nunca tendría que terminar.

Pero concluyó de pronto. El cielo se apagó bruscamente y Reeve dijo con voz cansada:

–Deberías regresar –se puso de pie y yo le eché una ojeada. Inspeccioné su cuerpo delgado, el inmanejable cabello, el rostro suave, gentil y demasiado desprotegido.

Me besó las manos y luego la boca y no tuve oportunidad de preguntarle qué debía hacer para verlo otra vez. Ni siquiera sabía cómo había llegado hasta allí. Lo único que sabía era que, por un ratito, había abandonado mi insoportable vida interior y que ya estaba entrando en pánico ante la idea de quedarme otra vez sin él.

Cerré los ojos apenas por un segundo, lo que dura un parpadeo, y cuando los abrí, me hallaba sentada nuevamente en la cama de mi habitación totalmente oscura en El Granero. El viejo diario rojo estaba abierto en mi falda. Y aunque recordaba haber escrito una sola línea, había varias páginas escritas con mi letra, contando mi historia con Reeve y cómo había sido nuestro primer encuentro. Y también nuestra historia actual, cuando nos habíamos vuelto a encontrar.

En varias partes, la tinta se veía manchada y corrida, como si alguien hubiera estado inclinado sobre la hoja, llorando desconsoladamente.

capítulo 6

–DJ –SUSURRÉ EN MEDIO DE LA OSCURIDAD DE LA habitación, pero no hubo respuesta–. Dj –repetí en tono urgente.

Después de unos segundos, escuché que se daba vuelta en la cama.

–¿Qué ocurre, Jam? –preguntó.

Estaba a punto de contarle lo que me había sucedido pero me detuve. Por alguna razón, supe que no debía decir nada.

–No. Nada –contesté finalmente–. No podía dormir.

–¿No podías *dormir*? ¿De veras me despertaste para decirme que no podías dormir?

–Sí –fue todo lo que se me ocurrió decir.

–¿Por qué no intentas contar pequeñas imágenes de mí saltando por encima de una cerca para abofetearte? –propuso. Después masculló algo que no alcancé a oír y se volvió a acomodar en la cama. En pocos segundos, su respiración cambió y se durmió nuevamente.

Me quedé sentada inmóvil en la habitación oscura. Tal vez debía ir a confesarle todo a Jane Ann, la supervisora.

Ella le avisaría a la enfermera y tendría que sentarme tiritando en una sala llena de luz en medio de la noche y explicar todo a esas mujeres amables y preocupadas.

–Vi a mi novio –anunciaría mientras la enfermera examinaba mis ojos con una lucecita.

–Mmm –diría ella siguiéndome la corriente.

–No, en serio, estuve con él otra vez, ¿entienden? Estuvimos juntos. Sucedió de verdad, no lo estoy inventando.

Como la escuela no creía en medicar, nadie trataría de sedarme a menos que fuera una emergencia absoluta. No obstante, podrían decidir que estaba demasiado desequilibrada como para permanecer ahí y terminaría en un hospital para enfermos mentales como Sylvia Plath, con electrodos enviando impulsos temblorosos a mi cerebro.

Por lo tanto, decidí no contarle nada a nadie.

De algún modo, logré quedarme dormida pero, a la mañana siguiente, cuando desperté, recordé inmediatamente lo que había sucedido la noche anterior. Me estiré hacia el escritorio y tomé el diario de cuero rojo para asegurarme de que lo que recordaba realmente hubiera ocurrido. Ahí estaban: cinco páginas completas escritas con mi letra. Había una larga descripción de Reeve del día en que nos habíamos conocido en la clase de Gimnasia y otra de cuando volví a verlo en esa extraña versión del campo de deportes detrás de la escuela de Crampton.

Había sucedido de verdad.

–Estás rara hoy –comentó DJ mientras nos vestíamos. Se quitó la camiseta grandota de My Chemical Romance, con la que había dormido y se puso sostén y unos bóxers a cuadros–. Quiero decir, más rara de lo normal –agregó.

–Mira quién habla.

–Soy muy consciente de lo rara que soy –afirmó.

Me sentía muy aturdida, como Sierra después de su pesadilla. Durante el desayuno, me senté sola en un rincón mirando la pared, pues no quería hablar con nadie. Comí un panecillo de plátano que estaba duro como una piedra. Todos se dieron cuenta de que era mejor dejarme sola. Acá era común que las personas tuvieran altibajos y todos eran muy respetuosos.

Masticando en silencio y con lentitud la corteza del panecillo, me permití repasar cada minuto de lo que había sucedido la noche anterior, recordar cómo los brazos del muñeco se habían transformado en los brazos de Reeve y luego habíamos vuelto a estar juntos. Debí haber estado absorta durante todo el desayuno pues, súbitamente, sobrevino un estruendo.

–¡Mierda! –escuché. Al retroceder de la mesa, Casey había chocado la silla contra Marc, cuya bandeja había salido volando por el aire. El tazón de cereal cayó al piso y giró como un trompo hasta que finalmente se detuvo–. Por Dios, Marc –exclamó Casey–, mira por dónde caminas.

Acorralado entre la silla de ruedas y la mesa siguiente, Marc exclamó:

–Tú también.

–¿Que mire por dónde camino? ¿De veras?

–Sabes lo que quise decir.

Sin pensarlo dos veces, me acerqué deprisa y sujeté las manijas de la silla de ruedas para ayudar a Casey a moverse.

–Suéltalas, Jam –dijo como si le hablara a un perro desobediente. Y luego, con gran dificultad, se liberó y lo único que pude hacer fue observarla partir. Cuando se marchó, me arrodillé junto a Marc y lo ayudé a recoger la comida y los cubiertos desparramados por el piso.

–No sé por qué se enojó tanto –comentó–. Está muy nerviosa.

–No es la única.

Marc buscó una pala y una escoba y terminamos de limpiar. Después nos dirigimos en silencio hacia la clase de Literatura. Supuse que no sería un buen día y, al llegar, comprobé que no me había equivocado. Casey estaba de un humor espantoso, y también Sierra, Marc y yo. Griffin siempre estaba de un humor espantoso y ese día no era una excepción.

La Sra. Quenell nos observó desde su sitio en la mesa y finalmente preguntó:

–¿Qué ocurre?

Nadie tenía una respuesta para darle.

–Ya veo –repuso, pero era imposible que percibiera algo.

Yo estaba por estallar. Si existía en el mundo una profesora a la cual podría querer contarle lo que me había sucedido la noche anterior, esa era la Sra. Q. Después de todo, estaba escribiendo en mi diario cuando ocurrió. Tal vez ella lo entendería. Pero no podía explicar algo que yo misma no lograba comprender.

–¿Continuamos desde donde dejamos la última vez? –preguntó la profesora–. Creo que Sierra estaba...

–No se ofenda, Sra. Q –dijo Sierra–. Pero no puedo concentrarme en esto.

–Yo tampoco –intervino Marc–. Lo siento.

–Es como si las palabras escritas en la hoja no significaran nada –comentó Griffin.

La Sra. Quenell nos observó a todos. ¿Se enojaría y diría: "No importa si pueden o no pueden concentrarse. Están aquí para aprender" o sería comprensiva con nosotros?

Finalmente, nos sorprendió a todos al decir:

–¿Saben algo? Hoy los voy a dejar ir más temprano.

–¿En serio? ¿Está segura? –preguntó Marc, asustado, como diciendo: "¿Acaso eso no va contra las reglas?".

–Ya escuchaste a la Sra. Q –señaló Griffin.

–Vayan a tomar un poco de aire de montaña –propuso–. No tiene sentido intentar darles clase cuando sus hermosas mentes están muy lejos de aquí. Vayan a ver si pueden concentrarse en la naturaleza.

Pero el aire de montaña no podía ayudarme a comprender lo ocurrido. Lo que en verdad deseaba hacer era llamar a mis padres y confesarles lo que me había sucedido la noche anterior. Antes de conocer a Reeve, solía contarles tantas cosas. Si pasaba algo en la escuela cuando era pequeña –como una vez en que Dana Sapol había tropezado conmigo "sin querer" al pasar junto a mí o cuando me empujó fuera de la fila del almuerzo–, regresaba a casa y me desahogaba con papá y mamá durante la cena. Ellos siempre eran tan comprensivos...

Había un teléfono público en el primer piso y yo tenía una tarjeta para llamar. Ya casi no se veían esos teléfonos en ningún lado, lo cual debía ser algo bueno. Leí que alguien había realizado un estudio y descubierto que los auriculares estaban atestados de millones de bacterias repugnantes. Bacterias *fecales*, por si alguien desea saber. Pero ahí, en El Granero, era como vivir en una comunidad menonita; los teléfonos públicos eran la única forma de comunicarse con el mundo exterior.

Era la mañana de un día de semana; por lo tanto, marqué el número de la oficina de mamá.

–Karen Gallahue –contestó con su voz de mujer de negocios.

De solo escucharla, se me hizo un nudo en la garganta y se me humedecieron los ojos.

–Ay, mamá –exclamé.

–¿Jam? –preguntó–. ¿Eres tú?

–Sipi. ¿Puedo irme a casa? Hay un autobús. Y tal vez pueden conseguir que les reintegren el dinero que ya pagaron.

–Mira, querida –dijo mamá–. Ya hablamos de esto. ¿Recuerdas esa reunión familiar con el Dr. Margolis? Todos estuvimos de acuerdo con que tenías que tratar de quedarte por lo menos un semestre. Para alejarte de casa, para salir de la cama. Para que estés en un lugar en donde saben tratar a los adolescentes...

–Pero, *má* –objeté–. Tú no entiendes.

–Creo que sí entiendo. Extrañas tu casa...

–¿Es eso lo que piensas?

–Bueno, sí. Porque estás lejos de lo conocido, metida dentro de una nueva situación después de haber vivido mucho tiempo muy protegida.

–Escúchame, mamá. Eso no tiene nada que ver –tomé aire y luego, con voz más calma, proseguí–: Anoche estuve con *Reeve*, ¿entiendes? Estuvimos juntos, él estaba ahí conmigo y nos abrazamos...

–Jam –mi madre me interrumpió con tono severo–. Sabes que eso no es cierto. No sé si lo recuerdas, pero el Dr. Margolis dijo que era probable que notáramos ciertas conductas, pero que no debíamos convalidarlas.

–¿Ciertas conductas? –Lloré en el auricular y enseguida me sentí mal por hablarle tan bruscamente. Pero me negaba a aceptar su comentario–. ¡No sabes lo que estás diciendo! Tienes que permitirme ir a casa. Siento que me estoy desintegrando.

–*Jam* –me interrumpió nuevamente–. Tienes que darle tiempo. Por lo menos un semestre –mamá hablaba en serio. No me permitiría volver a casa de ninguna manera.

Cuando colgué, estaba temblando horriblemente. No sabía qué hacer. ¿Ir a la enfermería para que me dieran una pastilla para dormir? ¿O subir a mi habitación e intentar volver con Reeve?

Me dirigí ciegamente hacia la puerta y me topé con Sierra que entraba. La relación entre nosotras se había vuelto extraña desde el incidente del árbol. Cuando la vi ese día, había querido averiguar si yo había tenido una experiencia similar a la de ella. Si me había ocurrido algo extraño o irreal. En ese entonces, no sabía de qué estaba hablando. Pero tal vez ahora lo entendía.

Le bloqueé la entrada y le dije:

–Tengo que preguntarte algo.

Sierra me miró casi sin interés. Yo había tenido mi oportunidad y la había desaprovechado. Era como si no pudiera imaginar que lo que estaba por preguntarle podía ser interesante; ella pensaba que estaba completamente sola. Quizá, podía sacarla de su aislamiento. De lo contrario, pensaría que yo estaba desquiciada.

—Lo que intentabas preguntarme ese día en que estabas arrojando piedras —arriesgué—, ¿era acerca de algo que viste pero que, en verdad, era increíble que hubieras visto?

Sierra continuaba observándome.

—¿Qué quieres decir? —preguntó.

Eché una mirada a mi alrededor para asegurarme de que estuviéramos solas.

—Anoche, *vi* cosas —me aventuré, aun sabiendo que estaba yendo demasiado lejos—. No existe una explicación. Tampoco me pareció que me hubieran dado una droga. No era esa la sensación.

Sierra me empujó rápidamente dentro del hall de adelante y luego hacia un rincón.

—La cuestión es así —susurró—. Si a ti también te pasó algo parecido, entonces quizá... no sé. Pero, sí, es exactamente lo que trataba de preguntarte ahí, entre los árboles. Y no tenía a nadie con quien hablar.

—Puedes hablar conmigo.

—¿A dónde te dirigías recién? —preguntó.

—A dar un paseo. Tuve una mala conversación telefónica con mi mamá.

—Podría acompañarte —comentó.

De modo que caminamos sin agregar nada más sobre la cuestión. Era como si las dos supiéramos que resultaría muy invasivo preguntar: "¿Y qué fue exactamente lo que *viste*?". Por supuesto que me moría por conocer los

detalles de su alucinación, o como se llamara. Tal vez tenía que ver con lo que DJ había contado que le había pasado a Sierra: algo "realmente malo". Y tal vez ella también se moría por saber qué era lo que *yo* había visto y quién era *yo*. Y averiguar qué me había llevado a El Granero.

A pesar de que había tanto para decir, no dijimos casi nada, excepto confesarnos mutuamente lo aliviadas que estábamos de tener a alguien que hubiera pasado por una experiencia similar e impactante. Continuamos la marcha casi en silencio. Por dentro, sentía una gran conmoción, pero también estaba más tranquila. Finalmente, terminamos en los escalones de la biblioteca, donde Sierra tenía que buscar un libro. Al adentrarnos por los estantes, eché un vistazo a través del área principal de lectura y vi a todos con las mentes profundamente concentradas, soñando despiertos o durmiendo la siesta.

Había un chico sentado solo a una mesa de estudio, la cabeza entre las manos. Era Marc, y aun desde el otro lado de la sala, pude darme cuenta de que le pasaba algo. Levantó los ojos y nos divisó a Sierra y a mí. Intercambiamos una mirada entre nosotras, una comunicación silenciosa.

No éramos las únicas; a Marc también le había sucedido algo.

Tal vez a todo el grupo de Temas Especiales le había sucedido algo.

Marc se puso de pie, metió los papeles en la mochila –ordenadamente, por supuesto– y enfiló hacia nosotras.

–*Hola* –susurró.

–Afuera –anunció Sierra.

En los grandes escalones de piedra de la biblioteca, lo encaramos de la forma más vaga y directa que encontramos.

–Estás destruido –comentó Sierra.

–No dormí –repuso Marc.

–¿Demasiada tarea?

–No. La tarea de acá es muy liviana.

–¿Has estado viendo cosas últimamente? –pregunté.

Marc me miró a mí y luego a Sierra, tratando de entender qué estaba sucediendo.

–Está todo bien, Marc –dijo Sierra–. Puedes hablar. Nosotras acabamos de admitir lo que nos ocurrió.

–¿Y si alguien nos puso alguna droga sin que nos diéramos cuenta? –preguntó tensionado–. ¿Lo pensaron?

–No es eso y tú lo sabes –respondió Sierra–. Esto es algo distinto. ¿Qué piensas que es? –inquirió.

Marc la miró con impotencia.

–No tengo idea y, generalmente, tengo respuestas para todo. –Y luego preguntó–: ¿Cuándo les ocurrió a ustedes dos? ¿Qué estaban haciendo exactamente? Porque yo estaba sentado en el escritorio escribiendo en mi diario.

Le dije que yo también estaba escribiendo en mi diario y Sierra asintió. De modo que estaba relacionado con los diarios.

–¿Le habrá pasado a toda la clase? Casey estaba enojada durante el desayuno –comenté–. Con Griffin es difícil saber.

–Podemos reunir a todos y preguntarles –propuso Sierra.

–¿Y qué hacemos si ellos dos no saben de qué estamos hablando? –preguntó Marc–. Podrían contarles a los directores.

–Vamos, no van a hacer algo así. De todas maneras, estoy dispuesta a correr el riesgo –dijo Sierra–. No sé qué otra cosa podemos hacer.

De modo que acordamos mantener una reunión de urgencia en nuestra clase a las diez de la noche, en el breve espacio de tiempo comprendido entre las horas de estudio y el momento de apagar las luces.

–Los edificios de clases nunca se cierran –señaló Sierra–. Así que no tiene que haber ningún problema. El aula es un buen lugar –explicó–, porque los árboles que hay del otro lado de la ventana nos protegerán de ser vistos por los de seguridad cuando hagan las rondas nocturnas.

Decidimos que Marc se encargaría de llevar a Griffin y Sierra y yo, a Casey. Elaboramos el plan y luego esperamos.

Durante el resto del día, me senté en las aulas y observé los árboles, las montañas y el cielo mientras recordaba cómo me había sentido al estar con Reeve la noche anterior. Pensé que la próxima vez que escribiera en mi diario, tal vez me vería arrastrada hacia él nuevamente.

Esa noche, todos se presentaron a las diez. Marc llevó a Griffin, quien parecía encontrarse en un tranquilo y controlado estado de alteración, la capucha levantada como siempre. Pero seguramente estaría en ese mismo estado si lo despertaras y le anunciaras que ganó la lotería. Casey parecía aliviada de estar ahí. No podíamos encender la luz de arriba de la sala, pues podría verse desde los árboles. En su lugar, Sierra encendió una vela gorda con aroma a avellana que había llevado y Marc desenrolló una manta con un dibujo geométrico. Todos nos sentamos sobre ella en el piso de madera del aula alrededor del tenue resplandor de la vela.

El aroma a avellana era fuerte y artificial, pero me agradaba. Recordaba haber ido a una tienda de velas con Hannah y Jenna cuando teníamos trece años. Habíamos recorrido el local oliendo cada una de ellas.

–¡Huele esta! –nos decíamos las unas a las otras–. ¡Y ahora esta!

Como en el aula hacía frío, desenrosqué la perilla floja del viejo radiador.

–Quizá podemos conseguir algo de comida de la sala de profesores –sugerí. Así que Sierra se marchó y regresó con lo mejor que pudo encontrar: media caja de galletas de trigo y casi un litro de gaseosa dietética. Probablemente, no notarían la falta de ninguna de las dos.

Sentados sobre la manta mientras el calor se extendía por el aula, nos pasamos la botella de gaseosa y bebimos sorbos antihigiénicos. Todos nos encontrábamos en el suelo salvo Casey, que nos observaba desde la silla de ruedas.

–¿Y qué es todo esto? –preguntó finalmente–. ¿Por qué estamos aquí?

–¿No tienes ninguna idea? –indagó Marc.

–Tal vez –respondió–. Pero no quiero decirlo yo, prefiero que lo diga otro.

–Sí, ¿qué rayos es esto? –preguntó Griffin–. Más vale que sea algo bueno.

–Solo escucha –dijo Sierra y luego le preguntó–: ¿Has tenido visiones últimamente? Porque nosotros sí.

Griffin estaba sentado muy quieto con los brazos alrededor del cuerpo. Casey fue quien finalmente asintió.

—Está bien. Sí —admitió—. Tuve una experiencia que supongo que puede considerarse como una "visión". Y me preocupaba que volviera a ocurrir o que alguien se enterara y dijera que tenía un grave problema y tuviera que marcharme de El Granero. Pero no quiero irme. No podría soportar que me enviaran a casa.

Yo, en cambio, le había suplicado a mi madre que me permitiera irme. Y, sin embargo, también entendía lo que Casey quería decir.

—¿Entonces lo que todos están diciendo es que esto también les ocurrió? —insistió Casey, y todos asentimos—. Pero no puede ser lo mismo que me sucedió a mí —agregó—. No tendría sentido. Lo que yo vi... tenía que ver con *mi* vida. Supongo que lo que ustedes vieron tenía que ver con las suyas —nos miró a todos, sus ojos brillaron en la luz titilante de la vela—. Muy bien. Que cada uno cuente lo que le sucedió —sugirió Casey—. Solo digan lo que vieron. Yo no puedo ser la primera, no soy buena para eso. Que empiece otro.

Todos nos quedamos inmóviles pues nadie quería ser el primero. Noté que Griffin escuchaba con tanta atención como todos nosotros. El silencio se prolongó.

—De acuerdo —dijo Sierra finalmente—. Empezaré yo.

capítulo
7

—PRIMERO LES CONTARÉ LA HISTORIA PREVIA
—comenzó—. Para empezar, deben saber que André tenía
once años cuando desapareció.

No sabía quién era o quién había sido André pero podía adivinarlo y me sentí invadida por el miedo.

—Yo tenía catorce. Fue hace tres años, así que ahora él
sería un adolescente. Pero en ese entonces era un niño.

Deliberadamente, fijé la vista en un punto a la izquierda de la cabeza de Sierra. Esa historia no iba a terminar nada bien.

Ella y su hermano eran muy apegados, explicó. Se veía
que su relación era muy distinta de la que yo tenía con Leo.
Yo quería mucho a Leo aunque nunca habíamos tenido nada en común. Pero Sierra y André eran ambos bailarines de
la Academia de Danza de Washington, donde habían tomado clases durante mucho tiempo.

Ella se dedicaba al ballet y André al jazz y al hip-hop.
Tres veces por semana, después de la escuela, iban a las
clases de danza y de ahí a su casa en autobús.

Cerca de tres años antes de que nos reuniéramos esa noche en el aula oscura de El Granero, Sierra y André Stokes se encontraban en el autobús de regreso a su casa, después de la clase de baile.

–Era el final del otoño, en esa hora del día justo antes de la cena –explicó Sierra–, cuando está gris, frío y muy deprimente. Tenía una montaña de tarea y quería ponerme a hacerla cuanto antes. De modo que, cuando André me preguntó si podíamos hacer esa noche galletas con chispas de chocolate, le dije que se habían acabado las cajas de mezcla para hacer la masa y que yo no podía ir a la tienda porque tenía que ir a casa para dedicarme a mi trabajo de Historia. Como empezó a lloriquear, le dije que, si quería, podía ir él a comprar la masa. Había una tienda abierta las veinticuatro horas en nuestro vecindario llamada *Lonny's*. Estaba a cuatro cuadras de nuestro apartamento y hacía varias semanas que mis padres le permitían a André ir allí solo.

"Por lo tanto se bajó del autobús en la parada más cercana a la tienda y yo seguí durante las dos paradas que quedaban. Cuando llegué a casa, mamá ya estaba allí pero papá todavía seguía en el trabajo. Puse la mesa y luego me senté en mi escritorio para hacer mi tarea. Al escuchar el ruido de la llave, supuse que se trataba de André, pero era mi padre. Me preguntó dónde estaba mi hermano y le contesté que estaba en *Lonny's*.

"Pasó el tiempo, la cena estaba lista y afuera ya había oscurecido, pero André seguía sin aparecer. Finalmente, papá y yo nos pusimos los abrigos y volvimos a salir. Caminamos rápidamente hasta *Lonny's* mirando todas

las vidrieras de negocios por el camino, porque esa era la ruta que André habría tomado y algunas zonas no eran muy buenas, aunque sabía que no debía conversar con extraños, etc., etc. El sujeto que estaba detrás de la caja de la tienda lo conocía y confirmó que había estado ahí un rato antes y que había comprado la caja de masa para galletas. Entonces mi padre y yo regresamos deprisa al apartamento, pensando que mi hermano ya debía estar ahí, pero no fue así.

"Después tuvimos que darle la noticia a mamá y le dio un ataque. Llamamos a todos los amigos de André, pero ninguno lo había visto. Mi padre llamó a la policía y vinieron dos agentes al apartamento y luego enviaron un patrullero a buscarlo por la calle. Un rato después, sonó el timbre y, cuando mi madre respondió, otro policía dijo algo así como: *Encontramos esto en la acera, cerca de la tienda.* Y extendió una bolsa de plástico transparente con una caja de masa para galletas en el interior.

"Mi madre lanzó un grito ahogado y estiró la mano para tomarla, pero el policía dijo: *No, lo lamento. Tenemos que llevarla a la comisaría para que analicen las huellas digitales. Es una prueba.* Y mi madre se cayó, se cortó la cabeza y hubo mucha sangre. Sangre y lágrimas y una caja de masa para galletas. Eso es lo que recuerdo de aquella noche.

Al escuchar la historia de Sierra, solo podía pensar que tenía que saber de inmediato cuál había sido el final y que tenía que ser bueno. Quizá no era tan malo como temía. Tal vez a André lo habían encontrado unas horas después y había recibido una paliza de un grupo de matones mayores que él, pero nada grave. Y, a pesar de que Sierra había quedado emocionalmente inestable a partir de esa experiencia, y a partir de otras experiencias que todavía no nos había contado, tal vez su hermanito estaba bien y bailando en Washington.

Sin embargo, no podía olvidar que había comenzado la historia diciendo: *Ahora él sería un adolescente.* Había querido decir: *si lo hubieran encontrado.* O *si estuviera vivo.*

–¿Qué le ocurrió? –Casey reunió el coraje para preguntar–. ¿Lo llegaron a descubrir?

–No –contestó Sierra–. Se convirtió en uno de esos casos de chicos desparecidos. Se formó un equipo de trabajo. Sorrentino, el detective, nos dio su tarjeta y nos dijo que lo llamáramos si recordábamos algo, aunque fuera en medio de la noche. De modo que intenté pensar en lo que había visto ese día después de la clase y en cualquier cosa que se me ocurriera acerca de las personas del vecindario. Cada vez que lo llamaba para contarle un detalle acerca de un mensajero en bicicleta que me resultaba sospechoso, o del anciano con una mancha púrpura de nacimiento en el rostro que les había gritado una vez a André y a su amigo por arrojar basura, él siempre contestaba el llamado sin importar la hora. Una vez lo desperté a las dos de la mañana y me trató muy bien.

"Pero después de un tiempo me dijo que tenía que dejar de llamar tanto. Pensó que yo era ese tipo de chica alarmista, pero no lo era. Y no lo soy. Cada vez tardaba más en responder a mis llamados. Decía que tenía otros casos que atender y que, sin querer ofenderme, yo me estaba convirtiendo en una molestia.

"Pero yo solo estaba haciendo lo que él me había dicho, y seguiré haciéndolo tanto como haga falta. A veces, hasta lo llamo desde el teléfono público de la sala común y le dejo un largo mensaje en el correo de voz preguntándole si analizaron esto o aquello. Estoy desesperada, y mis padres también lo están. No podemos soportar la ausencia de André y no saber qué le sucedió.

—Ay, Sierra, lo lamento tanto —le dije con un sollozo, y brotaron sonidos similares de todos los que me rodeaban. Sierra se llevó la mano al rostro como tratando de cubrirse los ojos. Marc le dio un apretón en el brazo y Casey se estiró y le dio unas palmadas en el hombro. Griffin se quedó paralizado con una expresión seria en el rostro. No nos conocíamos verdaderamente; sin embargo, en esa improvisada reunión, se había establecido entre nosotros una repentina intimidad.

—¿Cómo haces para salir adelante? —le pregunté a Sierra. Necesitaba saber cómo hacía para despertarse todos los días, salir de la cama, darse una ducha, comer un *waffle* e ir a clase y comportarse como un ser humano. ¿Le importaba realmente algo de lo que hacía? ¿Le agradaba sentir el agua de la ducha golpeándole la cabeza? ¿Sabía a algo el *waffle*? ¿Había algo en el mundo que le resultara interesante?

Sierra respondió:

—Todavía no he logrado superarlo en absoluto. Mis padres tampoco. Pero supongo que hay una parte de mí que sigue adelante. La única razón por la cual estoy en El Granero es porque hay un fondo para becas que me paga todo. El fondo envía a todos los demás a internados verdaderamente académicos. Yo soy la única que está en uno para personas trastornadas. –Y luego añadió–: Y si se enteraran de lo que vi, probablemente me quitarían la beca y me mandarían a casa.

–¿Y qué es lo que viste? –preguntó Casey, pero todos conocíamos la respuesta.

–Viste a André –acoté.

–Sí –admitió–. Y después de eso, después de tener la "visión", todas mis compañeras insistían en que se trataba de un sueño. Jane Ann me preparó un té de hierbas y me contó que una vez había tenido un sueño muy realista en el que perdía los dientes. Sin embargo, aunque no pudiera explicarlo, yo sabía que había visto a mi hermano.

–¿Recuerdas qué estabas haciendo? –preguntó Casey–. Me refiero a cuando empezó.

–Estaba escribiendo en mi diario.

El rostro de Casey cambió ligeramente y supe que el diario también había sido su forma de entrar. La de todos. Incluso, me animaría a asegurarlo, la de Griffin.

–Estaba sentada en el escritorio en la mitad de la noche y solo tenía encendida mi bombilla –relató Sierra–. Hacía horas que yacía despierta en la cama y, como no podía dormir, me levanté. Jenny, mi compañera de cuarto, estaba durmiendo, entonces abrí el diario y escribí un renglón. Y fue como si repentinamente el escritorio comenzara a *vibrar*. Y después ya no me hallaba más en mi escritorio sino otra vez en Washington, en el autobús, que se estaba moviendo, y yo regresaba a casa luego de la clase de baile. Lo sabía porque tenía conmigo el bolso de danza, que golpeaba contra mi pierna. Estaba sudando en medio del frío, algo que me sucede muchas veces después de practicar. Se estaba haciendo de noche y, junto a mí, en el autobús atestado de gente, estaba mi hermanito. Todavía tenía once años, la edad que tenía el último día que lo vi.

"Al principio solo atiné a quedarme observando. ¡El corazón me latía con tanta fuerza! Estaba medio dormido, la cabeza apoyada contra mí. Nos encontrábamos en algún lugar del trayecto entre la clase de baile y nuestra casa. Y yo seguía mirándolo. Casi podía sentir la sangre deslizándose por mis arterias. Pensé que iba a tener un aneurisma. Finalmente, lo sacudí frenéticamente para despertarlo y le dije: "André".

"Abrió los ojos y, con voz malhumorada, me dijo: *¿Qué pasa, Sierra? Estaba durmiendo la siesta.*

Yo le dije: *Estás aquí.*

Y él exclamó: *No me digas, Sherlock.*

Entonces le pregunté: *¿Pero sabías que esto es algo increíble, no?* Y él masculló algo acerca de que había otras cosas que eran más increíbles, como el *Sojutsu* que, aparentemente, es un arte marcial japonés basado en el manejo de la lanza.

"Me di cuenta de que no tenía que discutir con él. Estaba *ahí*, y él sabía que estaba ahí, pero seguía siendo André, un chico común de once años, de modo que no se iba a poner sentimental. Y luego le pregunté de manera muy casual: *¿Cuánto tiempo crees que esto puede continuar? Que yo esté aquí contigo o que tú estés aquí conmigo, como quieras verlo.*

"Y él respondió: *No lo sé. Probablemente no por mucho tiempo,* abrió la boca y bostezó y pude ver las dos amalgamas de sus dientes.

¿Puedes contarme qué te sucedió?

Levantó la mirada y me dijo algo que nunca podré olvidar totalmente: *No quiero hablar de eso. Por favor, no me obligues.*

¿Estás seguro, André? A veces es mejor hablar de lo que nos resulta difícil –y pueden creerme que vengo escuchando esa frase hace bastante tiempo.

"Solo necesitaba averiguar si en la vida real (y no solamente en ese extraño mundo) él estaba *vivo* en algún lugar. O si, en cambio –agregó con dificultad–, no lo estaba. Yo necesitaba saber pero André no quería hablar de eso. Era muy duro para él.

Quedémonos sentados en el autobús durante el resto del trayecto, ¿te parece bien?, me dijo.

"Y le respondí que me parecía bien. Entonces nos quedamos sentados mi hermanito y yo, con las mochilas y los bolsos de baile. Solíamos fantasear con que cuando fuéramos grandes nos convertiríamos en un famoso equipo de baile llamado Stokes & Stokes. El nombre tendría el *ampersand,* que es el símbolo para la "y". Actuaríamos en grandes estadios y cobraríamos una fortuna por las entradas *premium,* que incluirían tomar una copa de champagne con nosotros después de la actuación. Nuestros videos de YouTube tendrían millones de visitas. Era una fantasía tan estúpida. Y lo único que yo quería en ese momento era mucho más simple que eso. Deseaba continuar andando en ese autobús, sentada junto a mi hermano, en esa otra realidad. Ahí, yo estaba *tranquila*. Ya no tenía todos esos sentimientos terribles que me habían asaltado desde el día de su desaparición.

En la media luz del aula, Sierra cambió de posición y acomodó los hombros, de esa manera inconsciente en que lo hacen los bailarines, y prosiguió:

–De modo que continuamos juntos el viaje mientras el autobús vibraba a través de las calles de la ciudad. Y, un rato después, al mirar por la ventanilla, ya no vi una calle de Washington D.C., sino la vista de la ventana de mi dormitorio aquí, en El Granero. Me encontraba de nuevo en el escritorio, André se había ido y ahí fue cuando comencé a gritar. Haberlo encontrado y *perdido* nuevamente parecía grotesco. Y todo el mundo se despertó y vino a ver qué había sucedido. Les conté a unas pocas chicas que había visto a mi hermano, que lo había visto *de verdad*, que había estado *un rato* con él, pero todas dijeron que había sido un sueño. Y me contaron sueños relacionados con dentistas, con exámenes y con salir a escena desnudas. No dejaban de hablar sobre todos sus estúpidos sueños.

Junto a Sierra, Marc hizo un gesto comprensivo.

–A mí me pasó lo mismo. Y cuando todo terminó y se lo conté a mi compañero de habitación, insistió en que se trataba de un sueño.

–En *mi* caso –intervine–, intenté contárselo a mi madre, pero no quiso escucharme.

–Nosotros te escucharemos –dijo Casey.

–De acuerdo –repuse–. Gracias.

Sin embargo, no me agradaba hablar de Reeve. Era más fácil repasar la historia dentro de mi cabeza que decirla en voz alta. No pensaba entrar en detalles como Sierra; sin embargo, tendría que contarles al menos un poco, para que comprendieran la idea general de lo que había vivido.

–Yo tenía un novio –comencé con voz suave y cautelosa–. Se llamaba Reeve Maxfield. Era un estudiante de intercambio que había venido de Londres y nos enamoramos –no pude decir nada más aunque todos estaban escuchando con atención y esperaban que continuara.

–¿Qué le sucedió? –preguntó Sierra. Era increíble que estuviera preocupada por mí y por mi historia, justo después de habernos contado acerca de André. Pero ella estaba esperando mi respuesta, todos la estaban esperando. En la habitación oscura, se había formado un círculo de ojos resplandecientes.

–Dios mío, murió, ¿no es cierto? –disparó Casey al ver que yo no respondía la pregunta–. Jam, lo lamento mucho...

Me resultaba imposible hablar. Sentí que la boca comenzaba a retraerse en la expresión previa al llanto.

–Lo que me estás contando es la historia de una pérdida –me había dicho el Dr. Margolis en su consultorio la primera vez que mis padres me llevaron a verlo. Detrás de su cabeza, había un cactus muerto en el alféizar de la ventana. Yo no sabía que los cactus morían. Pensaba que era muy sencillo que se mantuvieran vivos. Si un psiquiatra no podía mantener un cactus con vida, ¿cómo haría para ayudar a sus pacientes?

No obstante, no era un mal sujeto. Intentó ayudarme pero no pudo. Después de esa primera vez en que le conté

lo que él llamó "la historia de una pérdida", dejé de tratar de explicarle nada. Iba a verlo dos veces por semana y me quedaba sentada y hablaba muy poco. Sin embargo, dentro de mi cabeza, los recuerdos de Reeve no cesaban de dar vueltas. Y aun esa noche, en el aula, después de que hubiera pasado tanto tiempo, los recuerdos de Reeve continuaban colmando mi mente.

–Enamorarse de alguien y perderlo de ese modo –comentó Marc–. Eso debe haber sido devastador, Jam.

–Lo fue –coincidí–. *Devastador*.

Prefería esa palabra a *traumático*. Lo que sucedió había sido devastador. Y, debido a eso, yo quedé *devastada*, y creía que todavía lo estaba.

–¿Fue repentino? –preguntó Casey–. Si no te molesta que te pregunte –agregó de inmediato.

–Sí, muy repentino –respondí.

Nos quedamos en silencio reflexionando sobre lo que nos había sucedido a todos y sobre lo que se había hablado esa noche. Marc echó un vistazo a su reloj, uno de esos gruesos y metálicos con aspecto muy moderno, donde no solo podías ver la hora sino, probablemente, a cuántos nudos te encontrabas de algún lugar, y dijo:

–Los supervisores comenzarán a recorrer los dormitorios en cualquier momento, antes de apagar las luces. Tenemos que regresar en... cuatro minutos y medio.

–Recuerden: no le contaremos nada a nadie –advirtió Sierra con ansiedad–. Ni siquiera a nuestros compañeros y compañeras de habitación. Prométanlo.

Todos lo prometimos. Y luego Marc agregó:

–Y también tienen que prometer que no volverán a

escribir en sus diarios hasta que hayamos analizado todo con cuidado. ¿De acuerdo?

–¿Por qué? –inquirió Griffin–. ¿Qué podría ocurrir?

–Ni idea –contestó Marc–. Por eso lo dije. Todavía no sabemos lo suficiente.

Noté que a todos nos atemorizaba ese otro mundo y, sin embargo, todos queríamos regresar. ¿Pero quién podía saber si la próxima vez sería igual? Por lo que nosotros suponíamos, cuando escribiéramos en el diario nuevamente, podría suceder algo muy distinto.

O tal vez no sucedería nada.

Se nos dijo que debíamos escribir en el diario dos veces por semana; todos lo sabíamos. Pero a pesar de lo que la Sra. Quenell nos había pedido, decidimos no escribir "hasta nuevo aviso", como había dicho Marc. Luego convinimos en encontrarnos nuevamente ahí, la noche siguiente a la misma hora.

Griffin se inclinó hacia delante, apagó la vela con un fuerte soplido y nos quedamos a oscuras.

capítulo 8

CUANDO REGRESÉ AL DORMITORIO DESPUÉS DE nuestra pequeña reunión nocturna, DJ me preguntó: *¿dónde andabas?* Y lo único que le respondí fue: *por ahí*.

–¿Sabes qué hora son? –insistió.

–Qué hora es –corregí, lo cual fue una estupidez de mi parte.

–*Aaayy*, ella, la alumna de Temas Especiales de la Literatura –exclamó en tono sarcástico–. ¿Es eso lo que les enseñan ahí? ¿A decir *qué hora es*?

–Algo así.

Jane Ann asomó la cabeza dentro de la habitación.

–Hey, chicas, ¿ya terminaron la tarea y todo lo demás? ¿Listas para dormir?

–Sí, ya estamos –respondí, aunque no estaba lista en absoluto.

DJ apagó la luz y nos quedamos tumbadas en la cama. Después de un silencio largo e incómodo, dijo:

–¿Jam?

–Sip.

–¿Puedo hablarte de algo?

Dios mío, ahora iba a interrogarme. Me diría: *Algo te pasa, algo absolutamente descomunal y quiero saber qué es.*

–Claro –contesté y me quedé esperando.

Sobrevino otro silencio prolongado y angustiante. Finalmente, preguntó:

–¿Notaste alguna cosa inusual en mí durante la fiesta?

–¿Qué? –dije sorprendida. ¿En la fiesta? Traté de recordar–. Bueno, estuviste *bailando*. Supongo que eso fue algo que no me esperaba.

–Ah, ¿crees que no bailo, que lo único que hago es andar malhumorada todo el día? –repuso con un leve resoplido. Y luego prosiguió–: No, me refiero a *con quién* estaba bailando. ¿Te fijaste?

Me sentí sumamente aliviada al ver que no me estaba preguntando nada acerca de mí. Recordaba vagamente que, esa noche, había estado bailando con una chica, de esa forma en que bailan las mujeres entre ellas, solo para divertirse o para mostrarse.

–Era una chica rubia, ¿verdad? –aventuré–. ¿Se llama Rebecca?

–Sí, Rebecca Fairchild. Creo que es muy linda. Atractiva, quiero decir.

–¡Oh! –exclamé. Ni por un segundo se me había ocurrido que a DJ podían gustarle las chicas ni que bailar con Rebecca Fairchild tuviera un significado especial–. Me parece bien, obvio –le aseguré de inmediato.

–*¿Te parece bien?* Dios mío, Jam, gracias por tu aprobación. Ahora no tengo que sentirme como un fenómeno de circo o preocuparme por que me vayas a dejar de lado.

–Ya cállate, DJ. Solo dije eso porque sé que soné sorprendida. Y, lo reconozco, me sorprendí.

–Yo también me sorprendí –admitió DJ–. Decirle *atractiva* a otra chica. Nunca había dicho algo así en toda mi vida. Es como si no pudiera creer que lo dije en voz alta.

Esa fue la primera vez que DJ se había mostrado vulnerable frente a mí. Generalmente, escondía todo con mucho cuidado. La verdadera DJ Kawabata se mantenía oculta como la comida basura que había distribuido en sitios secretos por toda la habitación.

Nos quedamos un rato en silencio, pero la tensión había disminuido.

–¿Ya te había gustado antes alguna chica? –pregunté.

–Por supuesto –respondió.

–¿Y también chicos?

–No de esa manera.

–¿Siempre lo supiste?

Se movió en la cama durante unos segundos y luego contestó:

–Lo primero que recuerdo es que estaba enamorada de mi maestra de tercer curso, la Srta. Clavel. En serio, se llamaba así, como el personaje de *Madeline*. Sin embargo, no era una monja. Era una suerte de hippie que se ponía flores silvestres en el pelo. Al final del año, dejó el trabajo para mudarse a California con su novio y, cuando me enteré, lloré mucho.

Echada en la cama, imaginé a DJ como una niñita pecosa muriendo de amor por su maestra joven y bonita. En realidad, no era difícil de imaginar.

–Es muy triste –comenté.

–¿Y quieres que te cuente algo? Mis problemas con la comida comenzaron esa primavera.

–¿En serio?

–¡No! Dios mío. Estaba bromeando.

–¡Ah!

Después de reírnos un poco, agregó:

–Cuéntame algo de ti.

–¿Qué?

–Como quién fue tu primer gran amor.

De pronto, me puse muy incómoda.

–Ah –proferí, tratando de sonar confundida–. Es complicado. Pero estábamos hablando de ti y no de mí.

–En realidad –admitió DJ–, con Rebecca es la primera vez que me *gusta* alguien y que siento que alguien podría gustar de mí.

–Bueno, eso es muy importante.

–Pero, sinceramente, no tengo la menor idea de si siente lo mismo que yo. Esa noche en la fiesta, pensé que había algo entre nosotras. Nos mirábamos todo el tiempo. Y ahora me echa unas *miradas* como si compartiéramos alguna broma interna. Pero si llego a estar equivocada, estamos encerradas en esta comunidad minúscula e incestuosa donde, tarde o temprano, todos conocen la vida de todos, ¿y cómo podría enfrentar algo así?

Mis ojos ya se habían acostumbrado a la oscuridad y alcancé a ver que DJ estaba de cara hacia mí y se estiraba hacia adelante mientras me contaba cosas que eran importantes para ella.

–Creo que deberías decirle algo –señalé.

–¿Aun cuando podría arruinar todo de la peor manera?

–Créeme, la vida es corta. De pronto te arrebatan a alguien y nunca más puedes decirle nada.

–Guau –exclamó DJ–. Eso es verdad. Tendré que pensarlo. Mientras tanto, la próxima vez que la vea, le diré: *Hola, Rebecca, ¿todo bien?* Actuaré de manera totalmente normal.

–Normal para ti –comenté con una risita.

–Sí, normal para mí.

Bostezamos, una después de la otra, porque bostezar era contagioso. Al poco tiempo, nos dimos vuelta y quedamos de espaldas y luego, como dos personas atraídas por un tornado, las dos nos rendimos impotentes ante el sueño. No podría decir quién se rindió primero.

A la mañana siguiente, resultaba difícil creer que esa aula iluminada por el sol fuera el mismo lugar en donde, la noche anterior, los cinco alumnos que cursaban Temas Especiales de la Literatura se habían sentado a la luz de la vela intercambiando historias de traumas y alucinaciones. La Sra. Quenell nos saludó como si esa fuera una mañana igual a todas y no pareció notar las gotitas de cera de la vela que salpicaban el piso.

–Espero que hoy todos se sientan animados y descansados –comentó–. ¿A quién le gustaría comenzar a exponer sobre el tema? –Echó una mirada alrededor de la sala–. Jam –dijo–. ¿Por qué no comienzas tú?

No estaba en absoluto preparada para eso.

Todos dirigieron la vista hacia mí. Tal vez me equivocaba, pero Griffin parecía divertido. No permitiría que me afectara. Los dos últimos días, había ido a la biblioteca y leído la biografía de Sylvia Plath y también algunos de sus poemas. No le había dedicado mucho tiempo a la tarea porque no me interesaba demasiado, pero entendía las ideas principales. Al menos, eso creía. Pero, en ese momento, por alguna razón, estaba realmente nerviosa. ¿Qué pasaría si todo lo que estaba por decir estaba mal?

No dejaban de mirarme, esperando que hablara mientras yo ojeaba mis notas sin querer hacer contacto visual con nadie.

–El padre de Sylvia Plath criaba abejas como pasatiempo –comencé–. Fue una figura muy importante en su vida y murió cuando ella tenía ocho años. Y eso perturbó a Plath, quien quedó con su madre y su hermano e, imagino, con una sensación de, ya saben, *tristeza*.

Lean el poema *Papi*, en el cual maldice a su padre y al poder que tiene sobre ella, aun cuando había muerto varios años atrás. Lo que digo es que, en el poema, está *furiosa* con él. No sé si es exactamente con él –continué– o incluso si es con ella. Es mucho más que eso, y utiliza imágenes de nazis y opina sobre historia y sobre la Segunda Guerra Mundial. Está lleno de rabia y es muy complejo. Y pienso que aunque el poema esté teñido de una furia increíble, también contiene mucho sufrimiento.

Pasé los papeles que tenía hasta encontrar el poema.

–"Papi, tenía que matarte / Moriste antes de que me diera tiempo" –leí en voz alta. Y luego recité otros versos posteriores del mismo poema–: "A los veinte intenté morir / y volver, volver a ti".

"Creo que eso es lo que ella quería –afirmé y bajé la hoja–. Volver a él.

–¿Piensas que la depresión de Sylvia Plath es una especie de dolor que nunca cerró? –preguntó la Sra. Q.

–Bueno –respondí con nerviosismo–. No soy profesora de Literatura ni psiquiatra.

–Pero eres una chica pensante, Jam –apuntó la Sra. Quenell–. Y, además de eso –agregó–, has tenido experiencias que te habilitan a opinar sobre estos temas. Todos las han tenido. No teman utilizarlas. Pongan en la mesa todo lo que tengan. Y lo digo *literalmente* en este caso –y golpeó la tabla de roble de la mesa ovalada a la que estábamos sentados.

–En realidad siento que el dolor es una parte muy importante de todo –disparé en un estallido–. Pero uno debe actuar como si no lo fuera. Como por ejemplo, si pierdes a alguien, ¿cómo pretenden que sigas ocupándote de las cosas estúpidas de la vida cotidiana? Si el examen será difícil, si tienes las puntas del cabello florecidas o si te peleaste con una amiga. ¿Cómo puede hacer Sylvia Plath, o Esther Greenwood en *La campana de cristal*, cuyo padre también murió, para seguir viviendo en este mundo y llevar una vida normal? –pregunté.

Lo que realmente quería saber era: ¿Cómo podíamos hacer, cualquiera de los que nos encontrábamos en esa habitación, para interesarnos por algo cuando, constantemente, nos sentíamos tironeados por sentimientos y pensamientos insoportables?

–Esas son buenas preguntas –comentó la profesora–. ¿Alguien quiere contestar?

Al principio ninguno de los que estaban en la mesa habló. Y luego Griffin dijo:

–Tal vez esto no sea una respuesta. Pero, a veces, no es exactamente una persona lo que echas de menos. Puede ser cualquier cosa que signifique algo para ti.

Me pregunté qué le habría pasado, qué lo habría lastimado y replegado dentro de sí mismo.

Cuando la clase terminó, Griffin salió antes que todos dando grandes zancadas con sus botas de motociclista. Esta vez, ni siquiera se molestó por hacer notar que ayudaba a Casey, como hicimos los demás. Cuando salimos del edificio, él ya caminaba solo por el sendero, muy adelante del resto, la capucha levantada, las manos hundidas en los bolsillos del abrigo.

Esa noche a las diez, cuando nos reunimos otra vez en el aula oscura, me sorprendió levemente que Griffin hubiera venido. Pensé que se desconectaría de nosotros. Pero allí estaba, sentado en la manta de Marc. Todos nos acomodamos mientras Sierra encendía la vela y la falsa fragancia a avellana le confería al lugar el aroma de esas casas de té cursis y exageradamente caras.

–Si alguien tiene ganas de ayudarme a bajar de este aparato –pidió Casey–, es posible que pueda sentarme en el suelo con ustedes.

Todos nos quedamos mirándola estupefactos como si nunca se nos hubiera ocurrido que ella pudiera *existir* fuera de esa silla de ruedas. Marc se colocó delante de ella y la levantó diciendo:

–¿Está bien? ¿No te estoy sujetando muy fuerte?

–No me voy a romper, Marc –contestó Casey–. Ya estoy rota, ¿recuerdas?

–Solo preguntaba. Es la primera vez que hago algo así.

Sierra había preparado un lugarcito para que Casey se sentara, uno donde estuviera contenida y, finalmente, estuvo en el círculo con todos nosotros, aunque tenía las piernas estiradas hacia adelante y sus piecitos delicados, calzados dentro de elegantes botitas, colgaban flojos a ambos lados.

La vela irradiaba el resplandor del fuego de un campamento y, esta vez, habíamos venido preparados con comida que habíamos tomado furtivamente de la cena para no tener que robarles nada a los profesores.

–¿Quién empieza a hablar? –preguntó Marc.

Apoyada contra la pared, Casey levantó la mano como si fuera de mañana y estuviera en clase.

–Acá no hay que levantar la mano –dijo Marc imitando la voz de la Sra. Quenell, y se escucharon risitas–. Solo elevar la mente.

–Yo empiezo –señaló Casey–. ¿A alguien le interesa saber por qué terminé así?

capítulo 9

–CRECÍ EN LA CIUDAD DE NUEVA YORK CON UNA familia rica –relató Casey–. No quiero sonar odiosa pero el apartamento de mi familia apareció en la revista *Architectural Digest*. Sí, uno de *esos*. Es un dúplex en la Avenida Park y la calle Setenta y Uno. Tenemos un ama de llaves que se ocupa de que todo marche a la perfección y es una excelente cocinera. Si nos daba hambre en medio de la noche, no teníamos más que apretar el botón del intercomunicador que dice "Daphne" y ella nos hacía una hamburguesa completa en pan especial. Al día siguiente se quejaría un poco pero aun así lo hacía. Una limusina nos llevaba todos los días al colegio y...

–Una limusina. Qué elegante –murmuró Griffin.

–Cállate, Griffin –dijo Sierra con voz suave.

–Nos parecía algo normal –prosiguió Casey–, porque muchas chicas de colegios privados de la ciudad van a clase en limusina. Y los padres siguen viaje hasta sus oficinas después de dejarnos en el instituto. Ellos son los amos del universo. Manejan Wall Street. A mi padre le gusta *ganar* y, para él, eso significa apropiarse de corporaciones y comprar sociedades mediante financiación externa. Hacer eso le proporcionaba más felicidad que cualquier otra cosa. Y adoraba hacer dinero y gastarlo en nosotros.

"Éramos básicamente felices –aclaró Casey–, algo que la gente encuentra difícil de comprender. En Sedgefield –el hospital donde hice la rehabilitación–, nadie podía entenderlo. Intenté explicárselo a las personas que trabajaban allí, pero resultó imposible. Ni siquiera el problemita de mi mamá nos hacía *in*felices.

Hizo una pausa y todos nos quedamos esperando.

–Bebía –explicó–. No por la mañana –nunca por la mañana– pero en distintos momentos del día. Yo lo notaba; todos lo notábamos. Me ponía en estado de alerta, me hacía sentir un poco tensa; pensaba: *Está bien. Otra vez mamá bajo los efectos del alcohol.* Salía a almorzar con sus amigas y regresaba a casa borracha como una cuba. Cuando esto sucedía, mis hermanas y yo siempre nos preocupábamos. Utilizábamos un código. Decíamos: *Mamá sacó el cubo de la basura.* Hasta lo decíamos *delante* de ella y ella comentaba: *¿De qué hablan, chicas? Yo no saqué el cubo de la basura; Daphne lo hizo.*

"No era de esas borrachas desagradables –continuó Casey–. Beber la volvía aún más dulce de lo que era, y ya era muy dulce de por sí. Pero se desbordaba un poco; es algo difícil de describir.

"Mamá es realmente encantadora. Es pelirroja como yo y pecosa. Cuando mi padre la conoció, le decía que parecía un duende irlandés. Aunque, en general, mantenía su encanto y no perdía el control, me preocupaba que alguna vez bebiera demasiado y actuara de manera... vergonzosa.

"Y ocurrió en algunas ocasiones. Como cuando Marissa Scherr vino a casa; mamá reía estrepitosamente ante cualquier cosa que dijéramos y Marissa lo notó y me comentó: *Tu mamá es rara. Se ríe demasiado*. Entonces yo le di la explicación más tonta del mundo: *Es que hoy en el dentista, le dieron gas de la risa*. Lo cual era completamente absurdo.

"Sin embargo, era bastante raro que mamá nos avergonzara delante de otras personas. Cuando venían mis amigos a casa o cuando ella iba a algún acto del colegio, yo pensaba: *Ojalá no pase nada*. Y, en general, no pasaba nada. Se comportaba de manera *adecuada*. Me decía a mí misma que podía relajarme, que no tenía que andar siempre con cuidado.

"En verano, era cuando mis hermanas y yo nos preocupábamos más. Porque nos instalábamos en nuestra casa de veraneo en Southampton. Ya saben, en Los Hamptons.

—Por Dios —exclamó Griffin.

—Nuestra casa se encontraba sobre el mar —prosiguió Casey ignorando el comentario—, y hasta tenía nombre: El Tesoro de la Marea. Todos los veranos, nadábamos durante el día y hacíamos fogatas en la playa por la noche. Mi padre tenía que trabajar durante la semana, de modo que solo iba los fines de semana. Ni siquiera le importaba. Yo sabía que prefería estar en la oficina hablando a los gritos por teléfono con Hong Kong, antes que echado en la arena bajo una sombrilla. Por lo tanto, durante las vacaciones, solíamos estar mamá, yo y mis hermanas, Emma y Rachel. Y era cuando las cosas se ponían difíciles.

En ese instante, dio la impresión de que la historia de Casey había llegado a su fin y que no nos iba a contar nada más.

–Explícate –dijo Griffin.

–Mamá era la encargada de conducir.

Entonces supe hacia dónde se dirigía la historia.

–Fue durante el verano anterior al que pasó, y esa noche habíamos estado en la playa –relató–. Era una de esas noches tan sofocantes en las cuales el único lugar donde se puede estar es al lado del agua. Habíamos ido a la casa de unos amigos, los Brennigan, que vivían a menos de un kilómetro de distancia. Habíamos armado una fogata, asamos salchichas y los más pequeños andaban corriendo por ahí repitiendo una y otra vez la palabra *salchicha* como si fuera algo graciosísimo. Y después, los padres se encaminaron hacia el porche de los Brennigan mientras los jóvenes permanecíamos en la playa.

"Jacob Brennigan, el mayor de los hermanos, coqueteaba conmigo desde que éramos niños. Y yo también coqueteaba con él pero nunca estábamos muy seguros de qué hacer con nuestra relación. Una vez, como un año antes, habíamos estado juntos en una fiesta. Él besaba muy bien y había sido un momento muy lindo. Esa noche en la playa, Jacob me perseguía por la orilla y yo corría.

Era difícil imaginar a Casey corriendo pero, en esa historia, obviamente, no había silla de ruedas y ella no tenía ningún problema. La noche de verano que nos estaba describiendo era justo el instante previo a que su vida cambiara por completo. Sus piernas pecosas la habían conducido por la arena escapando de Jacob Brennigan. Casey continuaba contando cómo había corrido sin parar y que, cuando miró por encima del hombro, comprobó que Jacob había abandonado la persecución. Ella era mucho más rápida que él. Se detuvo junto al agua, las manos en la cadera, y dejó que su corazón se calmara.

–Recuerdo haber pensado que podía superar en velocidad a ese chico que conocía de toda la vida –prosiguió–. Me gustaba, pero no quería que me atrapara. Me sentía como una corredora olímpica. Y luego mis hermanas empezaron a gritarme que era hora de partir. De modo que regresé trotando a la casa de los Brennigan bajo un cielo increíblemente estrellado y dijimos buenas noches a todos, incluido Jacob, que me echó una mirada sugestiva.

"A continuación, mi madre, mis hermanas y yo nos apiñamos en el auto. El trayecto era muy corto. ¡Menos de un kilómetro! Podía sentir la arena en mis pies desnudos; los bordes de los jeans estaban todos mojados y mamá exclamó: *Chicas, ¿lo pasaron bien? Porque yo sí.* Emma se había puesto muy pesada y dijo: *Mamá, me parece que no deberías conducir. Bebiste mucho; me doy cuenta por cómo hablas. Deberías pedirle al Sr. Brennigan que nos lleve a casa en su camioneta y podemos volver mañana a buscar el auto.* Y mi madre respondió: *Por Dios, Emma, estoy bien.* Mi hermana insistía en que no era una buena idea. Y a mí también me parecía que era una ridiculez. *Está bien, lo someteremos a votación*, propuso mamá.

"Rachel dijo que no le parecía grave que mamá condujera. El voto estaba dividido y yo tenía que decidir. *Casey, tú tienes que desempatar*, anunció mamá.

Y como tenía los pies llenos de arena y me estaba enfriando, dije: *Dejen que mamá conduzca*.

"*Gracias, Casey linda*, respondió mi madre. Le gustaba llamarme así. Yo estaba sentada adelante, a su lado. Me sentía nerviosa porque mamá tenía esa forma de ser. Con ella, todo era un poco excesivo, ¿entienden? Y arrancó el motor, encendió la radio y se escuchó una canción de Los Beatles. Y, enseguida, dijo: *¡Uuh, esta canción me fascina! Escuchen el hermoso solo de trompa que tiene en la mitad.*

"La canción la excitaba demasiado y yo lo sabía. Pero también sabía cuánto adoraba a Los Beatles y justo había aparecido ese tema en la radio, ¿por qué no habría de disfrutarlo? Esas eran las canciones que más le fascinaban a mamá porque le recordaban su juventud. Y siempre nos contaba cuánto se había divertido cuando era joven. Salir hasta tarde, llevar una vida un poco loca. Por lo tanto, había extrañado todo eso cuando creció, se casó y se asentó.

"Entonces mi madre cantaba y estaba contenta y nosotras también. Todas excepto Emma, supongo. Y, de pronto, hubo un golpe fuerte y luego tuve la sensación de que volaba, pero *mal*. Y luego sentí como si me hubieran pegado en la cabeza y oí ruidos de vidrios que se rompían y alguien lanzó un alarido. Ese alguien resulté ser yo. Y luego me desmayé.

Casey se detuvo y ninguno de nosotros habló ni respiró.

–Bueno, tranquilos –dijo–. Eso es todo: la historia de cómo quedé paralítica.

Sierra, Marc, Griffin y yo permanecimos en silencio. No sabíamos qué decir. Yo nunca había tenido amigos con problemas semejantes. El peor problema de una amiga con el que había tenido que lidiar había sido la discusión entre Hannah y Ryan sobre si estaba bien que él llevara un preservativo en el bolsillo *para cuando cambiaras de opinión*. Hannah se sintió ofendida, y Jenna y yo tuvimos que quedarnos toda la noche despiertas con ella mientras lloraba y le enviaba mensajes de texto a Ryan cada diez segundos. Pero eso había podido enfrentarlo.

Ahora, el problema me superaba por completo.

–Mamá había estampado el auto contra una pared de piedra –explicó Casey–. Todas estaban bien, pero yo no me había puesto el cinturón de seguridad. Me pareció que no valía la pena por solo cinco minutos de viaje, pero había chocado contra el parabrisas. Me lesioné la médula espinal y sufrí traumas en la cabeza.

Otra vez la palabra *trauma*. En El Granero, te topabas con ella todo el tiempo.

–El *airbag* no funcionaba bien y no se disparó –prosiguió Casey–. Me transportaron por aire a la ciudad y estuve tres días en coma. Finalmente, me desperté y me encontré con mi papá y mi mamá encima de mi cabeza. Ambos estaban llorando.

–Escuché que una de las enfermeras decía: *Al menos no será homicidio culposo*, pero no entendí a qué se refería.

"Mientras me recuperaba, me enteré de dos cosas: una, que nunca volvería a caminar; dos, que el nivel de alcohol de mi madre estaba muy por encima del límite permitido. Cuando nos llevó a casa en el auto, no estaba "alegre": estaba más borracha que una cuba.

"Y luego recordé que yo había sido la encargada de desempatar la votación. Por disposición de la justicia, mamá tuvo que ir a rehabilitación durante algunos meses y yo tuve que hacer una rehabilitación totalmente distinta. Sedgefield. Pero no era porque los doctores y enfermeras creyeran que yo volvería a caminar. Solo querían enseñarme a recuperar la fuerza de la parte superior del cuerpo y a usar correctamente la silla de ruedas.

"Era el lugar más lúgubre del mundo. Casi todos los que se encontraban en mi unidad habían sufrido algún tipo de accidente o de enfermedad. Había una mujer que estaba allí porque había ido a que le extirparan la grasa del estómago para poder ponerse bikini en su viaje a las Bermudas y, cuando despertó, estaba paralítica. Éramos todos tan patéticos, sentados o tumbados todo el día en bata de baño, bebiendo jugo de manzana tibio de pequeños recipientes, haciendo casitas con las cartas y viendo *La Ley y el Orden* por televisión. Cuando me marché de Sedgefield, no me mantuve en contacto con ninguno de mis compañeros. Era demasiado deprimente. Ellos se enviaban e-mails todo el tiempo pero yo nunca participé.

"En casa, mamá me repetía: *Casey linda, ¿alguna vez podrás perdonarme?* Ya estaba completamente sobria y horrorizada de lo que había ocasionado. En la rehabilitación, le habían hecho enfrentar todo. Fue brutal. Y esto es lo más interesante: la perdoné de inmediato. Se había acostumbrado a beber a toda hora y a que la gente pensara que ella era un duendecito dulce y alegre. No podía enojarme con ella.

"Volví a estudiar pero me costaba concentrarme. Una noche hubo una fiesta y fueron algunos chicos del colegio. Esa era la primera vez que veía a Jacob Brennigan desde el accidente. Y ahí estaba él junto a sus amigos. Al verme en la silla de ruedas, apartó la mirada con incomodidad. Uno de sus amigos comenzó a susurrar y a empujarlo hacia mí. Fue tan molesto. Se acercó y me dijo: *Hola*, pero no podía ni mirarme. *Hola, Jacob. ¿Cómo va todo?*, le pregunté. *Nada en especial*, respondió. *Me alegra que hayas salido del hospital. Bueno, tengo que irme.*

"Y eso fue todo. La última vez que Jacob me habló. Yo había sido la chica linda con la que él había coqueteado desde que éramos niños y ahora era la chica inválida a quien no podía enfrentar.

"Todos sentían lástima por mí y nadie me trataba normalmente. Al final del día, mis amigas tenían que esperar que yo bajara en el elevador para sillas de ruedas para marcharme del colegio y a veces me llevaba horas encontrar a la mujer de la oficina que tenía la llave. Comencé a hacer cosas temerarias. Una vez coloqué la silla en la parte más alta de la calle Ochenta y Nueve, que estaba cerrada al tránsito durante el horario escolar, y me lancé hacia abajo.

"Ahí fue cuando mis padres decidieron enviarme a El Granero. Y creo que hasta ahora ha sido bastante provechoso. Pero luego, la otra noche, tuve una de esas visiones que Sierra describió. Excepto que, obviamente, lo que *yo* vi fue distinto.

–Cuéntanos –alentó Sierra.

–De acuerdo –empezó Casey–. Esta fue la situación. Me hallaba en el escritorio escribiendo en el diario y, de pronto, sentí como si fuera a *vomitar*, lo cual –qué curioso– me ocurre cada vez que trato de escribir o de leer dentro de un auto. Al levantar la vista, descubrí que ya no estaba en mi escritorio sino realmente *dentro de un auto*.

Después de una pausa, continuó:

–Era de noche y me hallaba en el asiento del acompañante. Me di cuenta de que algo le estaba sucediendo a mi cerebro. Pero luego caí en la cuenta de que ya había estado antes en esa misma situación, en ese exacto momento. Y supe cuándo había sido. Hice un movimiento para cruzar las piernas, que estaban frías, los pies llenos de arena, los bordes de los jeans, húmedos. Y mis piernas estaban *perfectas*, se movían normalmente. Mamá, mis hermanas y yo estábamos cantando una canción de Los Beatles que sonaba en la radio y yo pensaba qué afortunada que era. Mi familia era genial; Jacob y yo nos gustábamos. El instante se prolongó y no terminó un kilómetro después con mi mamá borracha estampándose contra una pared.

”Me toqué las piernas y pude *sentirlas*; la sensación era total. No estaban inmóviles, nada malo había ocurrido y estábamos andando en el auto por el camino. Y le dije a mamá: *Todo va a estar bien, ¿verdad? ¿Igual que siempre?*

”Cuando se volvió hacia mí, no tenía esa expresión tonta y alegre en el rostro sino que se veía seria y tranquila, y respondió: *No nos preocupemos por el futuro, Casey linda. Disfrutemos el momento.*

"Entonces no hablé más y continuamos andando; el viento agitaba mi cabello y el camino parecía no terminar nunca, al igual que la canción de Los Beatles. En un momento, mamá detuvo el auto, yo descendí y fui corriendo al costado del camino. Entonces encendió nuevamente el motor y yo troté a la par de ella. Era tan rápida y mis piernas eran fuertes. Luego volví a subir al auto y sentí que mis piernas latían con gran energía.

"Y eso fue todo. Una experiencia simple y perfecta. Antes de que pudiera reaccionar, ya me encontraba otra vez en el escritorio y en la silla de ruedas. Y, al bajar la mirada, vi que las hojas del diario habían volado hacia adelante. Y todos los papeles del escritorio también estaban desperdigados por todas partes como si el *viento* hubiera pasado por mi habitación, aunque la ventana estaba completamente cerrada. En ese instante, entró Nina, mi compañera de dormitorio, y preguntó qué había pasado ahí dentro. Y yo respondí algo así como que suponía que me había dejado absorber demasiado por la tarea.

"*Ya veo* –comentó con una carcajada. Nina ha pasado por todo: comenzó robándole el *Oxycontin* a su padre en sexto grado. Pero después, una vez que acomodé los papeles, noté una cosa: las hojas del diario que habían volado hacia adelante, estaban escritas... *con mi letra*. Ni siquiera recordaba haber escrito una *sola* palabra, pero eran cinco hojas. Debía haberlas escrito mientras estaba en "trance", o como eso se llame.

De modo que no solo eran nuestros diarios la forma de ingresar a ese mundo, sino que también cinco era el número automático de hojas que cada uno de nosotros

escribía, aparentemente, mientras nos encontrábamos allí. Detalles como ese se iban aclarando lentamente. Pero lo que no quedaba claro era el porqué.

–¿Puedo preguntar si alguien pensó en la razón por la cual nos está ocurriendo esto? –inquirí.

–Ah, supongo que es porque somos *tan* especiales –respondió Casey.

–Tal vez –intervino Sierra– no tenga una explicación.

–Solo porque todavía no tenemos toda la información –señaló Marc–. Pero tratemos de razonar. La pregunta más lógica para formular es: *¿Creemos que la Sra. Q sabe acerca de esto? ¿Acaso lo planeó?*

–Es posible –dijo Sierra–. Y quizá por eso fuimos elegidos para integrar esta clase. Porque ella pensó que la necesitábamos. La cura del diario de cuero rojo.

–Yo no estoy curada –acotó Casey–. Mi vida sigue siendo una porquería. Aunque supongo que por un ratito, mientras estaba *ahí*, no lo fue. Quiero regresar –exclamó de repente–. Sé que tú dijiste que no debíamos hacerlo, Marc, pero quiero volver ahora mismo.

–Bueno, espera un poco –dijo Marc–. Creo que existen tres posibilidades con respecto a la Sra. Q. La primera: no tiene la menor idea de lo que sucede con estos diarios. Y si le contamos, lo informaría a la dirección, nos quitarían los diarios y nunca más volveríamos a tener las "visiones". Hasta sería probable que tuviéramos que abandonar la escuela. La segunda: *sí* sabe lo que sucede con los diarios y, tal vez, ella misma lo provoca. Y nos eligió deliberadamente porque de todos los alumnos de El Granero pensó que nosotros seríamos quienes más los aprovecharían.

—Bueno, está bien –intervino Sierra–. Pero aun cuando eso sea cierto, es posible que igual lo niegue si se lo preguntamos.

—También nos queda la tercera posibilidad –prosiguió Marc–: ella *sí* sabe y solo está esperando que nosotros hablemos. Aunque, a mí, esto me parece muy pero muy improbable. Mi sugerencia es que actuemos como si no ocurriera nada. Es demasiado arriesgado tratar de hablarle del trance.

—Yo no lo veo exactamente como un trance –comenté–. Es más bien un *lugar*. Yo siento que fui a un lugar adonde van las personas que no pueden aceptar la realidad, porque es demasiado deprimente.

—Las personas que se sienten identificadas con *La campana de cristal* –indicó Sierra.

—Deberíamos tener algún nombre en clave para referirnos a él –sugirió Marc–. Como hacían Casey y sus hermanas cuando su madre estaba borracha como una cuba, ¿recuerdan? *Mamá sacó el cubo de la basura.* En caso de que haya otras personas alrededor cuando tengamos que mencionarlo.

—O incluso tener un nombre para referirnos a él cuando estemos solo nosotros –añadió Casey.

—Podríamos decir *Estuve en La campana de cristal* –propuso Sierra.

—Eso no tiene gracia –comentó Griffin.

—Tal vez podríamos hacer alguna variación con el título –aporté–. Algo exótico. Que suene como... el nombre de un país extranjero, ya que en realidad es algo así.

Todos pensamos durante medio minuto.

–Y como parece un estado de "trance", ¿podría ser Translandia? –arriesgó Marc.

–Suena como un espantoso parque de diversiones –dijo Griffin.

Parecíamos un grupo de alumnos de primaria tratando de buscarle un nombre al taller de reciclado de botellas. Y, sin embargo, ponerle un nombre daba la sensación de que se volvía más manejable y un poquito más real.

–Podríamos llamarlo con el nombre del original en inglés: *Bell Jar* –dijo Casey.

–No, sería mejor adaptarlo. Ya sé: *Belzhar* –propuse–. Con zeta y hache. Se escribiría B-e-l-z-h-a-r.

–Belzhar –pronunció Sierra entusiasmada–. Estuve en *Belzhar*. Suena muy exótico.

–Supongo que no está mal –dijo Griffin. Su "elogio", algo raro en él, me agradó.

–De acuerdo. Ya tenemos el nombre –comentó Casey–. Perfecto. ¿Pero qué pasa con el tema de regresar ahí? ¿Está bien entregarse a una ilusión? Porque yo tengo muchas ganas de ir.

Y yo también. Belzhar era la única manera en que todos podíamos tener lo que queríamos. La única forma de recuperar lo que habíamos perdido.

–Tiene que haber *reglas* –dijo Marc con algo de ansiedad.

–¿Y por qué eres *tú* el que está a cargo? –preguntó Griffin.

–Por mí, puedes encargarte tú. Hazlo. –Griffin no respondió–. Lo imaginé –dijo Marc–. Miren, alguien tiene que dirigir esto y eso es lo único que intento hacer. Lo hice en el consejo de estudiantes de la escuela. Solo trato de estar seguro de que no nos absorba nuestras vidas y que nadie sospeche. No se olviden de que podrían quitarnos los diarios. Podríamos *perder* Belzhar para siempre.

Sierra extrajo un bolígrafo y algunas hojas. Juntos, comenzamos a delinear un conjunto de reglas por las cuales guiarnos para ir a Belzhar.

capítulo 10

DE MODO QUE TODOS DECIDIMOS SEGUIR LAS mismas normas básicas: visitar Belzhar dos veces por semana; y, para ser consecuentes, solo en los días que cada uno había elegido; reunirnos todos los domingos a las diez de la noche en el aula oscura alrededor de la vela para hablar de lo que pudiera haber sucedido durante la semana; y, último y fundamental, no contar nada de eso a ninguna persona ajena al grupo.

Había elegido ir a Belzhar martes y viernes. El viernes que se avecinaba era el próximo día en que escribiría en mi diario. No veía la hora de que llegara pero, al mismo tiempo, la ansiedad me consumía de tal manera que me daban náuseas de solo pensarlo.

El diario descansaba en la gaveta de mi escritorio y parecía latir como un corazoncito incorpóreo. Cada vez que me topaba con alguno de mis compañeros de Temas Especiales en los alrededores de la escuela, nos comportábamos deliberadamente con mucha naturalidad y discreción. *Hola* nos decíamos unos a otros. Pero, a decir verdad, estábamos saltando, muriendo por dentro, esperando con impaciencia.

DJ era muy perceptiva; parecía saber que ocurría algo. A veces, cuando nos encontrábamos las dos en el dormitorio, me observaba con curiosidad.

–¿Qué? –exclamé una tarde en que me miraba desde su cama con ojos de lechuza.

–Te comportas como si ocultaras un secreto –señaló.

–Tú eres la que tiene un secreto que ocultar.

–Es verdad –reconoció. Rebecca Fairchild y ella se habían enganchado rápidamente y la compañera de dormitorio de Rebecca y yo éramos las dos únicas personas en todo el mundo que lo sabían. La escuela desalentaba las relaciones "íntimas" entre los alumnos, y las demostraciones públicas de afecto estaban prohibidas. A pesar de que existía una regla de que los chicos y las chicas solo podían estar juntos en las salas comunes y no en los dormitorios, afortunadamente para DJ, las chicas podían estar juntas en todos lados.

Por lo tanto, en el breve lapso de su relación, habían estado juntas en sus habitaciones, tumbadas en las camas, pintándose mutuamente las uñas de los pies, dibujando en el dorso de sus manos diseños *mehndi* con un bolígrafo de punta fina para hacer tatuajes con henna y, supuestamente, cuando no había nadie cerca, besándose o avanzando un poco más.

A mí me habría gustado avanzar un poco más con Reeve si hubiéramos tenido más de cuarenta y un días. Me habría gustado permitirme experimentar todos los sentimientos que brotaran de mi interior y seguirlos hacia donde fueran. Pero no tuve la oportunidad.

El viernes por la noche proyectaron una película en el gimnasio: una comedia totalmente estúpida acerca de dos gemelos que robaban un banco. Decidí no ir y, en su lugar, esperar que la zona de los dormitorios quedara vacía. Luego, si todo salía como la vez anterior –y no veía por qué no– podría estar nuevamente con Reeve. *Váyanse*, decía en mi interior al ver que todas se demoraban horas en dirigirse al gimnasio. *Váyanse de una vez.*

Jane Ann pareció preocupada de que hubiera elegido quedarme en la habitación.

–¿Acaso no te gusta el cine, Jam? –preguntó.

–Sí, pero hoy no estoy de ánimo.

–Si cambias de idea, ve para allá –señaló–. ¡Esta noche repartiremos bolsas con *nueces de soja tostadas*! –agregó como si ese fuera un detalle increíble que me haría cambiar de opinión.

–Genial –observé.

–En un rato, enviaré a alguien para que vea cómo estás –concluyó y, tras una leve vacilación, se marchó.

Finalmente, la zona de los dormitorios quedó en silencio. Las únicas personas que andaban cerca eran DJ y Rebecca, que se hallaban en la habitación del piso de arriba, y una chica llamada Jocelyn Peculiar quien, como no podía ser de otra manera, era sumamente peculiar. Casey y Sierra habían ido a ver la película; ambas planeaban regresar a Belzhar mucho más tarde, cuando las luces se apagaran.

En el silencio del cuarto vacío, me acerqué al escritorio y extraje el diario del cajón. Lo di vuelta varias veces entre las manos mientras sentía el fresco contacto del cuero. Tomé un bolígrafo y me senté en la cama sobre el muñeco. Al abrir el diario, escuché el crujido tan reconfortante y característico.

Pero, ¿y si Belzhar era un lugar al que se iba por única vez? ¿Qué haría si me ponía a escribir en él y no sucedía nada? Sería una decepción terrible. Las reglas que creamos resultarían inútiles y todo el nerviosismo habría sido en vano. Reeve no volvería a aparecer, lo cual sumaría un trauma más.

Con rapidez y ansiedad, busqué la primera hoja vacía y empecé a escribir:

Para cuando abandoné la fiesta de Dana Sapol, sabía que amaba a ese chico y comencé a pensar que él sentía lo mismo.

Tuve que esperar una fracción de segundo. Y luego, tal como ya había ocurrido, tenía sus brazos alrededor de mí. Sucedió en forma veloz, casi natural, y volví a sorprenderme, pero no tanto como la primera vez. Reeve no se hallaba a mis espaldas sino frente a mí.

–Estoy aquí –le dije, el rostro inclinado contra su cuello.

–Lo sé. Te estaba esperando –comentó–. Tardaste tanto.

Me aparté y lo miré. Llevaba el mismo suéter café y me observaba como si mi presencia en ese lugar fuera la única que constituyera un milagro. Nos miramos durante un largo rato; después apoyé la cabeza sobre su pecho y volví a experimentar esa sensación que desbordaba alivio y felicidad.

–¿Cómo has estado? –pregunté finalmente cuando logré levantar la cabeza.

–Ahora mejor. Tal vez debería saber cuándo piensas venir la próxima vez. Detesto no saberlo. Me inquieta mucho.

–Martes y viernes. Siempre será dos veces por semana, probablemente por la noche, aunque la hora puede variar de acuerdo con lo que tenga que hacer.

Reeve parpadeó, sus ojos café adormilados.

–Solo dos veces por semana. ¿Por qué esa frecuencia? –preguntó pronunciando la "ce" como si fuera una "zeta" muy marcada.

–Oh –exclamé–. Es lo que decidimos.

Me miró sin comprender y le expliqué que toda la clase estaba involucrada en esa cuestión y que habíamos bautizado a ese lugar *Belzhar*. También le describí a mis compañeros, pero noté que me escuchaba a medias. La única persona por la que demostró interés fue Griffin.

–El arrogante, ¿es más apuesto que yo? –preguntó, y se puso de perfil para que lo admirara. Estaba bromeando pero no del todo. No podían ser más distintos: Griffin tan rudo y rubio y enojado; Reeve castaño y desgarbado, ingenioso y amable.

–¿Griffin? ¿En serio? –exclamé.

Nos sentamos en el césped uno junto al otro como dos tórtolos en una rama, y Reeve comentó repentinamente:

–¡Ah! Acá hay algo para ti. Al menos, debería estar aquí. Vayamos a echar un vistazo.

Me tomó de la mano y descendimos por una cuesta hacia un objeto bastante grande que se encontraba a lo lejos, pero todavía no podía descifrar qué era. Parecía un gran bloque y se hallaba a la sombra de un árbol. Recién cuando nos acercamos, vi que se trataba de la increíble casa de muñecas de Courtney Sapol, abandonada sobre la hierba.

–Ah, qué extraño, *la casa de muñecas* –señalé desconcertada pero también contenta–. ¿Qué está haciendo aquí? –Nos arrodillamos y tomamos nuestros muñecos. En pocos segundos, los movíamos por la casa como si fuéramos niños y luego los colocamos en la cama, uno al lado del otro.

Reeve giró su muñeco para que quedara frente al mío y luego lo movió para que pareciera que se estaban besando.

–Ay, mamita –dijo con voz profunda–. Tienes un cuerpo muy sexy.

Al principio, nos reíamos. Pero luego abandonamos los muñecos en su camita y comenzamos a besarnos de verdad. Muy pronto, la cosa se puso intensa y dejamos de reírnos. Como nos encontrábamos en un lugar abierto, me preocupó la idea de que alguien pudiera vernos. Y luego recordé que ahí no había absolutamente nadie.

Me remonté a aquella noche en la fiesta de Dana Sapol, cuando los besos se habían vuelto cada vez más ardientes y la mano de Reeve se había deslizado debajo de mi blusa lentamente, como para asegurarse de que yo estuviera de acuerdo. Después se arrastró debajo de mi top y mi respiración se detuvo. Yo también metí la mano bajo su camisa y palpé su pecho tibio y duro, que vibraba y se estremecía.

En esa fiesta, no fuimos más allá de besarnos y tocarnos de esa manera pero, para mí, fue una revelación. Una vez más, completamente solos pero en un lugar abierto, ahí, en Belzhar, Reeve y yo nos besamos, nos tocamos y me senté en sus rodillas. Nuestras bocas estaban juntas y, de inmediato, nuestras manos estaban debajo de la ropa y lo único que podía pensar era que se trataba de la sensación más exquisita que alguien pudiera llegar a experimentar.

Entonces sentí que quería más de él. Se me ocurrió que deseaba que me viera sin top y, aunque no era exactamente lo mismo, también quería verlo a él sin camisa. Necesitaba que nos miráramos el uno al otro mientras estábamos ahí entrelazados, en Belzhar.

Sin embargo, cuando intenté quitarme la blusa, mis manos estaban congeladas, paralizadas, incapaces de moverse.

Bajé la vista hacia ellas. Las abrí y las cerré. Parecía no haber ningún problema. Chasqueé los dedos; también funcionaban bien. Pero cuando intenté quitarme la blusa por segunda vez, la mano se negó a moverse.

Entonces lo comprendí. Lo único que Reeve y yo podíamos hacer en Belzhar era básicamente lo que ya habíamos hecho en la vida real. No era posible seguir adelante en forma significativa. Cuando trataba de contarle acerca de todo lo nuevo que había en mi vida –especialmente acerca de Temas Especiales y de mis compañeros de clase–, no se mostraba interesado y la conversación palidecía.

Belzhar te permitía estar con la persona que habías perdido o, en el caso de Casey, con aquello que había perdido, pero te mantenía en el lugar donde te encontrabas antes de la pérdida. De modo que si deseabas desesperadamente lo que habías tenido alguna vez, podías escribir en tu diario de cuero rojo, ir a Belzhar y encontrarlo. Pero, aparentemente, no ibas a encontrar nada nuevo. En Belzhar, el tiempo se detenía, quedaba suspendido.

Reeve y yo podíamos jugar con una casa de muñecas y hacer algunas de las cosas que habíamos hecho durante esos cuarenta y un días en que habíamos estado juntos, pero nada más. Sin embargo, era extraño que a él no parecieran molestarle esas limitaciones.

–¿Qué te pasa? –preguntó mientras yo pensaba que mi mano no me permitía quitarme mi propia ropa.

–¿Alguna vez sientes que quieres hacer conmigo algo más? –indagué.

–¿Como qué?

–Ya sabes –comenté avergonzada–. ¿Como mirarnos... desvestidos de la cintura para arriba?

Reeve inclinó la cabeza y me miró con cierta confusión.

–Lo que hacemos es increíblemente genial –respondió–. Me encanta.

–Bueno, perfecto –dije–. Solo preguntaba.

Lo que podía tener ahora con Reeve no era algo nuevo sino volver a vivir las viejas experiencias. Pero por supuesto que lo aceptaría. Aceptaría todo lo que pudiera recibir de él. Nos quedamos echados sobre el césped oscuro susurrándonos al oído, nada nuevo o profundo, pero era justo lo que necesitábamos.

El cielo comenzó nuevamente a cambiar de color, como en el intervalo durante una obra de teatro, cuando las luces comenzaban a parpadear y tenías que regresar deprisa a tu asiento.

–Ay, no –exclamé–. La luz.

–*Joder*. Es muy pronto, Jam –dijo Reeve.

–Quiero quedarme aquí –afirmé. Sabía que esa noche tenía que estudiar para el examen de Matemáticas aunque realmente no me importaban en absoluto los números ni la escuela ni casi nada que perteneciera al mundo real.

Ese mundo, ese otro mundo donde estaba con Reeve, formado completamente por pequeños fragmentos del pasado, era suficiente para mí. ¿Qué importaba si nunca hacíamos nada nuevo juntos? Si me dieran a elegir, me quedaría para siempre ahí con él y no regresaría jamás a El Granero. ¡*Hasta nunca, Granero! No me esperes despierto*, pensé.

Sin embargo, las luces ya eran más tenues y, en un instante, me alejaría de él forzosamente.

–Vuelve pronto a mí –dijo–. Por favor, Jam. *Por favor*.

En el medio de la frase, su voz había cambiado y sonaba como la de una mujer. Miré hacia arriba y agucé la vista. Estaba en mi dormitorio y Sierra se encontraba encima de mi cama.

–Por favor, Jam. *Por favor*. Vamos, despiértate.

Parpadeé varias veces.

–¿Qué haces aquí? –pregunté.

–Jane Ann me mandó a ver cómo estabas. Llamé a la puerta pero no contestaste. Y cuando entré, estabas escribiendo en tu diario mientras emitías unos sonidos extraños. Era muy raro, Jam. Tienes que ser más discreta. ¿Qué hubiera pasado si venía Jane Ann? ¿O alguna otra persona de los dormitorios?

Al pasar las hojas del diario, comprobé que otra vez había llenado cinco páginas completas. Había logrado escribir lo que estábamos haciendo mientras estaba sucediendo. Y, sin embargo, no recordaba haber escrito más que la primera línea.

Sierra se sentó junto a mí y nos quedamos en silencio.

—¿Te encuentras bien? —preguntó de pronto—. Lo que te estaba pasando ahí parecía ser un momento muy importante.

—Ni siquiera puedo describirlo.

—No tienes que hacerlo.

Sierra no esperaba nada de mí, solo me estaba cuidando. Con Hannah, nunca había vivido un instante tan fuerte y personal como el que estaba compartiendo con ella. Ni parecido. Nos estábamos convirtiendo en mejores amigas.

—Y fíjate en esto —señaló mientras pasaba rápidamente las hojas de mi diario esmerándose mucho en no leer nada de lo que estaba escrito—. Si continúas yendo dos veces por semana, lo vas a llenar rápidamente.

Las dos permanecimos calladas e imaginé que estaríamos reflexionando sobre lo mismo que, estúpidamente, no se me había ocurrido antes. ¿Qué sucedería con Belzhar cuando completáramos los diarios?

capítulo 11

Querida Jam:

Papá y yo pensamos todo el tiempo en ti y esperamos que ya estés más tranquila. Estoy segura de que para cuando leas esto, estarás realizando activamente tus tareas escolares o habrás hecho alguna amiga nueva. O ambas cosas. Me pareció que estabas mucho mejor cuando te llamé la otra noche y me puso muy feliz saber que era así. Daría la impresión de que ese momento de pánico –cuando me llamaste porque querías regresar a casa– ya quedó atrás. Te felicito, nena.

Jam, hay algo que quería contarte. Como ya sabes, Leo ha salido hace poco de su encierro gracias a un chico de la escuela llamado Connor Bunch. Al principio, papá y yo estábamos encantados. Sabes que tu hermano no tenía muchos amigos y que además se burlaban de él. Pero Connor es de esos jóvenes que se creen muy listos y algo de eso parece haberle contagiado a Leo. No logro *entender exactamente lo que ocurre, pero no estoy feliz. Ojalá estuvieras acá, Jam, para decirnos: "Vamos, tranquilícense. Los chicos de doce años son unos idiotas, no se preocupen".*

Por lo tanto pensé que tal vez podrías escribirle a Leo y recordarle que siempre puede hablar contigo de lo que le preocupa. Sería fantástico que le hicieras saber que puede confiar en ti aunque estés lejos, en Vermont. Y creo que sería genial para TI que te concentraras en algo como el comportamiento de Leo... algo ajeno a tus propios problemas.

Bueno, eso es todo lo que quería comentarte. Hasta cualquier momento y te queremos muchísimo.

Besos,

Mamá

Doblé la carta y la guardé en el sobre. Mi familia me parecía algo tan lejano... hasta me resultaba difícil recordar cómo era nuestra casa. ¿De qué color era la alfombra de la sala? Intenté imaginármela pero no pude. Esperaba que Leo estuviera bien. Le escribiría sin falta esa misma noche.

Estaba tan enfrascada en mi propia vida, pero no de la forma en que mamá creía. Aunque hasta el momento solo había ido dos veces a Belzhar, ya estaba obsesionada con mi nuevo temor de lo que sucedería una vez que terminase el diario. Traté de pensar que todavía quedaban hojas suficientes y muchas visitas antes de que tuviera que ponerme a meditar qué pasaría cuando escribiera la última línea.

Ya había sacado las cuentas. Como cada viaje ocupaba cinco páginas, al llegar justo al final del semestre el diario estaría completo.

¿Y después qué? ¿Cómo haría para estar con Reeve?

No te obsesiones con ese tema, me dije a mí misma. *Recuerda que, por el momento, lo has recuperado. Así que disfrútalo.*

Y cada vez que iba a Belzhar, un martes o un viernes, lo disfrutaba. Pero después de un rato, la luz se iba apagando y yo caía nuevamente en el mundo del internado y de la tarea y del tiempo cada vez más frío. Y ahora, a partir de esta semana, en el mundo del canto a capela. Contra mi voluntad, me obligaron a unirme a la agrupación vocal de mujeres: las Voces de El Granero.

—Todos los alumnos tienen que realizar alguna actividad —me dijo Jane Ann una noche—. Y ese grupo tiene un lugar vacío, de modo que es justo para ti.

—Eso no figura en el manual del internado —me quejé.

—Nos aseguraremos de ponerlo en la próxima edición.

Debía confesar que no era fanática de los coros. A algunas personas les resultaba fascinante escuchar voces cantando sin instrumentos detrás, pero yo no era una de ellas. Y Reeve tampoco. A los dos nos disgustaban las agrupaciones corales que cantaban siempre el mismo repertorio convencional.

—¿*Moondance*? —había exclamado Reeve tras un concierto en la escuela secundaria de Crampton—. ¿*Good Vibrations*? ¿Qué son? ¿Pensionados?

–No sé qué quiere decir eso –acoté.

–Ancianos.

–Sí, es como escuchar en el auto esas emisoras de radio que pasan antiguos éxitos. Y además sonríen *tanto*...

Pero sin importar lo que pensara del canto a capela, no me dieron la posibilidad de elegir si me unía o no a las Voces de El Granero. La primera clase era el lunes por la tarde en el edificio de Música. Yo cantaba normalmente, no era ninguna genialidad, y me molestaba tener que estar en ese grupo, de modo que ingresé en la sala con un humor particularmente hostil y poco comunicativo... más que de costumbre. La directora del coro, una chica llamada Adelaide, sopló un pequeño diapasón y nos reunió a todos para practicar la primera canción.

Para mi sorpresa, no fue uno de esos viejos éxitos sino un canto Gregoriano del siglo X.

–Y vamos a hacerlo con un ritmo más acelerado –anunció Adelaide.

Todo eso me resultó un poco raro y cuando nos ubicamos en nuestros lugares y comenzamos a aprender la música y las palabras, que estaban en *latín*, me pareció bastante terrible. Deseaba poder desaparecer de la sala. Estaba segura de que nadie notaría mi ausencia.

Yo no pertenecía a las Voces de El Granero. El único lugar al que pertenecía en esa escuela era a la clase de Temas Especiales. Pero era una forma extraña de pertenecer, pues no comprendía por qué estaba allí ni qué había visto la Sra. Quenell en mí. Por qué me había elegido *a mí* entre todos los alumnos de El Granero.

Todos los miembros del grupo sostenían sus propias

teorías sobre esa selección pero, en realidad, no teníamos la menor idea. Y tampoco sabíamos qué era lo que la profesora Quenell sabía o dejaba de saber acerca de los diarios. Habíamos lanzado indirectas constantes haciendo comentarios como: *Esta asignatura es la más intensa de todas las que he tenido, Sra. Q*, o incluso: *Todos tenemos experiencias muy importantes al escribir en los diarios.*

Cuando lanzábamos esas indirectas, nos preguntaba si había algo que fuera "demasiado" para nosotros.

–¿A alguno le resulta apabullante la experiencia de escribir en el diario? –indagó–. Por favor, díganmelo ya mismo –y estudió nuestros rostros.

La pregunta se podía tomar en dos niveles diferentes. ¿Se refería a los diarios del mismo modo en que *nosotros* lo hacíamos? ¿O pensaba que ejercían un poder sobre nosotros debido a la intensidad del tema sobre el cual escribíamos?

Continuábamos sin saberlo. Y cuanto más nos acostumbrábamos a ir a Belzhar, menos nos importaba.

Después de perder a Reeve, estaba hecha un desastre. Y ahora, dos veces por semana, él y yo estábamos juntos otra vez.

Ya no detestaba tanto tener que comer siempre en el comedor. O no poder enviar mensajes de texto ni conectarme a Internet, lo cual, al menos al principio para mí y para todos los que estábamos ahí, era realmente duro. Y ni siquiera me molestaba no poder vivir en la misma casa que mis padres y Leo.

Leo. Me di cuenta de que no le había escrito como mi madre me había pedido. Una vez más, me prometí escribirle esa misma noche.

Y mientras la clase de coro llegaba a su fin descubrí, de pronto, que no odiaba cantar con el grupo. Hacia el final, las voces comenzaron a sonar mejor. Escuché mi propia voz que sobresalía entre las demás y era fuerte y clara y sorprendentemente decente.

El domingo, nuestra clase volvió a reunirse en el aula a las diez de la noche. Todos fueron puntuales. Casey llevó una caja de bocados de crema de nuez y todos comimos. Una vez que los envoltorios quedaron desparramados por el suelo, Griffin extrajo de su abrigo una gran lata anaranjada de *Four Loko*, una de esas bebidas que contienen alcohol y cafeína. Al principio, nadie dijo nada.

–¿De dónde sacaste eso? –preguntó finalmente Marc.

–Un paseo a la ciudad. Tengo el documento de identidad de mi primo.

En El Granero, la sanción por beber era la expulsión. Ahí había chicos con problemas de abuso de drogas y la escuela tenía una política de tolerancia cero aun cuando se tratara de una lata enorme de una bebida dulce, alcohólica y energética.

–Es una mala idea, Griffin –advirtió Marc–. Además es repugnante y los chicos la beben hasta pescar una tremenda borrachera.

–Vamos, tranquilízate –repuso Griffin–. Emborracharte un poco no hará que bajen tus calificaciones.

–No es eso –dijo Marc.

–¿Entonces qué?

–Casey –balbuceó Marc con incomodidad.

–*Mierda*. Lo siento, Casey –se disculpó Griffin.

–Tranquilo –señaló ella suavemente–. Tampoco es que nunca voy a poder estar con gente que bebe. Simplemente, no todavía.

Cuando Griffin guardó la lata, supe que el alcohol nunca volvería a hacer su aparición en nuestras reuniones nocturnas. Casey miró a Marc y asintió con la cabeza y él le devolvió el gesto. En ese mismo instante, se estableció una conexión entre ellos; era increíble cómo sucedían esas cosas. A Sierra y a mí nos había pasado lo mismo al compartir un momento único.

–Muy bien –comentó Sierra–. El tiempo es acotado, así que, sin ofender a nadie, me gustaría cambiar de tema –todos se volvieron hacia ella–. Últimamente, estuve pensando mucho en una cuestión. En medio de una charla, Jam y yo nos preguntamos qué pasaría cuando completáramos los diarios. Nos preocupamos un poco al pensar que eso implicaba que ya no podríamos regresar nunca a Belzhar.

–Yo también estuve pensando en lo mismo –dijo Casey–. Porque ni siquiera podemos controlar cuánto escribimos. Son cinco páginas por visita.

–Por lo cual –intervine– deberíamos respetar sí o sí la regla de las dos veces por semana. Los diarios se acabarán justo al final del semestre.

–Lo sé –coincidió Marc–. Yo también hice las cuentas.

–Me imaginaba –acotó Griffin.

Las páginas restantes del diario encajaban perfecta e inexplicablemente con las semanas restantes del semestre, de esa forma en que encajaban algunas cosas en la vida.

Súbitamente, recordé una de las pocas cosas que me habían quedado grabadas de las clases de Matemáticas para Principiantes: los números de Fibonacci. Eran así: 0, 1, 1, 2, 3, 5, 8, 13, 21, 34, 55, 89, 144. Para obtener un número, sumabas los dos números anteriores. 0 más 1 era igual a 1, 1 más 1 era igual a 2 y 1 más 2 era igual a 3, y así sucesivamente.

El profesor nos había dicho que, por razones que nadie había sido capaz de explicar, los números de Fibonacci podían encontrarse en la naturaleza. Estaban en un tallo con hojas, en las flores de las alcachofas, en la forma en que estaban compuestas las piñas. ¡Las *piñas*! Resultaba increíble que pudieras encontrar pruebas de que existía la sucesión de Fibonacci en cualquier lado, pero era cierto.

Al pensar en eso, me pareció menos improbable que pudieran existir un conjunto de diarios que llevaran a las personas que escribían en ellos al lugar donde necesitaban estar. Algunas cosas simplemente carecían de explicación y el cerebro podría llegar a explotarte si pensabas demasiado en ellas.

Gracias, Sr. Mancardi, pensé, al recordar a mi hermoso profesor de Matemáticas para Principiantes, a quien probablemente nunca volvería a ver, ahora que estaba viviendo en un lugar tan alejado como Vermont. Esas clases de Matemáticas parecían haber ocurrido hacía cientos de años. Y Reeve... él también pertenecía al pasado y, sin embargo, gracias a Belzhar podía tenerlo conmigo, en el presente.

—No sé qué piensan ustedes —comentó Marc—. Pero yo no puedo hacerme a la idea de no ir más a Belzhar una vez que termine el semestre.

–¿Y tú qué encuentras ahí, Marc? –preguntó Casey–. Todavía no nos has contado. Por supuesto que no debes sentirte obligado a hacerlo.

–¿Realmente quieres saberlo? ¿Ahora?

–Claro. Si quieres hablar de ello.

–De acuerdo –dijo–. Primero tengo que darles algunos datos para que puedan comprender.

Cuando Marc comenzó a hablar, pareció que estaba contándole su historia solamente a Casey y que los demás escuchábamos a escondidas.

–En la escuela primaria, cada vez que teníamos que escribir esas composiciones para responder a la pregunta "¿Quién es tu héroe?" –comenzó Marc–, mi respuesta siempre era "Jonathan Sonnenfeld". Mi padre era tan inteligente. ¡Sabía todo! Era abogado y se quedaba por la noche hasta muy tarde en su escritorio con la computadora.

Marc tomó una gran bocanada de aire como si fuera un nadador que acababa de salir a la superficie.

–Fue en abril, una noche en medio de la semana. Ya les había dicho buenas noches a mis padres; mi mamá había subido a su habitación y mi papá se había quedado trabajando hasta tarde en su estudio. Yo ya estaba arriba en mi cama pero no podía dormir. Tenía muchos planes para la próxima reunión del consejo de estudiantes y quería pedirle algunas opiniones a mi padre. Él también había sido presidente del consejo.

"Entonces bajé a su estudio y vi que la puerta estaba medio abierta. Él no estaba allí dentro, podía escucharlo en la cocina preparándose algo de comer, pero su computadora estaba encendida y orientada hacia mí. Y esta es la parte que me cuesta enfrentar.

Marc se detuvo, tenía la boca apretada.

–En la pantalla había pornografía –relató finalmente–. Era un video porno. Eran una mujer y un hombre teniendo *sexo*. Y yo me dije, *guau*, mi padre mira pornografía. Y luego pensé, está bien, no es gran cosa, yo también he tenido mi cuota de porno. Con mis amigos, solíamos buscar en Internet, en la casa de Harrison Sklar, cuando nuestras madres creían que estábamos estudiando. Entonces, ¿qué tenía de malo que mi papá mirara pornografía? No era asunto mío.

"Pero luego me di cuenta... no puedo creer que tenga que decir esto en voz alta... ¿el tipo del video porno? Era mi *papá*. Y la mujer, definitivamente, no era mi mamá.

Todos estábamos en silencio.

–Mierda –exclamó Griffin.

–Mi padre regresó al estudio con un plato de galletas con queso y una botella de cerveza y me vio mirando la pantalla. Se estiró de inmediato y la apagó. Fue el peor momento de mi vida. Y luego dijo esa frase horrible que siempre dicen las personas en los programas de TV. ¿Quieren adivinar qué fue?

Recorrió nuestros rostros con la mirada. Yo no quería adivinar, pero Casey comentó:

–Tu padre dijo: *Te lo puedo explicar.*

Marc lanzó una leve sonrisa mientras movía afirmativamente la cabeza.

–Exacto. Y yo le dije: *Tengo mis serias dudas, papá.*

"Y luego mi padre –mi héroe– agregó: *Tu madre y yo hemos tenido algunos problemas* últimamente.

"Y yo repuse: *Ah, entonces para solucionar esos problemas –que estoy seguro de que mamá desconoce– decidiste buscarte una mujer, que es probablemente una prostituta, y tener sexo mientras te filmabas.*

"Y él me dijo: *Todo esto tiene que quedar entre nosotros. Por favor. Te lo ruego.*

"*Maldición, papá, no me ruegues. Eres un viejo fracasado. Ya no eres mi héroe. Y nunca volverás a serlo*, comencé a gritar, y agarré la cerveza de mi padre y la arrojé contra la computadora. La pantalla se hizo añicos y mi madre bajó corriendo las escaleras con la bata puesta.

"Ella comentó algo así como: *¿Qué rayos está pasando aquí?* Mi padre y yo nunca nos habíamos peleado. Entonces yo grité: *¡Papá hizo un video porno con una mujer!*

"*No*, dijo ella. *Pregúntale*, exclamé.

"Y entonces mamá miró a papá y, con voz muy débil, profirió: *¿Jonathan?*

"Ni siquiera recuerdo el resto de la noche. Hubo muchos gritos y llantos. Mi hermana también participó. Y finalmente mamá echó a papá de casa. Él se mudó al Marriot y yo no lo he visto desde entonces. Me llamó y rogó que quería verme pero le dije que no. Entonces, ¿por qué soy *yo* quien está en El Granero cuando es *papá* quien tiene el problema? Porque no dormía y no podía concentrarme en la escuela ni en nada. Mamá lloraba todo el tiempo; papá me llamaba constantemente. Y la psiquiatra a la que me mandaron sugirió que me alejara del "ambiente familiar tóxico". Ella recomendó este lugar, que pensó que sería "amable", por no mencionar muy alejado.

–Me alegro de que lo haya hecho –dijo Casey.

–En una sola noche, destruí a mi familia –concluyó Marc–. Si no hubiera bajado, mis padres seguirían casados, mi familia estaría unida y mi papá seguiría siendo mi héroe.

Nos quedamos callados mientras procesábamos la historia.

–Cuéntanos acerca de Belzhar –propuse–. ¿Qué pasa cuando estás ahí?

–Les doy las buenas noches a mis padres –comenzó–. No tengo la menor idea de que, en media hora, mi familia estará destruida ni de que yo seré quien la destruya.

"La primera vez que fui, me quedé en la escalera, mi mamá estaba arriba y me daba las buenas noches desde la cama y papá me saludaba desde abajo. Sé que suena muy pobre para ser una fantasía, ¿verdad? Es como... lo opuesto a la pornografía. Estar en la escalera escuchando a tus padres que te dicen buenas noches. Pero el hecho de que nada malo hubiera ocurrido y que nada malo *estuviera por ocurrir, nunca...* era formidable.

"La segunda vez, descubrí que podía caminar más por el lugar –prosiguió Marc–. Hablé con mis padres, con mi hermana, llamé a un par de amigos y jugué con un videojuego. Tenía toda la casa para mí. Podía recorrerla sin preocupaciones. Algo que, en la vida real, ya no volverá a suceder.

"Porque en la vida real, mi mamá está deprimida y mi papá también. Ella puso la casa en venta; ya no quiere que vivamos ahí porque los recuerdos son demasiado dolorosos. Hasta hizo una venta de garaje y la gente entraba y salía *comprando* objetos que habían sido nuestros. Una familia adquirió nuestra *mesa de ping-pong* y se la llevó de inmediato. Papá y yo solíamos jugar contra mamá y mi hermana. Eso ya no volverá a suceder.

"Lo peor es que, aunque mi padre no lo diga, sé que está muy enfadado conmigo, porque me rogó que no le contara a mamá y yo me negué, y luego toda la familia explotó. Mi hermana estaba harta de todo y se sintió aliviada al poder marcharse a Princeton. Yo siempre pensé que terminaría yendo allí, pero después de todo lo que sucedió, comencé a obtener malas calificaciones en la escuela, así que no creo que pueda ir a esa universidad. ¡Yo, malas notas! Era el tipo más estudioso del mundo. De todas maneras, todo eso ha quedado atrás y ahora estoy acá en El Granero. Al igual que todos los que están aquí, siento como si fuera una persona inútil, defectuosa y el único momento en el que me siento bien es cuando voy a Belzhar.

Exhausto, Marc se reclinó contra la pared. Junto a él, Casey le tocó la mano en un gesto ligero y luego la mano se alejó volando velozmente como un ave pequeñita. Todos le dijimos palabras para consolarlo; que estábamos contentos de que nos hubiera relatado su historia y que admirábamos su sinceridad.

–Yo no creo que seas inútil ni defectuoso –afirmó Casey.

–Gracias.

–Lo digo en serio. No deberías ser tan duro contigo mismo –agregó.

–Sé que lo que me pasó a mí –reconoció Marc– no está al mismo nivel de lo que les sucedió a ti y a Sierra. No es un accidente automovilístico ni un hermano secuestrado ni... –se dirigió directamente a mí– una muerte. –Bajé la vista hacia las manos, pues no me atreví a mirar a ningún otro lado.

–Tal vez no –dijo Casey–. Pero es lo peor que te ocurrió a *ti* en toda tu vida.

Los únicos que no habíamos contado nuestra historia éramos Griffin y yo. Cuando Sierra preguntó si alguien más quería hablar a continuación, los dos permanecimos en silencio.

capítulo 12

–QUERÍA CONTARTE QUE EL CORO DE LA ESCUELA, las Voces de El Granero, cantó en un acto especial por la mañana, antes de entrar a clase –le dije a Reeve un día de noviembre mientras nos hallábamos tumbados en el césped inmutable de Belzhar–. Y a pesar de ser canto a capela, me parece que el grupo no es ninguna vergüenza para la especie humana. Es probable que te parezca difícil de creer, teniendo en cuenta que compartimos la misma opinión acerca de los coros.

–Las Voces de El Granero –repitió con expresión ausente.

–Ya te hablé del grupo y que me habían obligado a unirme a él.

–Cierto.

Sin embargo, no hizo ningún comentario y me pregunté si estaría prestando atención la primera vez en que le había mencionado el coro. No era que me *gustara* formar parte de él, le conté, pero ya me había hecho a la idea. Y la selección musical de Adelaide solía ser bastante buena. Canto gregoriano, canciones isabelinas, un poco de música alternativa reciente. Era difícil ignorar el poco interés que Reeve parecía demostrar por todo lo que sucedía en mi vida actual. Si mencionaba algo de El Granero, su mirada se volvía vidriosa. Sabía que él no tenía la culpa; Belzhar parecía estar configurado de esa manera.

–Tengo una sorpresa para ti –anunció de repente y estiró la mano. Caminamos juntos por los terrenos áridos y planos hacia un punto en la distancia donde había dos arcos de fútbol–. ¿Un partidito rápido? –preguntó y, aunque no estaba con ánimo, acepté jugar un poco.

Se quitó el suéter dejando a la vista la casaca del Manchester United que tenía debajo. Luego tomó la pelota de fútbol que estaba en el suelo y la pateamos por todo el campo, del mismo modo en que lo habíamos hecho una vez en la escuela. Y, a pesar de que él era mucho mejor que yo –al arquero le llamaba *"portero"*, con ese acento tan gracioso–, metí un gol y lo festejé con una breve danza.

–Manchester te va a contratar –afirmó satisfecho.

–No estoy segura –bromeé–. Creo que Arsenal me tiene en la mira.

En ese estadio improvisado, Reeve y yo azotados por el viento, deseé poder ir deprisa a mi casa en Gooseberry Lane en Crampton y darme una ducha rápida, vestirme e ir a cenar con él a Canterbury House, el único restaurante de nuestro pueblo que valía la pena.

Siempre había fantaseado con llevarlo allí de manera sorpresiva. La gente decía que te daban tu propia hogaza de pan en una tablita de madera con un bote plateado de mantequilla batida con miel. *Tal vez podríamos ir para nuestro aniversario de dos meses*, había pensado. Iba a tratar de conseguir el dinero para pagar la comida.

Pero, en la vida real, la cena en Canterbury House nunca había llegado a realizarse, así que tampoco podría concretarse ahí, en Belzhar.

Reeve no era consciente de sus limitaciones. Abandonó el balón en el césped y caminamos tomados de la mano a través de la tarde fría y húmeda. Me habló de la primera vez que me había visto en la clase de Gimnasia.

—Estabas encantadora —afirmó.

—No, tú estabas encantador.

—Tú.

—No, tú.

—*Tuvieron que admitir que no estaban de acuerdo acerca de su mutuo encanto* —señaló, como si leyera una cita de un famoso libro sobre nuestra relación.

Nos aproximamos y nos besamos, y el beso se fue volviendo más intenso y profundo, las bocas unidas y luego presionadas contra el rostro y el cuello del otro mientras respirábamos fuerte y entrecortadamente. De vez en cuando, nos alejábamos para mirarnos y enseguida nos acercábamos otra vez.

Pero luego el cielo se fue apagando y Reeve exclamó: "*Joder*" y yo dije: "*Ay, mierda*" y fui arrojada fuera de Belzhar sin siquiera decir adiós.

De regreso en mi habitación, ya era bien entrada la noche. DJ estaba profundamente dormida y respiraba ruidosamente. Guiada por el instinto, busqué el espejo de mano que se encontraba sobre la cómoda. Me acerqué a la ventana y me miré a la luz de la luna. En el cuello, tenía un pequeño chupetón morado. Sorprendida, estiré la mano para tocarlo pero comenzó a desvanecerse y, en pocos segundos, desapareció completamente.

Todo lo que sucedía en Belzhar no dejaba ningún rastro en el mundo real. Ni una sombra, nada. Mantuve la mano en el cuello y tuve deseos de llorar.

A la mañana siguiente, Sierra pasó un segundo por mi dormitorio para intercambiar teléfonos a fin de que pudiéramos mantenernos en contacto durante las fiestas. Era la semana de vacaciones por el día de Acción de Gracias y todos se marcharían en los próximos dos días. Aunque fuera un período breve, iba a extrañarla mucho. *Hey*, me decía a veces cuando estábamos juntas y, por alguna razón, yo me quedaba repentinamente callada. *Estás pensando en Reeve, ¿verdad?*, y yo asentía y luego permanecíamos en silencio durante un rato, sin tener que decirnos nada más.

Otras veces, me quedaba en el estudio de danza y la observaba practicar. No podía dejar de admirar su gracia y su energía; tenía unos pies de bailarina fuertes e increíbles. Habíamos adquirido la costumbre de regresar caminando juntas de la biblioteca a esa hora del día en que las sombras se alargaban y la tristeza podía embargarte con fuerza si no tenías un amigo con quien estar.

Le dije que la llamaría cuando llegara a casa, pero había surgido cierta preocupación entre algunos compañeros que pensaban que no lograrían llegar a sus hogares para el Día de Acción de Gracias. Estaba azotando una

gran tormenta de nieve proveniente de Canadá y era probable que llegara justo a tiempo para arruinar todos los viajes. Algunas chicas estaban pidiendo permiso a la administración de la escuela para partir antes. Yo, en cambio, estaba muy tranquila y, a decir verdad, no tenía ningún apuro por marcharme. Aun cuando extrañara a mi familia de vez en cuando, todavía no había podido olvidar que mi madre no me había permitido ir a casa cuando la llamé y le rogué.

Además, me preocupaba un poco cómo serían las cosas en casa. Sería raro sentarse a la mesa en el Día de Acción de Gracias con el enorme secreto que guardaba y fingir que me sentía cómoda cuando no era así.

Prefería quedarme en El Granero y con Reeve en Belzhar, aunque mis padres no sabían nada de eso. Pensaban que había tenido un "episodio" el día que los llamé y que, de alguna manera, ya había pasado.

Creían que estaba recuperándome del "trauma" provocado por lo de Reeve y que había comenzado a aceptar que se había ido. No tenían la menor idea de lo que me ocurría ni a dónde iba dos veces por semana, aun cuando eso solo sucediera dentro de mi mente.

También me inquietaba un poco la idea de encontrarme con mis amigas de siempre. Sería muy incómodo toparme con Jenna, Hannah y Ryan en el centro comercial. *Hola, Jam...*, dirían inclinando las cabezas hacia un lado y poniendo idénticas expresiones de "preocupación". El tipo de expresión que debían haber aprendido de un manual llamado *Cómo hablarles a los adolescentes emocionalmente problemáticos*. Todos sentían pena por mí pero sabía que también me habían olvidado y continuado con sus vidas. Cuando me vieran, un recuerdo se deslizaría por sus mentes, pero luego seguirían adelante pensando solo en ellas mismas.

En verdad, yo tampoco había pensado demasiado en ninguna de ellas desde que me encontraba ahí. En ese instante me pregunté si Hannah y Ryan ya habrían tenido sexo o si él seguiría llevando consigo aquel viejo preservativo "con depósito en el extremo" (¡Ajj!, habíamos chillado cuando Hannah nos contó) por el resto de su vida. Y, en caso de que finalmente hubieran tenido relaciones, me pregunté si habría sido algo tan importante como ella había esperado que fuera o si habría sido raro y torpe, como un recital de coro donde todos se esforzaban demasiado. Resultaba triste que ya no supiera prácticamente nada de Hannah cuando, por mucho tiempo, había sido mi mejor amiga.

Lo único que haría que el viaje a casa fuera agradable era saber que llevaría el diario conmigo. Una vez que hubiéramos terminado la gran cena de Acción de Gracias y yo hubiera ayudado a cargar el lavavajilla y raspado la costra de un par de sartenes, podría irme a la cama. Y, a la mañana siguiente, cuando llegara el viernes, me encontraría nuevamente con Reeve en Belzhar.

–¡Te perdiste el día de Acción de Gracias! –le diría cuando estuviéramos frente a frente.

–Yo soy de Londres, Jam, ¿lo olvidaste? El día de Acción de Gracias es tan importante para nosotros como El Día del Panque lo es para ustedes.

–¿El Día del Panque? Eso no es una verdadera fiesta. La inventaste.

–No es cierto.

–Sí, lo es.

Uhh, nuestra segunda pelea.

El martes, en El Granero, nevaba con fuerza y muchos chicos ya se habían marchado. Mis padres llamaron y me rogaron que tomara un autobús lo antes posible, pero yo no quería pasar un día más en casa si podía evitarlo.

El autobús en el cual viajaría partía el miércoles por la tarde. Pero el miércoles muy temprano por la mañana, con más de la mitad de la escuela ausente (DJ incluida, que había viajado a Florida la noche anterior), había comenzado a hacer el bolso cuando golpearon a la puerta. Jane Ann estaba organizando una reunión en la sala común con los que todavía no se habían marchado.

–Malas noticias, pichones –anunció–. Acaban de cerrar la autopista. Hay hielo por todas partes.

–¿Qué? –preguntó alguien que no había captado el anuncio, pero todos los demás entendimos que ninguno de los que nos hallábamos en ese recinto se marcharía a su casa para festejar Acción de Gracias.

–Pero no se preocupen –prosiguió–. Acá habrá mucha diversión. Tendremos nuestro propio festejo. Yo hago una salsa de arándanos terrible. Y *guisantes* –agregó–. Terribles guisantes.

De repente, aunque me sentía algo nerviosa ante la idea de ir a casa, creí que me echaría a llorar. Abandoné la sala común, me puse el abrigo y crucé la puerta del frente. La nevada era abundante y lo cubría todo. Sin embargo, aunque no se veía casi nada, bajé la cabeza y me interné en la nieve queriendo estar sola y sentir pena de mí misma.

Estaba varada en El Granero: una prisionera en Acción de Gracias. No existía forma de que fuera a mi casa. Mientras caminaba con dificultad por el sendero en medio de la nieve, alguien me hizo señas a lo lejos, pero no pude reconocer de quién se trataba. Cuando se acercó, vi que era Griffin, las manos en los bolsillos y las botas hundidas en la blancura.

–¿Qué pasó? ¿Por qué no te fuiste a tu casa? –pregunté–. Me dijeron que el resto del grupo de Temas Especiales había partido.

–Yo vivo acá cerca –señaló–. Mi padre viene a buscarme en la barredora de nieve. Llegará en cualquier momento. ¿Y tú por qué sigues aquí?

–No tomé un autobús lo suficientemente temprano y ahora quedé varada en la escuela –respondí y luego, estúpidamente, me eché a llorar. Las lágrimas congelaron mis pestañas casi de inmediato.

–Estás llorando –dijo confundido. La idea de verse enfrentado a una chica llorosa en medio de una tormenta blanca le resultó incomprensible. No sabía qué decir ni qué hacer. Pero, a los pocos segundos, lo supo–. Ven conmigo –exclamó.

–¿Qué?

–Puedes entrar en la cabina de la barredora si nos apretamos un poco. Eres pequeña.

Observé a Griffin a través de la nieve. Nunca antes me había dicho nada particularmente agradable. Pero imaginé que verme en ese estado tan patético, llorando

y congelada en medio de una tormenta de nieve en una fiesta tan importante, lo habría hecho recordar que la Sra. Q quería que nos cuidáramos entre nosotros.

Como era de esperar, mis padres estaban muy tristes de que no fuera a casa. Pero, en el teléfono, me dijeron que al menos estaban felices de que tuviera una familia con quien pasar el día de Acción de Gracias aunque no fueran ellos. Fui rápido a mi habitación para terminar de empacar y, para cuando bajé apresuradamente, la barredora ya había llegado. Era un enorme monstruo vibrante y anaranjado con un motor extremadamente ruidoso. Griffin ya se hallaba en el interior y se estiró para ayudarme a subir.

De pronto, me encontré encaramada en la barredora y descubrí, horrorizada, que estaba sentada en las rodillas de Griffin Foley. No había más lugar. Su padre al volante, una versión más grande, más corpulenta y de pelo más corto que Griffin, que todavía era guapo. De inmediato, gritó algo que no entendí, pisó el acelerador y partimos, apartando la nieve hacia los costados con la gran chapa curva y plateada de la máquina durante dos kilómetros y medio.

No me moví ni hablé hasta que llegamos a la verja. GRANJA FOLEY, apenas alcancé a leer en el cartel de madera. QUESOS DE CABRA ARTESANALES.

En la gran sala principal con techo de vigas de madera, el fuego chisporroteaba en la chimenea cuando salió a recibirnos la madre de Griffin, una mujer bonita y delicada.

La señora me condujo a mi dormitorio. Era pequeño, ordenado y un poco frío pero, doblado a los pies de la cama, había un grueso edredón de plumas hecho con retazos. Desempaqué rápidamente toda la ropa, el cepillo de dientes y los cuadernos escolares.

Me detuve de golpe.

Faltaba el diario.

Hurgué dentro del bolso pero estaba vacío. En el apuro por ir a lo de Griffin, había dejado el diario de cuero rojo en la habitación, dentro de la gaveta del escritorio. Ese viernes, no podría ir a Belzhar. Era un desastre, no solo para mí sino también para Reeve, que estaría esperándome y se volvería loco si yo no aparecía. Dos veces por semana no era suficiente para nosotros, pero ambos habíamos terminado por aceptar el arreglo. Recién era miércoles, de modo que no volvería a ver el diario antes del domingo por la tarde. Una eternidad.

Cuando me di vuelta, Griffin estaba en la puerta.

–¿Qué pasa? –preguntó.

–Olvidé el diario.

–Ah. Bueno –agregó no muy convencido–, todo estará bien.

–No, nada estará bien. Estoy segura de que tú escribirás en tu diario mientras estés aquí, ¿verdad? –inquirí–. No te agradaría que pasaran demasiados días sin hacerlo.

–Sí –admitió–. Yo voy el viernes.

–Yo también se suponía que iría entonces.

–Nadie podría creer todo lo que escribo en esa cosa –comentó–. En la primaria, siempre tenía que ir al especialista en problemas de aprendizaje. Odiaba escribir. Una oración me llevaba media hora. –Cambió el peso del cuerpo de una pierna a la otra con incomodidad y finalmente agregó–: Sé que estás molesta. No sé qué decir.

–No hay nada que decir.

–Lo siento –hizo una pausa–. ¿Quieres que te muestre el lugar o alguna otra cosa?

–Claro.

La tormenta había disminuido un poco y, mientras recorríamos la granja, tuve vistazos fugaces de construcciones blancas de madera muy bien mantenidas que asomaban parcialmente entre la nieve. El establo parecía mucho más nuevo que el resto de los edificios de la propiedad.

–¿Es allí donde guardan las cabras? –pregunté, y Griffin asintió–. ¿Podemos entrar?

–¿Para qué?

–No sé. Para verlas.

Se encogió de hombros.

–Como quieras –musitó, y entramos.

Las cabras estaban desperdigadas por todos lados, solas o en grupos. Me sentí abrumada por el olor fuerte y penetrante. Pero, después de unos segundos, me di cuenta de que, en realidad, me resultaba bastante agradable.

–Qué increíble que es este lugar –comenté–. Parece una reunión de cabras. ¿Puedo acariciarlas?

–Si quieres.

Acaricié varias cabezas mientras pensaba qué fácil sería ser cabra. No tenían ningún problema. No se enamoraban y, por lo tanto, no se sentían destrozadas por la pérdida. Llevaban una vida sencilla en la granja, algo que, en ese instante, les envidié.

Me acerqué a una cabrita, me arrodillé junto a ella y le acaricié la cabeza angosta. El animal me observó con ojos inexpresivos pero no se alejó. Cerca, una cabra gorda estaba separada de las demás en un corral.

–¿A esa qué le ocurre? –pregunté.

–Ah, Myrtle –respondió–. Está en el corral especial para cabras preñadas. Las ponen ahí antes de parir. Los machos se llaman cabrones –continuó explicando Griffin.

–Claro –lo interrumpí–. Esos deben ser insoportables y de muy mal carácter. Captaste, ¿no? ¿*Cabrones*? –era el tipo de comentario tonto que Reeve y yo nos habríamos hecho.

Griffin simplemente dijo:

–Y a los bebés se les dice *chivos* cuando nacen y *chivatos* cuando tienen entre seis meses y un año.

–Ah, y esos deben ser soplones y acusadores. No te conviene tenerlos cerca –ese también era el tipo de comentario tonto que Reeve y yo nos habríamos hecho.

–Es probable que comience el trabajo de parto esta semana –continuó Griffin ignorando mis comentarios–. Mi papá supervisa toda la cuestión. –Observé la expresión de la pobre cabra aislada. Tal vez yo estaba exagerando demasiado con mis interpretaciones, pero se la veía temerosa y no podía culparla por sentirse así.

–¿Se encuentra bien? –pregunté.

–Está lo más bien. Vámonos –dijo Griffin y me condujo hacia afuera. Para él, era hora de marcharse. Fin de la historia. Nada de emociones. Era uno de esos chicos que podían salir adelante con esa forma de ser: malhumorado, callado. Han existido muchachos así desde el principio de los tiempos y lo único que se podía hacer era no permitir que te afectaran.

Tarde en la noche, profundamente dormida y calentita debajo del edredón en mi cuartito helado, me despertó una acalorada conversación.

–Te estoy pidiendo, no, *diciéndote*, que te vistas y vengas a ayudarme –exclamó una voz de hombre.

–Ya te lo dije... –otra voz. Era Griffin.

Me puse rápidamente la bata y me dirigí a la sala. Completamente vestido, el Sr. Foley se encontraba frente a su hijo, que se veía abombado por el sueño en pantalón pijama y con el pecho desnudo.

–No quiero hacerte la vida imposible –dijo Griffin.

–Entonces, *haz lo que te digo de una vez.*

–Hola. ¿Qué ocurre? –pregunté.

–Perdona que te hayamos despertado. La cabra preñada ya comenzó el trabajo de parto y tiene un problema –explicó el Sr. Foley–. Necesito que alguien me ayude. Mi mujer no puede, pues tiene artritis en las manos, pero Griffin se niega a colaborar.

–Ya te lo dije, papá. No haría más que cagarlo todo.

–Cuidado con esa boca, jovencito. Y además no puedes saberlo ya que nunca lo has hecho antes.

–Exacto. *No sé hacerlo* –dijo Griffin–. ¿Por qué no te lo metes en la cabeza, papá?

–¿Esa es tu última palabra? –preguntó el Sr. Foley–. ¿Qué es lo que te pasa?

Se miraron como si fueran a comenzar a golpearse, de modo que me adelanté y dije:

–Yo lo ayudaré.

Los dos me observaron como si ya hubieran olvidado que me encontraba ahí. Y luego, al recordarlo, parecieron pensar que era una estupidez que yo me hubiera metido en esa situación. ¿Cómo podría ayudar? Era pequeña y no muy fuerte y no tenía ninguna habilidad que resultara útil. Había pasado la mayor parte del año en casa echada en la cama hasta que me habían enviado a un internado para inadaptados. Sin embargo, en mi mente habían quedado grabados los ojos asustados de la cabra preñada y sola en el corral.

–Gracias, pero no puedes ayudar –afirmó el papá de Griffin.

–Sí, puedo –exclamé–. Me voy a vestir. Espere, vuelvo enseguida.

Con los abrigos puestos y la nieve aún cayendo, ambos salimos al frío guiados por la linterna industrial del Sr. Foley. Griffin se había quedado en la casa y, mientras nos abríamos paso en la nieve, me di vuelta y vi su rostro triste enmarcado en la ventana iluminada. Al ver que lo miraba, desapareció.

A la noche, el establo era muy distinto que de día. La cabra gemía y, para acercarnos a ella, nos arrastramos deprisa por encima de la paja en medio de la luz mortecina.

–Esta es Myrtle –anunció el Sr. Foley, aunque yo ya lo sabía–. La bautizó la mamá de Griffin. –Me pareció que quería que supiera que no creía en nada tan sentimental como ponerles nombres tiernos a las cabras.

Pusimos manos a la obra de inmediato. El problema era que la cabra ya había comenzado a parir, pero el bebé estaba saliendo de patas y no de cabeza.

–Este es un parto muy peligroso –explicó el Sr. Foley, mostrándome la alarmante visión de las dos patas de un cabrito proyectándose hacia fuera de la madre–. Es una hembra joven –aclaró–. Solo tiene un año. Es muy pequeña. Todavía no ha sido usada para ordeñe. Intenté meter la mano para cambiar la posición de la cabeza pero mi mano resultó ser demasiado grande.

Me miró con expectativa y comprendí que necesitaba que yo metiera la mano dentro de la cabra preñada y enderezara la cabeza del cabrito. Observé a la pobre, que gemía en silencio y, aunque esa tarea estaba completamente fuera de mis habilidades, de lo que me resultaba familiar y mucho más allá del nivel de repugnancia que podía tolerar, supe que iba a hacerlo sin la menor duda. O, al menos, intentarlo.

Había estado equivocada antes cuando pensé que era muy fácil ser cabra. No era siempre así. Myrtle estaba sufriendo y sus ojos evidenciaban tristeza y desesperación. Pensé en cuánto sufríamos todos: animales, personas, *todos*. Casi podía adivinar cómo se sentía y tenía que hacer lo que estaba a mi alcance para ayudarla.

Mientras el Sr. Foley revolvía todo buscando una caja de guantes de goma que fueran de mi tamaño, me acerqué a Myrtle y le acaricié la cabeza.

–Tranquila, todo está bien –le dije, aunque no fuera cierto. Y luego susurré a su oído rosado y peludo la primera idea ridícula que cruzó por mi mente–. ¿Te gusta la poesía? –le pregunté absurdamente a la cabra–. Sylvia Plath escribió un poema sobre estar embarazada. Creo que el final era así: "He comido una bolsa de manzanas verdes / Abordado el tren del que nadie se baja".

Myrtle gimió todavía más.

–Ay, ¿entonces no te gusta la poesía? –comenté–. Está bien, no tiene por qué gustarte. –El Sr. Foley apareció con la caja de guantes de goma y yo jalé de uno como si fuera una caja de *Kleenex*. Con el corazón palpitando con fuerza, forcejeé apresuradamente para calzármelo y lo logré en el segundo intento.

Luego, sin pensarlo, hurgué con suavidad dentro de la cabra. Eso era exactamente lo que estaba haciendo y ahí era donde se hallaba mi mano: *dentro de una cabra*. Eso sí que era disparatado. Si alguien me hubiera dicho el día anterior en El Granero: *¿Adivina dónde estará tu mano durante las vacaciones de Acción de Gracias?*, me habría llevado el resto de mi vida dar con la respuesta correcta.

Quería explotar en una carcajada nerviosa. Pero luego escuché que Myrtle gemía nuevamente y olvidé lo extraño de la situación. El Sr. Foley me fue guiando y, cuando localicé la cabeza, traté de aferrarla pero estaba muy resbaladiza y no tenía idea de lo que estaba haciendo. Realicé un par de intentos débiles pero no conseguí sujetarla. No era buena para eso. Era la peor persona para ese trabajo. Una inútil.

Myrtle había abordado un tren y no podía bajarse; y, al aceptar ayudarla, yo había abordado otro tipo de tren. Tenía que llevar a cabo esa tarea hasta el final.

–Muy bien, Jam. Tranquila –alentó el Sr. Foley–. Respira hondo. Tú puedes hacerlo; estoy seguro.

Y luego, súbitamente, logré aferrar toda la cabeza, palpé el contorno y supe lo que debía hacer. Darla vuelta era como girar un dial y, casi enseguida, sentí que el cabrito bebé se acomodaba en una mejor posición y la nariz apuntaba hacia abajo y hacia fuera.

—Así se hace —exclamó el padre de Griffin.

Extraje mi mano brillosa y enguantada y, de inmediato, Myrtle comenzó a empujar su cabrito hacia fuera. ¿Cómo lo hacía tan naturalmente? Nunca había asistido a una clase de trabajo de parto. *Un parto de cabra*, habría dicho Reeve. *Beh-eh-eh-eh*.

Después de pujar varias veces, el cabrito salió como una bola reluciente detrás de su madre. El Sr. Foley fue a mirar y anunció que era macho: un chivo. El cordón umbilical se rompió solo y no fue necesario cortarlo, como tendría que hacerse con un bebé humano. Casi de inmediato, Myrtle, que ya no gemía, se dio vuelta para investigar. Comenzó a lamer a su cabrito para limpiar toda la mucosidad que lo cubría como un glaseado. En ese instante, lo único que se escuchaba era el sonido constante de las lamidas y los ruidos nocturnos ocasionales de las cabras alrededor del establo.

Esa debía ser una de las cosas más emocionantes que había hecho en toda mi vida. Ojalá Griffin hubiera podido contemplarlo. Deseaba que me hubiera podido ver en ese rol de heroína como obstetra veterinaria.

—¿Por qué no vas a la casa a limpiarte, Jam? —propuso el Sr. Foley—. Yo me quedaré con ellos.

—Ah, pensé que podía dejar que Myrtle me limpiara también a mí —bromeé y luego agregué seriamente—: ¿Por qué Griffin no quería venir?

—Bueno, ya sabes, el incendio —contestó y, al ver mi cara de ignorancia, continuó sorprendido—: ¿No te contó?

–No. En realidad, no somos muy amigos. Me invitó a venir por amabilidad.

–Ya veo. Bueno, a mi hijo no le gusta hablar del tema. Si yo fuera él, tampoco querría hacerlo. –Hizo una pausa como tratando de decidir qué más podía contarme y luego añadió–: Solo te diré que el año pasado se incendió el establo y murieron todas las cabras.

–Qué *horrible* –exclamé al pensar en los animales y en Griffin.

Cuando regresé a la casa, lo encontré acurrucado en el asiento de la ventana de la sala, dormido y envuelto en una manta. Imaginé que debía haberse quedado esperando ahí todo el tiempo. Y ahora sabía por qué. Me acerqué y lo observé mientras dormía.

–Griffin –le dije–, es un varón.

capítulo 13

EN LA CENA DE ACCIÓN DE GRACIAS, SENTADOS frente a un enorme pavo y varias clases de queso de cabra, el padre de Griffin levantó la copa para brindar por mí.

–Le estoy agradecido a una persona en especial. A Jam, nuestra invitada –exclamó–. Se comportó de manera heroica.

–No fue nada. Lo hago todo el tiempo –bromeé.

Griffin chocó la copa contra las demás, pero no sonrió. Después de comer, su madre insistió en que tenía la cocina controlada y nos echó. Yo quise ir a ver a Myrtle y a su cabrito –a quien la Sra. Foley había bautizado Frankie–, y Griffin me acompañó de mala gana. En el establo, mientras me arrodillaba para acariciar al chivo ahora limpio que, asombrosamente, ya podía levantarse y andar, Griffin se mantuvo a un lado.

Supuse que su actitud distante se debía a lo del incendio, pero había llegado a pensar que se animaría un poco al ver que el cabrito se hallaba tan bien. Después de un rato, me preguntó *¿Ya terminaste?* y abandonamos el establo.

A la mañana siguiente, había dejado de nevar y, una vez que Griffin terminó de hacer unas tareas en la granja, sugirió que fuéramos a esquiar a campo traviesa. Nunca lo había hecho antes pero resultó ser más fácil de lo que había pensado. Me condujo por amplios espacios blancos y un lago congelado. Sobre la nieve, nuestros esquíes se deslizaban de un lado a otro produciendo sonidos idénticos. Daba la impresión de que no había nadie a muchos kilómetros a la redonda. Estar al aire libre con Griffin en medio de esa vastedad blanca y silenciosa, aun cuando casi no hubiera dormido la noche anterior, resultaba *vigorizante.* Creo que esa era la palabra exacta.

Cuando el terreno se volvió más angosto y lo tuve delante de mí, comprobé con cuánta habilidad se movía sobre ese tipo de esquíes.

Luego, cuando regresamos a la casa, preparó un poco de chocolatada en una sartén de cobre y arrojó dentro una ramita de canela. *Al estilo mexicano*, aclaró, y llevamos las tazas junto a la chimenea y jugamos una ronda del juego de cartas llamado *Desconfío*. Sus padres se hallaban en el establo, de modo que teníamos toda la casa para nosotros por un rato. Con los rostros calientes y enrojecidos, apoyábamos con fuerzas las barajas sobre una mesita cubierta de arañazos.

–Tu padre me contó acerca del incendio –comenté distraída.

Levantó la vista de las cartas.

–Bien hecho, papá –señaló.

–Bueno, yo estoy contenta de que me lo dijera. Lo que te sucedió es algo muy fuerte y espantoso.

–No es necesario hablar de todo.

–Si quieres hablar de ello –dije–, me gustaría escucharte.

–¿Por qué? ¿Para averiguar todos los detalles cruentos y comentarlos con Sierra al regresar a la escuela?

–No es la idea.

–Lo que pasó es que, esa noche, mi amigo Alby vino más temprano –relató con voz monótona–. Y fumamos marihuana en el establo y supongo que, al final, debió haber arrojado el porro encendido. *¿Eso* es lo que te contó mi padre?

–No –respondí tratando de no perder la calma–. No lo sabía.

–Bueno, ahora sí lo sabes –golpeó la carta contra la mesa–. Y, en la mitad de la noche, escuché que mis padres gritaban y corrí al establo. Para cuando llegaron los bomberos, todas las cabras habían muerto asfixiadas –su tono carecía por completo de emoción, como si estuviera contándome una historia acerca de algo totalmente común. Como si estuviera explicándome cómo se hacía el queso de cabra.

–Eso debe haber sido lo peor del mundo –comenté.

–Lo fue –afirmó–. Pero ya pasó.

–¿Eso es todo? –pregunté–. ¿Ya pasó?

–¿Qué esperas de mí, Jam? No puedo hacer nada al respecto, así que intento no pensar en eso. Trato de mantenerme lejos del establo y de todas las cabras nuevas. ¿Acaso a ti no te gustaría poder olvidar lo que te ocurrió?

–Por supuesto. Pero no funciona de esa manera.

En ese instante me di cuenta de que había pensado muy poco en Reeve desde mi llegada a la granja, excepto cuando descubrí que había olvidado el diario en El Granero. Estaba tan molesta porque no podría ir a Belzhar ese fin de semana y, sin embargo, me había adaptado lo más bien.

–Bueno, ¿y qué te pasó a ti? –dijo Griffin–. ¿Quieres contarme más acerca de ese tipo? ¿Tu novio? Se llamaba Reeve, ¿no? –preguntó.

Me sorprendió que recordara su nombre.

–¿Qué quieres saber?

–Lo que tú quieras contarme.

Hundí la cabeza y desvié la mirada. Deseaba hablar con Griffin y pensé que tal vez ya sería capaz de contarle alguna parte de la historia. Me tomé mi tiempo y él no me presionó.

–Fue tan *intenso*. Absorbió toda mi vida interior.

–Continúa.

–Despertaba todos los días y pensaba que estaría pronto con él. Nuestra relación fue como uno de esos videos de *YouTube* de una flor creciendo en cámara rápida. De repente, estábamos enamorados.

–Suena increíble.

–Lo es –dije. En presente.

–¿Quieres contarme algo más? –preguntó–. ¿Como qué pasó? –Una sensación desagradable me atravesó y sacudí la cabeza–. Lo siento –dijo Griffin rápidamente–. No debería haber preguntado eso.

–Está bien –repuse, pero tenía razón; tal vez no debería haber preguntado porque, de pronto, el tema de la pérdida de Reeve había comenzado a cambiar la atmósfera y la temperatura de la habitación. Era increíble cómo podía suceder algo así tan súbitamente.

–No fue mi intención alterarte –dijo.

–Es que lo extraño –expliqué–. Había comenzado a pensar que no me importaba no ir a Belzhar este fin de semana, pero me temo que no es así.

–Podrías escribir en el *mío* –sugirió de repente y, cuando lo miré con cara de confusión, aclaró–: En mi diario. Tal vez así lograrías ir a Belzhar.

–¿En *tu* diario? Pero perderías cinco hojas. Una visita completa. ¿Harías eso?

–Claro –contestó encogiéndose de hombros.

–Bueno, gracias –dije.

Ninguno de los dos tenía la menor idea de si podía funcionar, pero fuimos al piso de arriba y Griffin extrajo una escalera plegable de una abertura en el cielo raso. Trepé tras él al dormitorio del altillo donde, me contó, había vivido desde niño. Era el lugar más oscuro de toda la casa porque las ventanas eran pequeñas y angostas y las paredes estaban pintadas de azul. Parecía una especie de guarida masculina. El techo era inclinado y había viejos afiches de bandas *grunge* clavados con tachuelas y con los bordes doblados. La habitación olía como el interior de un baúl de cedro. Griffin se dirigió al escritorio, abrió el primer cajón, extrajo el diario y me lo alcanzó con solemnidad.

–Siéntate aquí –dijo.

Me senté detrás del pequeño escritorio escolar. Grabado en la superficie y con letra tosca, decía: LA SRA. COTLER ES UNA IDIOTA Y LA ESCUELA SE ACABÓ PARA SIEMPRE. Y en letras más pequeñas y ligeramente nerviosas: TODO ES UNA MIERDA.

–¿Estás seguro de esto? –le pregunté y él asintió.

Apoyé el diario en la tabla gastada y lo abrí. Hojeando las páginas, traté de no leer nada, pero capté un par de frases: *ella no era más que una provocadora* y *tanta paz que era increíble.*

Finalmente, encontré la primera hoja en blanco y pasé la mano por encima para estirarla. Repetí la acción y me quedé en silencio.

—Hazlo —instó Griffin—. Hablo en serio.

—¿Y piensas quedarte aquí? —pregunté con nerviosismo.

—Si no te importa —respondió.

—Muy bien —señalé—. Nos vemos más tarde —y tomé el bolígrafo y escribí una sola frase:

Ha sido tan duro vivir sin él.

Y de inmediato estuve ahí. Esa era la primera vez en que no había estado reclinada contra mi muñeco y no había brazos que me rodearan. Las luces eran más tenues que de costumbre y había un olor extraño, como a leche agria y a pelaje de animal. *A cabra,* pensé, *ahora que sé cómo huelen las cabras.*

Me encontraba de pie en medio de un espacio vacío, la paja diseminada alrededor de los pies. No era el Belzhar que yo conocía y no me encontraba en el campo de deportes; estaba en otro lugar.

Es el establo de la familia Foley, pensé. *O, al menos, algo parecido.* Excepto que ahora no había ninguna cabra, solo el olor persistente. Y, aunque antes me había agradado, ahora me resultaba levemente desagradable.

A lo lejos, se escuchó el característico balido de una

cabra, como si el animal estuviera atrapado detrás de la pared del establo. Me preocupó que se tratara de Frankie.

En una esquina, distinguí una silueta y me acerqué para averiguar qué era. Con extrañeza, noté que era la casa de muñecas de Courtney Sapol. Arrodillada frente a ella, busqué los muñecos del padre y de la madre, pero no estaban. Desde las profundidades de la casa, una débil voz masculina me gritó:

–¡Jam! ¡Jam!

–¡Reeve! –llamé bajando los ojos hasta quedar al nivel de la casa–. ¿Dónde estás? –Espié en las habitaciones, pero todas estaban vacías.

–¡Estoy aquí! ¿Dónde estás tú?

–Estoy cerca. ¡Espera, ya voy! –grité pero obviamente no podía llegar hasta él. Nos hallábamos en mundos distintos que se superponían levemente en el tiempo, pero no lo suficiente.

Entonces metí la cabeza dentro de la sala de la casa y miré por las ventanas que daban al otro lado. Se veía un pastizal y, a la distancia, una figura solitaria. No podía distinguir de quién se trataba, pero era diminuto, del tamaño de un muñeco y, cuando se fue aproximando a las ventanas, sentí gran alivio al constatar que era Reeve.

Sin embargo, después se acercó trotando a la casa y, cuando por fin se encontró junto a las ventanas, comprobé que si bien era Reeve, tenía el cuerpo de una cabra, con pezuñas y pelaje blanco con piel rosada debajo.

Reeve y la cabra se habían fusionado espantosamente y la monstruosa criatura en la que se habían convertido abrió la boca, replegó un labio y gritó: *¡Ja-a-a-a-a-a-am!*

con una voz que sonó mitad humana y mitad de cabra, el alarido agónico de un ser que no era una cosa ni la otra, y no pude soportarlo.

–¡Jam, regresa! –escuché–. ¡Sal de Belzhar!

Las palabras llamaron mi atención bruscamente como una frase pronunciada por un hipnotizador. Con un empujón violento, fui arrojada repentinamente hacia arriba y hacia afuera de esa versión híbrida y pavorosa de Belzhar.

Y luego me encontré frente a Griffin y ambos nos quedamos mirándonos fijamente. Permanecimos sentados durante un minuto sin hablar. Percibí que mi corazón había estado latiendo aceleradamente y me llevé la mano al pecho para calmarme y tratar de retornar a la normalidad.

–¿Qué fue eso? Estabas muy agitada –comentó Griffin en voz baja–. Y estás temblando.

No me había dado cuenta, pero era verdad.

–Ponte esto –señaló y se quitó su suéter bordó con capucha, uno de los tantos que usaba en forma rotativa. Por supuesto que me quedaba enorme pero, de alguna manera, eso me hizo sentir mejor y realmente dejé de temblar.

–Estaba mitad en mi Belzhar y mitad en el tuyo –expliqué–. Y Reeve se encontraba ahí pero era mitad cabra. Era una especie de pesadilla. Parecería que escribir en el diario de otra persona crea una mezcla absurda de dos sitios completamente distintos.

–Sorprendente.

Pensé en la cabra balando, en Reeve gritando mi nombre

y en mí vociferando desde mi lugar en el establo vacío que era el límite entre esos dos mundos distintos.

–Y la forma en que escribías era muy extraña –agregó Griffin–. Era como si estuvieras escribiendo un ensayo en clase y tuvieras muchísimo que decir. Y entonces miré lo que habías escrito.

–Pero eso es privado.

–Lo siento. Mis ojos se dirigieron hacia el diario sin pensarlo y yo... –se detuvo en medio de la frase.

–¿Qué? –pregunté.

–Échale un vistazo.

Me alcanzó el diario y esto fue lo que vi:

Ha sido tan duro vivir sin él.
AFK3apsnaf¡¡xsaad,xiiq'g,dgyj;YAjpajn-q;'a

–¿Qué es eso? Después de la primera frase, no es más que un *disparate* –exclamé–. Y continué escribiendo encima de lo que había escrito antes. ¿Era *eso* lo que estaba haciendo?

–Sí.

–Al menos, casi no te quité espacio –comenté–. Después de todo, creo que no tendrás que renunciar a un viaje completo. –Y luego le pregunté–: ¿Por qué fuiste tan generoso conmigo y me dejaste hacer esto?

Incómodo, Griffin se encogió de hombros.

–No conozco exactamente tu situación –comenzó a decir–. Pero ¿estar enamorada y que tu novio muera repentinamente? Bueno, eso es muy injusto. Sé que no nos contaste los detalles, pero pensé que tal vez fue violento o algo así. –No contesté–. No tienes que responderme, Jam –añadió–. No tienes por qué hacerlo. Solo quería decir eso.

Dependía de mí contarle algo, pero no podía. *Piensa en lo que sucedió*, repetía siempre el Dr. Margolis, *y en la forma en que lo describes.*

Pero era tan difícil hablar de lo sucedido y mis pensamientos se confundían entre sí. Era mucho más fácil hablar de cualquier cosa menos de mí misma.

–Tu diario –recordé súbitamente–. ¿Puedo leerlo?

–Primero te quejas de que yo haya leído los disparates que *tú* escribiste –dijo Griffin–. ¿Y ahora quieres leer lo que *yo* escribí?

–Es que casi no sé nada acerca de ti.

–Como le dije a la Sra. Q –señaló–, soy una mierda escribiendo.

–Me parece que no lo dijiste con esas palabras.

–Tal vez no.

· *Me llamo Griffin Jared Foley, tengo dieciséis años y vivo en la Granja Foley donde mi familia fabrica queso de cabra. Siempre fui distinto de los demás miembros de mi familia. Ellos son personas de campo en todos los aspectos. Les encanta vivir en la granja y no necesitan ir a ningún otro lado. Debo reconocer que Vermont es muy ermoso. Pero supongo que soy inquieto. Soy así desde niño. En la escuela cuando era pequeño odiaba tener que quedarme sentado sin moverme, y siempre saltaba bruzcamente y hablaba en voz*

muy alta y hacía enojar tanto a la Sra. Cotler
que parecía que iba a darle un ataque de isteria.

Yo era bastante salvage, ahora lo veo clara-
mente. Y me gustaba andar en trineo, pero no
solo en trineo sino en cualquier cosa que encon-
trara. Cartones, vandejas de cafeterías, etc. Una
vez cuando tenía diez años, yo y unos amigos
fuimos en trineo hasta la colina Hickory en la
mitad de la noche. A eso de las tres de la maña-
na. Fue impresionante. Nos dieron varios días de
castigo pero no nos importó. Ese viaje en trineo
lo recordaríamos para siempre.

–Puedes saltearte todo eso –interrumpió Griffin desde el otro lado de la habitación, la voz algo forzada y
tímida–. La primera parte soy yo cuando era un chico
bastante lelo. Si quieres, puedes adelantarte.

De modo que pasé varias páginas:

No me gusta escribir mucho acerca de esa
noche. No tiene sentido. Obviamente fue orrible.
Mis padres dicen que les debo una enorme dis-
culpa. ¿Pero de qué serviría disculparme? No se
puede hacer nada. Es mejor tratar de seguir ade-
lante. Es cierto que lo que ocurrió fue realmente
malo.

Estaba en una fiesta en lo de Lee Jessup esa
noche, a un kilómetro y medio de casa. Éramos
simplemente una banda de chicos del lugar em-
borrachándonos. ¿Qué otra cosa pasó? A decir

verdad, yo ya estaba aburrido. Era lo mismo que veníamos haciendo desde los catorce años. Había comida chatarra como papas fritas Pringles y arrolladitos de crema y chocolate. Y marihuana. Montañas de marihuana. Alby Stenzel la cultivaba en su habitación con luces especiales. Por alguna extraña razón, sus padres nunca se habían dado cuenta. Me quedé hasta tarde en la fiesta, especialmente por Grace, la hermana de Alby. Coqueteaba con ella aunque todos decían que no era más que una provocadora. Además también pienso que no es muy inteligente. Yo sé que soy un alumno espantoso, pero eso es distinto a no ser inteligente. Al menos, en mi umilde opinión.

Al final, yo y Alby (¿Alby y yo?) nos fuimos de la fiesta. En la ruta había tanta paz que era increíble. Alby no quería ir todavía a su casa y le dije que podía quedarse un rato en la mía. Así que fuimos en su moto de cross hasta la granja y nos quedamos sobre la paja en el establo con las cabras. Dios, cómo amaba a esas cabras, pero especialmente a Ginger, que acababa de nacer y creo que pensaba que era una perra. Tenía una cara tan perruna, era tan linda.

Yo la acariciaba y Alby encendió un porro como siempre lo hacía y nos quedamos charlando acerca de que seguiríamos siendo prisioneros de nuestros padres por unos pocos años más y luego seríamos libres. Yo dije: "¿Y qué pasa si estar solo es demasiado duro? Mi madre me prepara toda la comida. Yo no sé hacer nada de lo de la casa. Solo sé hacer cosas que tienen que ver con el exterior. Pero igual quiero libertad".

Alby comentó: "Deberíamos aprender a cocinar, viejo". Y yo dije: "Claro". Planeamos que nos reuniríamos y aprenderíamos solos a hacer 3 cosas: huevos fritos, bife a la plancha con manteca y pollo de cualquier estilo. Conversamos de estas cuestiones hasta muy tarde. Y luego él se marchó y yo me fui a dormir. Y después lo primero que recuerdo es que mis padres gritaban: "¡Se incendió el establo!".

No pudimos entrar, ya era demasiado tarde y los camiones de bomberos tardaron un rato en llegar, así que las cabras murieron afixiadas. Todas. Cuando se extinguieron las llamas, entré al establo y las vi echadas en el piso y fue lo peor que había visto en mi vida. Y esa imagen quedó grabada en mí para siempre. La veo todo el tiempo. La pobre Ginger estaba en el rincón y tenía los ojos abiertos. Me estaba mirando.

Mis padres aullaban: "¿Cómo sucedió?". Y luego uno de los bomberos dijo: "Vengan a ver esto" y nos mostró el final de la colilla de marihuana. Sentí que un escalofrío me atrabesaba todo el cuerpo. Sin pensarlo, exclamé: "Mierda".

–¿Fuiste tú? –increpó mamá–. Griffin, ¿tú mataste a las cabras?

–Sí, mamá –respondí–. Soy un asesino de cabras. Eso es exactamente lo que soy.

–¿Cómo pudiste hacer algo así? –gritó papá–. Fumar tu estúpida marihuana en el establo. Sabes lo que pensamos al respecto. Apártate de mi vista. Mañana me encargaré de ti.

Me volví loco. Me culpaban sin conocer los hechos. Sin saber que Alby fue el que tenía la marihuana. El que seguramente arrojó el cigarrillo, que debió haber ardido. Además, sin importar lo que dijeran, echarme la culpa a mí no iba a cambiar nada. No se podía revivir a las cabras.

Sentí como si no pudiera ver ni respirar. Más tarde, cuando se marcharon los bomberos y la policía y mis padres se habían ido finalmente a dormir, los animales seguían desperdigados alrededor del establo, porque no se podía hacer nada con ellos hasta la mañana siguiente. Ginger se quedaría afuera durante toda la noche mirando al vacío. Ni siquiera le habían cerrado los párpados como hacían en las películas con los cadáveres.

Yo también permanecí tumbado en mi cama mirando al vacío. Sin embargo, tenía los ojos secos. No podía llorar. Estaban secos y completamente abiertos.

Así que al día siguiente mi padre "se encargaría de mí". Aaaayyyy, pensé, cómo tiemblo. Mi padre está enojado.

Pero no pensaba quedarme a esperar a que eso sucediera. A las cuatro de la mañana, me escapé de la casa con las llaves de la camioneta de *mi padre. Tenía un permiso temporal de aprendis para conducir pero ningún plan. Solo tenía claro que debía marcharme. Conduje por la autopista hacia el norte hasta Maine, escuchando a todo volumen una radio de heavy metal durante todo el camino. Al final estaba tan rebentado que me detuve a descansar. Cerré los ojos y me quedé dormido con la cabeza sobre el volante.*

De repente, había dos policías aporreando la ventanilla. Cuando la bajé, dijeron "Estás detenido por circular en un automóvil robado".

¿De qué mierda hablaban?

Con el objeto de enseñarme una "lección", mis padres habían llamado a la policía y denunciado el robo de la camioneta. Me llevaron de regreso a Vermont esposado, lo cual es muy doloroso y pasé algunas horas en una celda especial con otros "menores". Había un chico loco y violento allí adentro que parecía un adolescente adicto a las metanfetaminas. Tenía los dientes negros de verdad y me llamó Blondie y me dio un golpe en la nariz porque dijo que lo miraba de manera extraña.

Bueno, amiguito, *pensé*, tal vez si no tuvieras los dientes negros nadie te miraría de manera extraña.

Finalmente, mis padres fueron a buscarme y quedaron impresionados al ver mi nariz ensangrentada. Mi madre echó a llorar. Y yo les dije algo así como "¿Y qué pensaban que ocurriría?".

Entonces empezamos a gritarnos otra vez y no pude soportarlo.

De modo que durante los meses siguientes me quedé callado. No me comunicaba. Y luego hubo una cita en el jusgado por la camioneta robada y el juez dijo que mi familia tenía "mucha ira" y que yo tenía que ir a El Granero.

Así que aquí estoy. Un chico con suerte. Griffin Foley, asesino de cabras y ladrón de camionetas profesional, rechazado tanto por su madre como por su padre.

Ahí concluía la última anotación. Cerré el diario y le dije que ya había leído suficiente. Se levantó del escritorio y se acercó a mí.

–¿Tú también empezarás a gritarme? –preguntó–. ¿Y a decirme que jodí todo?

–Basta. Pareces un...

–¿Un idiota?

–No iba a decir eso.

–Pero lo pensaste. Solo me siento bien cuando estoy en Belzhar.

–Yo también, Griffin. A todos nos pasa lo mismo. Sé que no has hablado del tema...

–No es fácil para mí...

–Lo sé –comenté–. Y nadie te va a obligar a hacerlo –pero se me ocurrió que quizá querías contármelo. ¿Qué te sucede cuando vas allá? –pregunté–. ¿Puedes decírmelo?

–Estoy nuevamente en el establo. Con Alby. En el establo anterior, no en este. Estamos conversando sobre la

188

vida y yo acaricio la cabeza de Ginger y todo está bien. Las cabras están seguras. Las originales, no los reemplazos. Y nadie me culpa de nada. No soy un *monstruo*. Me siento bien.

Deseé que siempre pudiera tener esa sensación de bienestar y no solo cuando se encontraba en Belzhar. Yo también quería sentirme bien; cuando estaba acá y no solo cuando estaba allá. Y, de repente, tuve la sensación de que era posible. Sin detenerme y sin pensarlo demasiado, me levanté y lo besé en la boca. Con fuerza.

–Guau –exclamó retrocediendo. Se tocó los labios y sonrió. Yo estaba tan sorprendida como él. Pero luego se acercó a mí y nos besamos otra vez. Sabía que Griffin era un chico grande, retraído e inexpresivo y que yo estaba enamorada de Reeve y no debería estar haciendo nada de eso. Pero igual lo hice.

Nos sentamos juntos en su cama y no dejamos de mirarnos. Recordé aquella vez en la fiesta de la escuela, en que me había dicho tan agresivamente: *¿Qué estás mirando?* Pero ahora tenía permiso para mirar, y me tomé mi tiempo. Nos tocamos mutuamente, el rostro, el pelo, las manos y luego se desabotonó la camisa y se la quitó con un movimiento de hombros. Los dos queríamos volver a sentirnos bien, era nuestro único deseo. Me saqué su suéter y después, con mano temblorosa, me quité la camisa y también el top que llevaba debajo.

Nunca había llegado hasta ahí con Reeve y, debido a las reglas de Belzhar, nunca pude. Pero con Griffin, en ese altillo, podía hacer lo que quisiera. Mis manos tenían la libertad de moverse hacia donde mi cerebro les indicara. Nos echamos sobre la cama abrazados y sentí la calidez de su piel y la hebilla fría del cinturón. Cuando nos besamos otra vez, el abrazo fue largo. Durante unos pocos minutos, en ese momento y en ese lugar, los dos éramos realmente felices.

De pronto, a lo lejos, escuchamos voces:

–¿Griffin? ¿Jam? ¿Están arriba?

–*Ah, mierda* –espetó Griffin mientras daba un salto y trepaba por encima de mí para agarrar su camisa. Tenía expresión culpable en el rostro y, mientras yo tomaba mi propia ropa, pensé que también debía tener la misma expresión. A él lo preocupaban sus padres pero, a mí, me preocupaba Reeve, lo cual era peor.

No había forma de justificar lo que acababa de suceder. No podía hacer eso con Griffin cuando aún seguía enamorada de Reeve. No volvería a ocurrir nunca más.

Di un vistazo fugaz en el espejo de la cómoda y ahí fue cuando distinguí un pequeño chupetón que Griffin había dejado en mi cuello. Los chicos no podían evitar dejar marcas; las desparramaban tan descuidadamente como las piedras de una laguna. Pasé la mano por encima, esperando que desapareciera al instante como había pasado con el que Reeve me había hecho en Belzhar. Pero este no desapareció, porque era real.

capítulo 14

–¿DÓNDE ESTUVISTE? –PREGUNTÓ REEVE CUANDO regresé finalmente a Belzhar–. Hace *días* que te estoy esperando.

–Lo siento –contesté, lo cual era una respuesta totalmente inapropiada. No hizo ningún intento de acercarse a mí, sino que permaneció en medio del campo de deportes con los brazos cruzados–. Verás, lo que *ocurrió* –dije– es que dejé accidentalmente el diario en la escuela. Fue un desastre.

Reeve seguía observándome inmóvil tratando de decidir si me perdonaría o no. Y, cuando finalmente me perdonó, treinta segundos después, yo sabía que tampoco le quedaba otra alternativa. Había estado ahí esperando inquieto mientras yo había seguido con mi vida en el mundo. No hizo ninguna pregunta acerca del diario o de dónde me hallaba cuando no estaba con él. Nunca había mostrado demasiado interés en saber cómo hacía para entrar y salir de Belzhar. O incluso por qué lo llamaba así. Reeve sabía que yo siempre llegaba ahí de alguna manera y eso era lo que contaba.

Era domingo por la tarde, no precisamente el día en que solía ir a verlo, pero recién había regresado del fin de semana largo en la granja de Griffin y no quería demorarme más. Las chicas habían ido llegando a los dormitorios con sus maletas. Todavía faltaba al menos una hora para el anunciado regreso de DJ, de modo que tenía tiempo para escribir en el diario que había olvidado y hacer el viaje sin interrupciones, en lugar de esperar hasta tarde en la noche cuando ella estuviera dormida.

Por lo tanto, acá en Belzhar, una vez que Reeve me había perdonado, paseamos juntos del brazo por los campos café y el día gris, pero él continuaba distante.

–No *parece* que me hayas perdonado –comenté finalmente.

–Fue algo fuerte –admitió–. Dame un poco de tiempo. –Caminamos un rato más y luego dijo–: Me pregunté si volverías alguna vez.

–¿Realmente pensaste que no vendría?

–Sí.

–Nunca te haría algo así –afirmé.

Pero nuestras vidas eran tan diferentes. Yo siempre estaba rodeada de gente, y tenía la escuela. La clase de la Sra. Quenell había avanzado mucho. Estábamos analizando con profundidad la poesía de Sylvia Plath y cada verso era complicado y sorprendente. Plath utilizaba palabras completamente inesperadas; parecían brotar de la nada y, mientras leía sus poemas, a menudo pensaba: *Sylvia Plath, ¿cómo diablos se te ocurrió eso?*

Aun cuando no pudiera identificarme a nivel personal, ella me transmitía cómo se sentía y eso era algo realmente importante. Descubrir lo que sentía otro ser humano, una persona que no eras tú; por decirlo de otra manera, abrir la puerta y echar un vistazo dentro. Observar el interior de manera profunda. Supuestamente, eso era lo que la escritura debía lograr.

Además, estaba la Sra. Quenell. Al principio, no sabía bien qué pensar de ella, pero había llegado a la conclusión de que era una persona muy interesante y una gran profesora. A esta altura, ya todos mis compañeros debían coincidir conmigo. Al menos sabía que Sierra estaba de acuerdo; ambas conversábamos frecuentemente sobre la Sra. Q y sobre cuánto nos habíamos involucrado en la asignatura.

Casey también había comenzado a llegar puntualmente a la clase. Había conseguido descubrir la manera de hacerlo. Todos llegábamos y nos sumergíamos en el debate, incluso Griffin. Podía surgir alguna discusión sobre un verso de la colección de poemas *Ariel*, pero yo sabía que, en esos momentos, en realidad estábamos discutiendo sobre algo más grande y difícil de describir.

Durante las clases de Temas Especiales, todos parecían como una exageración de sí mismos. Marc se volvía súper lógico, Sierra veía la triste belleza en todo lo que leíamos y Casey siempre defendía la "crispación" de Plath —como ella la llamaba—, mientras que a Griffin le atraía todo lo que fuera "franco y directo".

Y yo, cada vez que leía algo relacionado con el amor, estaba de inmediato al borde de las lágrimas.

Seguíamos sin saber por qué la Sra. Quenell nos había elegido, qué había visto en nosotros o si tenía alguna idea acerca de los diarios. Pero lo que sí sabíamos era que esos diarios eran una tabla de salvación para nosotros y que las charlas en clase también nos ayudaban a sanar.

Todos teníamos mucho en que ocupar nuestros pensamientos pero Reeve tenía muy poco. Yo percibía la diferencia y, tal vez, me sentía culpable de eso porque ahora, en Belzhar, cuando él insistía en que temía que lo abandonara, le recordé: *Lo que yo quiero es estar contigo* y me aseguré de que mi voz brotara convincente y auténtica.

–Hubo un momento durante este fin de semana –comentó Reeve– en que me pareció haber escuchado tu voz. Pero no podías haber sido tú porque eras un *gigante*. Fue muy "frustrante" –pronunció la "s" de "frustrante" como si fuera una "z" exagerada. *Fruztrante*. ¡Ay, Reeve y su acento tan encantador!

–*Sí*, era yo –exclamé–. Estábamos en mundos diferentes.

–No sabía qué hacer –repuso Reeve con tono vulnerable e inseguro, lo cual era lógico, considerando la situación. Yo lo había traicionado con Griffin y él no había hecho nada para merecerlo–. Estoy un poco destruido –prosiguió–. ¿Te molestaría si hoy no nos movemos mucho?

–Me parece bien.

–Pensé que podríamos ver algo –y, a la distancia, alcancé a divisar un par de sillas plegables sobre el césped y un televisor de pantalla plana. Una tele, como diría Reeve.

Aliviada al saber que no tendríamos que conversar, me senté junto a él. Oprimió el control remoto y el programa comenzó. Era el sketch del loro muerto de los *Monty Python* que él y yo ya habíamos visto juntos.

Había querido mostrármelo al comienzo de nuestra relación porque era importante para él. El actor cómico John Cleese entraba a una tienda de animales y decía: *Aló, quiero presentar una queja.* Y, después de intercambiar algunas frases con el dueño, continuaba diciendo: *Quiero quejarme de este loro que compré no hace ni media hora en esta misma boutique.*

El dueño de la tienda de mascotas le preguntaba qué le pasaba al loro. Y John Cleese respondía: *Está muerto, eso es lo que le pasa.*

Y el dueño decía: *No, no. Está descansando. ¡Mire!*

Sin embargo, verlo ahora otra vez me resultó un poco aburrido; sabía anticipadamente todo lo que iba a ocurrir de la misma forma que sabía lo que podía suceder en Belzhar. O, al menos, lo sabía a grandes rasgos. Cuando el sketch concluyó, Reeve dijo: *Ven acá,* y me arrojó sobre el césped. Las espaldas contra el piso, nos quedamos tumbados mirando al cielo.

Ese día, no había mucho de qué hablar. ¿Qué podía decirme? "¿Déjame contarte algunas historias que ya has escuchado varias veces? ¿Y tú puedes reírte y murmurar y reaccionar a ellas como si las escucharas por primera vez?".

¿Y yo qué podía decirle? "¿Deja que te cuente lo que sucedió entre Griffin y yo?".

En lugar de eso, comenté:

–Hey, noticia de último momento en mi vida. ¿Adivina qué hice durante las vacaciones de Acción de Gracias?

–Ni idea.

–Metí la mano en la vagina de una cabra. Pero, a decir verdad, quién no lo ha hecho.

Reeve enarcó una ceja pero no me preguntó de qué rayos hablaba.

–¿Ni siquiera sientes curiosidad por saber a qué me estoy refiriendo? –pregunté–. ¿La vagina de una cabra?

–Por supuesto que siento curiosidad –contestó, y me lancé a contar la historia de cómo ayudé a nacer al cabrito. Pero Reeve no estaba realmente interesado. La cabra existía fuera del mundo de nuestro pasado, del mundo que compartíamos él y yo.

Sin embargo, se hallaba en el centro del mundo que compartíamos con Griffin. Observé el pelo desaliñado de Reeve, el suéter, los ojos, la nariz y la boca. El filtrum. Y luego, a falta de algo más que decir, comencé a tocarle la cara, deslicé la mano por sus labios curvados, la barbilla... mientras esperaba que pudiéramos superar la extrañeza que se había instalado entre nosotros.

Cuando nos besamos, resultó un poco raro porque yo estaba distraída. Por más que cambiara de ángulo, nunca parecía el correcto.

–Hoy estás distinta. ¿Te pasa algo? –señaló Reeve.

–No, nada.

Pero recordaba cómo me había sentido al besar a Griffin y que nos habíamos quitado la camisa y nos habíamos quedado mirándonos. La forma en que nuestros pechos se habían tocado como dos manos uniéndose en una plegaria.

¿Dos manos uniéndose en una *plegaria*? Era el verso más espantoso que Sylvia Plath podría haber escrito cuando tenía doce años y luego haberlo arrojado inmediatamente al cesto de papeles. Lo que había sucedido entre

Griffin y yo no era poético; era impensable. No obstante, también era algo en lo que no podía dejar de pensar.

–Prométeme que todo está bien entre nosotros –dijo Reeve.

Y, en ese instante, la luz realizó su predecible apagón y, por suerte, no tuve que hacerle ninguna promesa.

De regreso en la cama de El Granero, apenas tuve tiempo de recobrarme cuando escuché un golpe fuerte en el pasillo. La puerta se abrió y DJ apareció arrastrando su gigantesca maleta. Estaba un poco bronceada de su viaje a Florida, lo cual resultaba ligeramente fuera de lugar en una chica que se vestía casi toda de negro con algún destello ocasional de color.

–¡DJ, llegaste! Y temprano. Estoy tan contenta de verte –y era cierto, lo único que deseaba era que me hablara de sus vacaciones y me contara historias graciosas y mordaces, y que me levantara el ánimo. Pero DJ echó a llorar.

–Ay, Jam –exclamó–. Todo se arruinó.

–¿Qué quieres decir? –pregunté.

–Entre Rebecca y yo.

–¿Qué sucedió? –La senté en su cama y le alcancé una caja de pañuelos de papel.

DJ se sonó la nariz con fuerza y comenzó su relato:

–Rebecca fue a su casa en Connecticut y nos enviábamos mensajes de texto frenéticamente, ¿sí? Recuperar el teléfono fue un *delirio*. Como... volver a descubrir la penicilina.

–Sí, recuerdo cuando descubriste la penicilina por primera vez.

–Sabes a lo que me refiero. La tecnología, ¿la recuerdas? –dijo entre las lágrimas–. La anhelaba con *desesperación*. La cuestión es que nos mandábamos toneladas de mensajes con onda sexy.

–Claro –repuse mientras temía saber lo que estaba por venir.

–No eran de sexo, eso es un asco, pero escribíamos cosas como "k bn t kda esa camiseta" o "mett en mi cama cdo vlvas y di k era una charla cara a cara". Bueno, su madre leyó los mensajes y se volvió loca. Y le dijo a Rebecca que no podía regresar a El Granero ¡porque la habían transformado en una "homosexual femenina"! ¡Lo dijo así! ¡Como si alguien pudiera pensar que ella podría convertirse en una "homosexual masculina"!

–¿La obliga a Rebecca a abandonar la escuela? –pregunté–. ¿En la mitad del año?

DJ asintió y se pasó la mano por la cara dejando una gran mancha negra de rimmel semejante a una pincelada de caligrafía.

–Me moriré si no puedo estar con ella.

–Te entiendo.

–No te quiero ofender, pero lo dudo –exclamó. Y luego, sin previo aviso, se puso de pie, levantó el colchón y comenzó a hurgar debajo de él. Tomó varios puñados del botín escondido: barras de cereal, caramelos por metro y paquetes de esas galletas anaranjadas de manteca de maní con sabor a queso. Luego se dirigió a su escritorio y extrajo una bolsa de galletas escocesas, otra de *M&Ms* y hasta la botella de kétchup *Hind's*.

–¿Qué estás haciendo? –le pregunté. No me contestó–.

DJ, *detente* –insistí, pero ella seguía dando vueltas por la habitación cazando y recolectando. Abrió bruscamente el primer cajón de mi cómoda y revolvió toda la ropa interior que había dentro.

–*¡Mira!* –exclamó enarbolando el tesoro que había hallado: el frasco de mermelada de Jamaica que Reeve me había dado.

–¡QUITA TU MALDITA MANO DE MI FRASCO DE MERMELADA DE PIÑA Y JENGIBRE *BUSHA BROWNE'S*! –aullé con una voz desconocida para mí. DJ y yo nos miramos, igualmente sorprendidas. En un tono mucho más sano y controlado, agregué–: Es que ese frasco es una especie de *recuerdo*. No quiero que nadie lo abra, ¿está bien?

Respiré profundamente, tomé el frasco y lo sepulté en las profundidades del cajón. Cuando me di vuelta, DJ proseguía con su saqueo en busca de comida.

Finalmente, pareció decidir que tenía suficiente. Bajó el colchón, se sentó en la cama con las piernas cruzadas, con el botín delante, y comenzó a abrirse camino a través de la montaña de comida mientras lloraba. Nunca había visto a alguien comer y llorar al mismo tiempo.

–Ya basta –le dije, pero me ignoró y continuó engullendo galletas dulces y saladas en forma mecánica sin experimentar ningún tipo de placer–. Por favor, DJ –rogué–. Te vas a sentir mal y terminarás vomitando como después de una mala fiesta.

Le quité algo de comida pero no podía llevarme todo, y ella seguía tragando lo que encontraba. Paralizada, observé cómo abría el kétchup, inclinaba la cabeza y apretaba. La botella emitió un estruendoso sonido a pedo y un chorro rojo descendió dentro de su boca abierta lenta y prolongadamente.

En ese momento, la puerta se abrió de golpe y ambas alzamos la vista. Era Rebecca, la novia de DJ, con su abrigo blanco y su larga bufanda violeta, el rostro enrojecido por el frío. DJ se levantó de un salto.

–¿Regresaste? –gritó–. ¿Es una broma?

–No es una broma.

–¿Pero qué pasó con tu madre?

–Le dije que si no me dejaba volver a la escuela para estar con mi novia, lo lamentaría. Le advertí que enviaría e-mails a cada uno de los miembros de la Asociación de Madres Defensoras de los Valores Tradicionales de Connecticut diciéndoles que yo ostentaba el orgullo de ser miembro de la comunidad GLBT. Y, obviamente, ella preguntó ¿*GL qué*? De modo que tuve que explicarle que eran Gays, Lesbianas, Bisexuales y Transexuales como para terminar de enloquecerla lo suficiente a fin de que me dejara volver contigo.

–Volviste de verdad –musitó DJ.

–Volví.

Ambas se abrazaron, pero después de unos segundos, Rebecca se apartó, la miró y preguntó:

–¿Qué es esa pasta roja que tienes en la cara? –DJ le dijo que no era nada, que ya le contaría más tarde. Finalmente Rebecca reparó en mí y dijo vagamente–: Ah, hola, Jam. –Y luego DJ y ella salieron juntas del dormitorio y fueron a dibujarse tatuajes de henna en las manos o hacer el amor hermosamente o lo que fuera.

Pensé que más tarde le daría a DJ una clase acerca de que no podía utilizar una muleta –en su caso, comida basura– para calmarse cada vez que surgía un obstáculo en el camino. Pero como alumna de la Sra. Quenell, me sentí avergonzada por todas esas metáforas y lugares comunes: "muleta", "obstáculo en el camino". Y, además, yo no era la más indicada para dar consejos. Había utilizado a Griffin para sentirme mejor por no poder ver a Reeve durante el feriado de Acción de Gracias.

¿Era eso lo que había hecho? ¿Usarlo por su atractivo y por su personalidad distante? Cuando alguien era tímido, se volvía más interesante. Ya no estaba segura de nada. Ojalá pudiera darme un atracón de comida como DJ, arrasar la montaña que había sobre su cama y encontrar consuelo en unas barras de cereal viejas y desabridas y en un largo trago de kétchup. Pero yo sabía que nada de eso me ayudaría en lo más mínimo.

capítulo 15

A LA MAÑANA SIGUIENTE, EN LA PRIMERA CLASE de Temas Especiales luego de las vacaciones, resultó evidente que habían cambiado muchas cosas desde la última vez que habíamos estado juntos. Traté de no mirar a Griffin pues temía que, de hacerlo, alguien podría notar lo que había sucedido entre nosotros. Mientras permanecíamos sentados en la mesa ovalada esperando el comienzo de la clase, Griffin ya no estaba encorvado ni oculto bajo la capucha. En cambio, me miraba con ojos alertas e inquisidores. Pero yo mantuve una expresión neutral y desvié la vista hacia la ventana. No quería que nadie se enterara de lo sucedido.

Sin embargo, no éramos solamente nosotros.

Casey entró empujada por Marc y se notó claramente que ambos ocultaban un secreto. Hasta Sierra parecía distinta. Aunque nos habíamos visto a su regreso de las vacaciones, ahora se la veía más callada. Y, antes de que comenzara la clase, se mantuvo concentrada en sus papeles, moviéndolos mucho más de lo necesario.

Cuando entró la Sra. Quenell, se sentó, nos observó con una sonrisa débil y luego exclamó:

–Por fin juntos.

–¿Cómo estuvieron sus vacaciones, Sra. Q? –preguntó Casey.

–Oh, muy bien. Gracias por preguntar. Comencé a empacar porque, como ustedes saben, dejaré mi casa apenas terminen las clases. En este momento, estoy nadando en medio de rollos de plástico de burbujas. ¿Y cómo les fue a los demás?

Todos contaron cosas vagas y positivas acerca de las vacaciones de Acción de Gracias.

–Se los ve un poco... exacerbados –señaló la profesora, y esa era la palabra exacta. Pero nadie estaba dispuesto a decir qué le ocurría específicamente.

La extraña energía que reinaba en la clase se trasladó a nuestra charla sobre Sylvia Plath, a quien retornamos como si se tratara de una vieja amiga. Ese día estábamos hablando de uno de sus primeros poemas llamado *Canción de amor de la joven loca*, que Plath había escrito en la universidad. La profesora le pidió a Casey que leyera en voz alta las tres primeras estrofas.

> *Cierro los ojos y el mundo muere de repente;*
> *abro los párpados y todo vuelve a nacer.*
> *(Creo que te inventé dentro de mi mente.)*

> *Salen las estrellas, bailando un vals azul y rojo,*
> *la arbitraria negrura entra y galopa indolente.*
> *Cierro los ojos y el mundo muere de repente.*

Soñé que me hechizabas en la cama,
me cantabas y me besabas locamente.
(Creo que te inventé dentro de mi mente.)

Durante la lectura breve pero intensa, casi no pude moverme ni pensar. Sentí que el corazón golpeaba en mi interior. Sylvia Plath comprendía todo acerca del amor. Lo que te hacía; lo que me había hecho.

Ella me conocía.

Una vez concluida la lectura del poema, permanecí sentada, quieta durante un ratito, tratando de calmar los golpes del corazón. Noté que la Sra. Quenell me miraba y estuve segura de que sabía algo. Al igual que Plath, parecía saberlo todo.

Recordé un truco de meditación que me había enseñado el Dr. Margolis: si comenzaba a sentirme abrumada, debía concentrarme en mi respiración. *El aire entra, el aire sale*, solía decir con voz lenta e hipnótica. *El aire entra, el aire sale.*

Seguí respirando rítmicamente y traté de no pensar en nada. Al principio, pareció dar resultado y los recuerdos de Reeve comenzaron a desaparecer. Pero luego irrumpió una nueva tanda de recuerdos. Estos eran sobre Griffin, que estaba a dos asientos de distancia. Ese día, no había querido sentarme junto a él: habría sido demasiado para mí.

Belzhar no tenía una explicación, pero lo que había sucedido entre Griffin y yo tampoco.

Creo que te inventé dentro de mi mente, pensé, y el verso se refería tanto a Reeve como a Griffin por igual.

Después de la clase, Griffin me detuvo en el pasillo.

–Te dejaste algo en la granja. –Era la primera vez que hablábamos desde que habíamos regresado a la escuela. Metió la mano en la mochila y extrajo el suéter bordó con capucha que me había prestado.

–No, es tuyo.

–Quédate con él. Tengo otros. Como quinientos.

–Lo noté –apoyó el suéter en mis brazos–. Mira, Griffin –comencé–, lo que ocurrió cuando estábamos en la granja no puede volver a suceder.

–Ah –exclamó mientras me miraba con intensidad–. De acuerdo –hizo una pausa y después añadió–: ¿Estás segura?

–Sí. Lo siento –contesté y me alejé antes de que pudiera agregar algo más. El suéter todavía continuaba en mis manos, no tenía el valor suficiente para devolvérselo.

Pero ese atardecer, sola en la tenue luz de mi cuarto mientras intentaba hacer la tarea de Francés, volví a ponérmelo. Era enorme pero me mantenía abrigada y olía a humanidad, a algo físico, como si los brazos y el pecho de otra persona hubieran estado allí dentro día tras día. Una persona en particular. Él. Saber eso me agradaba. Llevar ese suéter me hacía sentir que Griffin estaba cerca.

Esa noche, los cinco nos encontramos en el aula oscura, una reunión especial en lunes porque Marc había regresado tarde la noche anterior. El encuentro parecía tan urgente como el primero, cuando intentábamos entender lo que nos estaba sucediendo.

Marc ayudó a Casey a bajar de la silla de ruedas y luego la ubicó a su lado.

–Bueno, tenemos un anuncio que hacer –señaló Marc.

–¿*Tenemos*? –inquirió Griffin.

–Marc y yo. Estamos juntos –afirmó Casey con timidez–. Pero es más que eso. Se ha vuelto algo importante.

–Es genial –comentó Sierra–. ¿Cómo ocurrió?

–Empezamos a enviarnos mensajes de texto durante las vacaciones –relató Marc–. Y yo le pregunté si podía tomarme el autobús e ir a visitarla a Nueva York. Mi casa era muy deprimente. Fuimos al Museo de Ciencias Naturales a ver a los dinosaurios y comimos empanaditas chinas. Lo pasamos muy bien.

–¿Entonces va en serio? –pregunté.

–Ya lo creo –respondió Casey y, como para demostrármelo, apoyó la cabeza contra Marc y dieron la impresión de ser la pareja más serena y antigua del mundo.

Sierra levantó un vaso de plástico con *Gatorade* verde para brindar por ellos.

–Qué buena noticia –exclamó y, una vez que los dos dijeron todo lo que querían decir, agregó–: Yo también tengo algo que contarles.

¿Se había enamorado de alguien? ¿Acaso el amor y el sexo habían arrasado a toda la clase de la misma forma en que lo había hecho Belzhar? Pero cuando Sierra se inclinó hacia adelante me di cuenta de que eso no tenía nada que ver con engancharse con alguien o con enamorarse. Era algo diferente, pero no supe qué.

–Creo que es probable que sepa quién se llevó a mi hermano –anunció.

–¿*Qué*? –exclamé.

–Durante Acción de Gracias, obviamente fui a Belzhar

–dijo Sierra con rapidez– y me senté en el autobús con André como siempre. Cuando se durmió, eché un vistazo a las personas que nos rodeaban. Todas las otras veces que había ido, solo le había prestado atención a mi hermano. No puedo creer que tardé tanto en hacerlo. Y noté que había un hombre de unos cincuenta y tantos años: blanco, flacucho, de cabello gris. Estaba sentado observando a André como si le pareciera lo más interesante del mundo.

"Le dije: *Discúlpeme, ¿puedo ayudarlo en algo?*, y desvió la mirada. De modo que me pasé el resto del viaje pensando dónde lo había visto antes, porque estaba segura de conocerlo.

"Y, de pronto, lo recordé. Había estado en una de las muestras de danza. Son abiertas al público y no se cobra entrada. Pero me di cuenta de que él había estado en los dos espectáculos, uno era más temprano y otro más tarde, y se había sentado en primera fila. Y cuando noté que estaba en el autobús mirándolo a André, fue como una revelación.

"Por lo tanto, durante el feriado y después de haber estado en Belzhar, llamé otra vez al detective Sorrentino y le describí al sujeto. Y él me dijo algo así como *¿Esperas que crea que después de tres años recordaste repentinamente a una persona en especial que iba ese día en el autobús?* Le contesté que sí y él agregó: *¿Qué es? ¿Un recuerdo recuperado?* Le respondí que no sabía qué significaba eso y le rogué que tratara de rastrear a ese tipo. Pero cuando volví a llamar el domingo, admitió que no había hecho nada como, por ejemplo, entrevistar nuevamente a la gente de la Academia de Danza o hablar con las personas que habían ido entonces a las muestras. *Decidí que no era una pista de gran valor,* afirmó.

—Pero tú *viste* al sujeto —intervino Casey—. ¿Qué puede ser de mayor valor que eso?

—Pero yo lo vi en Belzhar —le recordó Sierra—. ¿Qué se supone que debería contarle a Sorrentino?

—Es exasperante —comenté—. Podría ser una pista real. ¿Y si les pides ayuda a tus padres?

—No, no puedo —respondió Sierra moviendo la cabeza de un lado a otro—. Cada vez que creo que tengo una pista y luego resulta falsa, se ponen muy mal. No puedo meterlos en esto otra vez. Están agotados, apenas logran vivir decentemente. Que ese tipo estuviera mirando a André en el autobús en Belzhar no prueba nada. Pero tengo que conseguir que Sorrentino continúe con la investigación. Voy a seguir llamándolo constantemente por el teléfono público. Pero, a decir verdad, no tengo demasiada fe en el sistema.

Todos nos quedamos callados y Sierra le echó una mirada a Griffin y después a mí. Luego nos miró una vez más. Era una persona muy perceptiva y, como nos habíamos hecho muy amigas, me conocía.

—Un momento, ¿qué pasa ahí? —inquirió.

—¿A qué te refieres? —preguntó Griffin.

—Vamos —dijo Marc—. Yo también vi algo hoy en clase. Tú y Jam. ¿Qué está sucediendo?

No se me ocurría qué decir, pero no tuve que hablar, pues Griffin se adelantó:

—Algo pasó entre nosotros —contestó y me sorprendí enormemente.

–Griffin, es algo privado –señalé–. Y, además, ya te dije que no puede volver a pasar.

Todos estaban completamente fascinados por nuestra telenovela doméstica y sus miradas alternaban frenéticamente entre Griffin y yo.

–Jam, estoy cansado de guardarme todo dentro, ¿entiendes? –exclamó–. Tengo *sentimientos* de los que después no puedo hablar. Estoy harto de eso.

–Pero igual no tenías por qué divulgarlo –observé.

Permanecimos mirándonos fijamente.

–¿En serio no puede volver a suceder? –preguntó.

No podía creer que estuviéramos hablando de eso delante de todos.

–No lo sé –contesté finalmente, que era lo mismo que decir: *Sí, Griffin, puede volver a pasar. Y si quieres saber la verdad, yo también quiero.*

Los demás continuaban observándonos y descubrí que ya no me sentía enojada con él. Ya estaba hecho; ya estaba afuera. Le tomé la mano. Era hora de regresar a los dormitorios, pero nadie quería levantarse. Todos permanecimos un ratito más en ese círculo íntimo y resplandeciente.

capítulo 16

LA NIEVE CAÍA EN VERMONT PERO NO EN BELZHAR. Con botas y chaquetas de plumas, Griffin y yo caminábamos juntos por los senderos blancos y mojados. Recién cuando nos internábamos en el bosque nos tomábamos de la mano o nos deteníamos para tocarnos o darnos un beso, y el pelo y las pestañas quedaban salpicadas de nieve. Apenas hablábamos, ya que él sabía lo que yo estaba pensando, y no había nada que pudiéramos decir para que no me sintiera mal con esa doble vida que llevaba.

En Belzhar, el aire era fresco pero no frío, y el césped permanecía oscuro, sin un solo copo de nieve. Cada vez que iba allí, Reeve me estaba esperando con mucha impaciencia. Desconocía mi relación con Griffin y, a pesar de que le había explicado el funcionamiento de los diarios, no entendía el miedo que acechaba a todos los alumnos de Temas Especiales: un diario que se llenaba rápidamente era un reloj cuyas agujas no dejaban de girar.

Entre dos mundos, ida y vuelta, así iba yo, como una bígama demente y alucinada.

Una tarde, recibí una carta de mi madre que me alteró aún más.

> Querida Jam:
>
> Lamentamos mucho que no pudieras venir durante Acción de Gracias, pero Navidad llegará antes de que te des cuenta y todos estamos muy EMOCIONADOS ante la idea de tenerte en casa durante dos semanas y media.
>
> Antes que nada, algunas novedades. Encontré a la madre de Hannah en el centro comercial; me contó que Hannah y Ryan rompieron. Naturalmente, me sorprendí y pensé que, tal vez, querrías escribirle a tu amiga. Estoy segura de que le encantaría saber de ti.
>
> Ahora vayamos a lo que realmente quería contarte. Como ya sabes, papá y yo hemos estado preocupados por Leo desde que empezó a andar con el tal Connor Bunch. Y, esta semana, sucedió algo que nos impactó mucho. Te lo digo rápidamente: a Leo lo arrestaron por robar en el supermercado de Crampton. Sí, exactamente, a LEO.

¿Leo?, ¿arrestado? ¿El cerebrito introvertido de doce años? Mamá tenía razón: yo también estaba impactada. Mucho más que con la ruptura de Hannah y Ryan, que también era bastante sorprendente.

Después de leer las noticias de mamá sobre Leo, tuve que dejar la carta durante diez segundos antes de continuar; estaba en shock.

Robó una lata de pintura anaranjada en aerosol, ¿puedes creerlo? La ocultó debajo de la camisa y Connor hizo lo mismo, y los tomaron las cámaras de video. Los guardias de seguridad del supermercado los encerraron en una habitación especial para ladrones en la parte trasera, que es como una pequeña celda con rejas, y llamaron a la policía. Como ambos eran tan jóvenes, convencieron al supermercado de no presentar cargos en su contra, pero imagínate cómo estamos papá y yo.

Jam, lo que quiero decirte antes que nada es que estoy ansiosa por que vuelvas a estar en la vida de Leo. Últimamente, me pregunté si habíamos hecho lo correcto al enviarte a El Granero. Quizá ya no sea necesario que regreses el próximo semestre. Es probable que, a esta altura, hayas conseguido enfrentar de mejor manera lo que sucedió el año pasado.

Después de un doloroso inicio en el otoño, parecería que las cosas se tranquilizaron un poco. Hasta sonabas más alegre esta semana cuando hablamos por teléfono. El Dr. Margolis cree que es fantástico que formes parte del coro y de la clase de Temas Especiales de Literatura. Te dijimos que era importante hacer el intento de vivir en esa escuela. Pero tal vez, como te está yendo tan bien, eso quiera decir que has tomado de ahí todo lo que ellos tenían para darte. Cuando estés en casa, tenemos que sentarnos a hablar de esa cuestión.

Pensé que, durante las vacaciones de Navidad, podías pasar más tiempo con Leo, que todavía está luchando por entender cómo se hace para comportarse socialmente, una cuestión que antes nunca tuvo que enfrentar. Pero ahora que está más metido en el mundo real y menos en su mundo de fantasía con todos esos hechiceros y driftlords *(¿se dice así?), necesita que lo guíen.*

Querida, tú has atravesado momentos difíciles. Habías perdido el rumbo, pero ahora pareces haberlo recuperado. De modo que, tal vez, cuando estés en casa, puedas darle una mano a tu hermanito. Papá y yo te estaríamos muy agradecidos.

Besos,

Mamá

Mientras guardaba la carta en el sobre, me sentí muy mal al recordar que, tiempo atrás, me había pedido que le escribiera a Leo y nunca lo había hecho. Unas horas más tarde, tomé mi tarjeta, me dirigí al teléfono público y llamé a casa. Sabía que, a esa hora, papá y mamá todavía estarían en las oficinas de Gallahue y Gallahue SRL, pero Leo ya debería haber llegado. Después de sonar seis veces, respondió el teléfono con su voz ligeramente nasal.

–Soy tu hermana –dije–. ¿Todavía te acuerdas de mí?

–Quizá –respondió–. ¿Cabello largo y oscuro?

–Sipi. ¿Cómo estuvo Acción de Gracias?

–Muy bien. La tía Paula y el tío Donald vinieron desde Teaneck y trajeron *kale*.

–Lamento haberme perdido eso.

–¿A los parientes o al *kale*?

–Ambos –respondí.

Se hizo una pausa y pude escuchar que masticaba. Estaba comiendo algo, probablemente papas fritas sabor barbacoa. En el fondo, se oía el televisor o, tal vez, la computadora, y luego la voz de un muchacho:

–¿Adónde te fuiste, Gallahue?

–¡Ya voy! –gritó Leo.

–¿Quién es ese? –pregunté inocentemente.

–Un amigo.

–Tú no tienes amigos –señalé–. No del tipo que van a casa después de la escuela –sabía que eso era una maldad, pero era cierto–. Tal vez tengas amigos virtuales de cuarenta años que viven con sus padres –continué–. Y que juegan al *Magic Driftlord*.

–*Dream Wanderers* –me corrigió–. Los *driftlords* son personajes de *Dream Wanderers*. Y sí tengo un amigo real: Connor Bunch.

–Eso escuché. ¿Papá y mamá saben que está en casa?

–¿Por qué? ¿Acaso les vas a decir? –preguntó Leo con tono desagradable.

–Guau, hermanito, no te reconozco –contesté–. Dicho sea de paso, me enteré de lo del robo en el supermercado.

Se hizo silencio.

–No se suponía que terminaría así –estalló Leo–. Connor dijo que no había cámaras de seguridad en esa parte del...

–*Leo* –lo interrumpí–, no puedes pasar de ser un cerebrito inconsciente a un *delincuente*. Mira –continué en tono más suave–, yo sé que es bueno tener un amigo y todo eso. ¡Pero usa la cabeza! No puedes estar de acuerdo con cualquier cosa que Connor Bunch diga solo porque estás contento de que quiera estar contigo.

–Yo no estoy de acuerdo con *cualquier cosa* que él diga. ¡Deberías oír algunas de las cosas a las que digo que no! –Leo bajó la voz y agregó–: Pero él es el único que es *bueno* conmigo, Jam.

–¿Qué iban a hacer con la pintura en aerosol? ¿Pintar la escuela?

–A Connor se le había ocurrido algo, pero todavía no me lo había contado. Y después no pudimos hacer nada porque nos atraparon.

–Bueno, estoy segura de que era algo increíblemente estúpido –comenté–. Y estoy contenta de que los hayan pescado, Leo. De lo contrario, lo habrían hecho otra vez.

Después de una larga pausa, confesó:

–En realidad, esa *fue* la segunda vez. La primera, no nos atraparon. Pero no nos llevamos casi nada, solo un par de barritas de chocolate *Snickers.* Connor dice que a las tiendas no les preocupa mucho lo que es barato, que lo incluyen...

–¿Estás loco, Leo? Eso es *robar*. Les estás robando a personas trabajadoras el dinero que ganan. Piensa en papá y mamá.

–¿Ellos qué tienen que ver? –preguntó en tono lúgubre.

–¿Qué dirías si un tipo fuera a Gallahue y Gallahue SRL para contratar a papá y mamá como contadores y, una vez que le hubieran hecho un trabajo –un trabajito duro que les demandó años de estudio aprender a hacerlo– el sujeto se escapara de las oficinas sin pagarles? Y además hicieron ese trabajo para poder cubrir nuestra comida, ropa y ortodoncia. Y para que podamos tomarnos unas vacaciones de vez en cuando. Pero el tipo decidió: *Al diablo con los Gallahue, no voy a pagarles.* ¿Eso te parecería *bien*?

—No —respondió con un sollozo leve y ahogado.

—Exactamente —dije.

Me di cuenta de que sonaba un poco parecida a mis padres, pero no de una mala manera. Me quedé callada durante algunos segundos mientras Leo luchaba por contener la emoción. Como no quería que se sintiera *muy* mal, agregué:

—Mira, voy a ir a casa para Navidad. Esta vez no permitiré que la nieve me impida salir. Y tú y yo vamos a pasar tiempo juntos, ¿de acuerdo? Podemos sentarnos en mi habitación; te dejaré entrar más seguido, no te gritaré desde dentro que te largues y hablaremos sobre las cosas de la vida.

—¿En serio?

—Sipi.

—¿Me harás escuchar algo de rock alternativo?

—¿Rock alternativo? ¿De verdad quieres eso? —Estaba completamente sorprendida. Ni siquiera se me había ocurrido que supiera que existía la música.

—Sí —respondió sonándose la nariz—. Creo que ya es hora.

—De acuerdo —dije—. Lo haré.

Cuando el grupo se reunió nuevamente en el aula oscura alrededor de la vela, el tema principal de conversación

fue el final de los diarios. A todos nos quedaba un promedio de tres visitas más antes de que el último renglón estuviera escrito.

–¿Y después qué? –indagó Marc. Estaba tan agitado con esa cuestión que no podía quedarse quieto y tamborileaba los dedos en el piso como un chico hiperactivo.

–Y después encontraremos la manera de seguir yendo –dijo Sierra–. Tenemos que hacerlo. No voy a dejar a André allí.

–Por supuesto que no –comentó Casey.

–Pero nadie nos dijo cómo hacer para seguir yendo a Belzhar.

–Nadie nos dijo *nada* –acotó Griffin.

Mientras el final de los diarios parecía estar acercándose, ninguno sabía qué hacer y todos nos estábamos poniendo cada vez más ansiosos.

–Tal vez, el último día de clase, la Sra. Q nos dé un *segundo* diario –sugirió Casey–. Y podamos llevárnoslo a casa cuando regresemos para Navidad.

–Un diario de cuero azul –dijo Marc.

–Nah, eso no va a suceder –intervino Sierra–. Y tú lo sabes.

Sentí que la presión crecía dentro de mi pecho y la garganta se me puso áspera. *Ay, Jam*, solía decir mi madre durante los primeros meses después de que perdí a Reeve, *¿adónde te fuiste?* Estaba vacía entonces, era un despojo humano. Pero gracias a Belzhar, había vuelto a la vida y a "ser la misma de antes", como casi seguro dirían mis padres si pudieran verme en ese momento. Perder a Reeve por segunda vez me dejaría de nuevo completamente vacía.

–Creo que no podría vivir sin ver a André –afirmó Sierra. No estaba haciéndose la melodramática, sino enunciando un hecho.

Todos permanecieron callados y preocupados y, finalmente, alguien dijo que se estaba haciendo tarde. Griffin se inclinó hacia adelante para apagar la vela –él siempre se aseguraba de que quedara apagada y, desde que había estado en la granja, sabía por qué– cuando oímos ruedas en la nieve y una luz roja giratoria se filtró por las ventanas.

–No, no puede ser verdad –exclamó Casey. Marc la ayudó a sentarse en la silla mientras se escuchaban los golpes de las puertas de los automóviles, y los guardias de seguridad de la escuela irrumpían en el edificio y en el aula. Nos habían atrapado.

Un rato después, el Dr. Gant, director de El Granero, nos congregó para una "reunión de urgencia" en su oficina. Como también era uno de los supervisores de los varones, en el momento en que nos atraparon, se encontraba en los dormitorios asegurándose de que todos se fueran a la cama. Nos sentamos en su oficina de paredes de madera y luz mortecina, un sitio que solo había visto una vez, el día de mi llegada. Aquella tarde, yo me encontraba en un estado desastroso, furiosa y lacónica.

Qué lejano parecía ese día. Recordé a mamá en mi dormitorio golpeando los bordes de mi muñeco anaranjado para que el relleno se distribuyera de manera uniforme mientras DJ me observaba desde su cama. Había estado segura de que nunca nos llevaríamos bien.

Aquel día, en lo único que podía pensar era en cuánto extrañaba a Reeve. Ahora todo era diferente...

–Chicos –dijo el Dr. Gant, un apacible hombre de mediana edad, que tenía aspecto de lamentar mucho tener que sancionarnos–. ¿En qué estaban pensando? No pueden andar solos por ahí sin que nadie los supervise. Y ustedes saben que aquí las velas están prohibidas. Es una escuela llena de viejos edificios de madera.

–Yo lo tenía controlado –dijo Griffin a la defensiva, con la barbilla levantada–. Nunca hubiera permitido que ocurriera nada –*justamente yo*, habría querido decir.

–Pero existen *reglas*, Griffin –explicó el director–. ¿Ya habían hecho otra reunión nocturna? –Nadie quería responder–. Los de seguridad dicen que encontraron restos de cera más viejos en el piso, así que imagino que la respuesta es *sí*.

–Está bien –afirmó Casey–. Sí, ya nos habíamos reunido antes.

–¿Pero por qué? –inquirió–. ¿Es solo para "divertirse", como les dijeron a los de seguridad? ¿Eso es todo?

–Algo así –respondió Marc. Percibí lo difícil que era para él mentirle a alguien que encarnaba la autoridad o, incluso, dar una respuesta vaga.

–Parece un poco más complicado que eso –dijo el director y luego hizo una pausa–. En años anteriores, hemos tenido un par de problemas con los alumnos de Temas Especiales. Tienden a ser un grupo muy unido. Un año, se internaron durante horas en el bosque sin que nadie supiera dónde estaban. Otro año, creo que habían inventado... un idioma propio. Pero no quiero hablar de alumnos del pasado. Quiero hablar de lo que ocurre *ahora* con *ustedes*.

Era interesante recibir toda esa información acerca

de los grupos anteriores al nuestro pero, obviamente, no pudimos hacer más preguntas sobre el tema. ¿Y qué se suponía que debíamos decir acerca de nosotros? *Muy bien, Dr. Gant, las cosas son así: dos veces por semana, escribimos en nuestros diarios, lo cual nos transporta a un lugar en donde recuperamos nuestras vidas tal como eran antes de quedar deshechas. Aunque ahora se nos está acabando el espacio para escribir, de modo que tenemos que encontrar la manera de extender el tiempo en ese lugar al cual vamos porque no podemos soportar la idea de dejar de ir.*

Entonces, por favor, Dr. Gant, ¿no puede hacer como que no nos atraparon y permitir que continuemos reuniéndonos una vez por semana en el aula por la noche?

Sin embargo, no le revelamos nada y, finalmente, se quitó los lentes sin armazón y se frotó los ojos. Luego volvió a colocárselos enganchando con cuidado las patillas sobre las orejas.

–Lo siento mucho –dijo mientras nos miraba uno por uno–. Pero por el resto del semestre, con excepción de las clases, las comidas y los ensayos, consideren que forman parte de otra asignatura. Vamos a llamarla Temas Especiales de Estar Castigado.

capítulo 17

TODO EMPEZABA A DERRUMBARSE Y LO SABÍAMOS.
Separados durante toda la semana, no podíamos hablar
abiertamente sobre qué hacer con respecto al inminente final de los diarios. Solo estábamos juntos durante las clases
y las comidas, pero no teníamos privacidad más allá de esos
momentos. Y, finalmente, a todos nos quedaron solamente
cinco páginas. Era un solo viaje y luego nadie sabía qué podría pasar. O quizá, sí lo sabíamos y no era bueno.

Durante el desayuno, hablando lo más misteriosa-
mente posible, nos pusimos de acuerdo en posponer las
próximas visitas. Ninguno regresaría a Belzhar hasta
que hubiéramos esbozado algún tipo de plan.

–¿Belzhar? –indagó DJ sentada en la misma mesa que
yo, la boca llena de huevo–. ¿Qué es eso?

–Nada –contesté–. Es simplemente, ya sabes, algo de
un libro. –Eso pareció dejarla contenta. O, al menos, le
pareció tan aburrido que perdió interés de inmediato.

Tal vez, pensé, *al escribir el último renglón de un diario,
el Belzhar de esa persona dejará de existir.* Tal vez se cerraba

para siempre, como una tienda cuyos dueños se fugaban de la ciudad durante la noche. O tal vez explotaba como si se encontrara en medio del espacio, sin que nadie lo viera o lo escuchara, y desaparecía por completo.

¿Cómo sería abandonar Belzhar? Tenía que preguntármelo, pues todos lo estaban haciendo. Cuando pensaba dejar que ese mundo se fuera, me imaginaba en el mundo *real*, quizás otra vez en Nueva Jersey, con mi vida de antes, pero en una nueva versión.

¿Cómo sería esa vida? Suponía que sería simplemente yo misma. Una chica de secundaria con algún tipo de futuro. Quizá podría unirme al coro de Crampton. Hasta podría intentar convencer a Hannah de que me acompañara; tenía buena voz. Era probable que encontrara nuevamente cosas que me interesaran, que ahora no podía ni imaginar.

El viernes por la noche, me hallaba en el dormitorio observando a DJ que se preparaba para ir a la fiesta.

—Estar castigada es tan injusto —exclamé sentada en la cama con el suéter de Griffin—. Me siento como una prisionera.

—No te entiendo —intervino DJ—. Odias estas fiestas tanto como yo. ¿Por qué te preocupa no poder ir?

Como DJ desconocía la existencia de Belzhar, era normal que no comprendiera por qué era importante que, en ese momento, yo estuviera con mis compañeros de clase. Y también con Griffin.

—Es cierto que odio estas reuniones sociales —fue todo lo que dije—. Pero eso sería mejor que estar castigada.

—Después vengo y te cuento lo más importante —prometió DJ y se marchó.

A continuación, traté de hacer la tarea mientras toda la escuela, a excepción de los alumnos de Temas Especiales, se encontraba reunida en el gimnasio, bajo la bola de espejos.

Me resistí a ir a Belzhar, a pesar de que sería lo más fácil del mundo escribir en mi diario y estar con Reeve una vez más, en ese lugar donde todo era conocido y predecible y fácil y bueno. Y podía dejar para después el preocuparme por no poder regresar allí una vez que el diario se terminase.

No obstante, como habíamos acordado, me abstuve de realizar esa visita. En su lugar, me dediqué a las matemáticas, lo cual era bastante cómico teniendo en cuenta cuán pobres eran mis habilidades para esa asignatura. Y, todavía más cómico fue que, por una vez, entendí todos los conceptos y tuve la sensación de que iba a obtener una muy buena calificación en la tarea y en el próximo examen. Desde que había comenzado a ir a Belzhar, había mejorado en la mayoría de las materias. Eso, como tantas otras cosas que habían ocurrido, era algo totalmente inesperado.

A la mañana siguiente, me senté a desayunar con Sierra; Griffin todavía no había aparecido y yo no dejaba de mirar hacia la puerta esperando verlo entrar. Luego llegó Casey y se dirigió directamente hacia nuestra mesa. Detuvo la silla delante de nosotras, como si tuviera algo que anunciar.

–¿Qué pasa? –pregunté nerviosamente–. ¿Algún problema?

–Ningún problema –contestó Casey–. Pero tengo que contarles algo a las dos. –Echó un vistazo alrededor para ver si alguien más nos estaba escuchando, pero no había nadie cerca. Hizo una pausa de varios segundos y luego habló en voz baja–: Anoche fui a Belzhar.

–¿*En serio?* –disparé–. Pensé que no lo haríamos todavía.

–Lo sé. Pero Marc y yo estuvimos hablando en código ayer a la noche durante la cena y decidimos que ya había sido suficiente. Odiábamos el nerviosismo que nos provocaba el no saber qué pasaría cuando concluyéramos los diarios y resolvimos averiguarlo. A pesar de lo que habíamos acordado, decidimos dar el paso. Así que los dos regresamos. Sí, Marc también, el que nunca rompe las reglas.

–¿Y? –inquirió Sierra mirando a Casey con mucha atención, y entonces descubrí que yo también estaba observándola.

–¿Qué quieren saber exactamente? –preguntó.

–Bueno, *todo* –replicó Sierra.

–Por ejemplo, cuando terminó y miraste tu diario –sugerí–, ¿estaba todo escrito hasta la última hoja? –Casey asintió–. ¿Y descubriste alguna manera de regresar la próxima vez? –insistí. Sabía que no debíamos estar conversando en un lugar abierto, pero no teníamos otra opción.

Casey nos miró como si sintiera pena por nosotras; Sierra y yo ignorábamos lo que ocurriría y Casey ya lo sabía.

–No se puede regresar –anunció suavemente.

Nos quedamos en silencio.

–¿Estás segura? –preguntó Sierra.

–Sí, lo siento –agregó, como si pensáramos que era su culpa.

Entonces: una vez que hacías la última visita, ¿se terminaba *todo*? Eso significaba que Casey ya no tendría un lugar al cual ir donde pudiera caminar y correr.

Y, una vez que yo realizara mi última visita, no podría ver a Reeve nunca más. No podría tocarlo ni hablarle. No volvería a oír su voz. Deseaba ignorar lo que Casey acababa de contar y hacer de cuenta que no era verdad.

–¿Entonces realmente perdemos Belzhar y todo lo que hay allí? –indagó Sierra con voz grave y monótona.

–Así es –respondió Casey.

Si Sierra regresara a Belzhar, al final de su visita, perdería de nuevo a André. Solo que ahora sería para siempre.

–¿Pero cómo es *realmente* ir por última vez? –preguntó Sierra–. ¿Es diferente de las otras veces?

–Ya lo creo –soltó Casey.

–¿En qué? –insistí.

Casey se tomó un momento para pensar.

–Es traumático –afirmó.

Eso no era lo que ninguna de las dos deseaba oír.

–No puedo decirlo de otra manera –continuó–. No quiero asustarlas pero tengo que contarles lo que sé. ¿Eso que les sucedió en la vida real, en el día peor de todos? Tienen que vivirlo otra vez. Al menos yo tuve que hacerlo.

–Oh –musité en voz muy débil. No creía que pudiera volver a vivir lo que me había sucedido ese día con Reeve.

–Para mí, comenzó como otro viaje más a Belzhar –contó Casey–. Pero pronto cambió. Estaba en el auto y mamá conducía pero, esta vez, era evidente que estaba borracha y que *de ninguna manera* debería estar al volante. Finalmente, logré ver con claridad más allá de toda esa tontería del duende irlandés encantador.

Mi madre no tenía capacidad de discernimiento. El auto zigzagueaba y salió patinando del camino y chocó contra esa pared de piedra. Y sentí como si un edificio se desmoronara sobre mí.

Casey echó a llorar repentinamente y Sierra y yo nos inclinamos hacia ella e intentamos consolarla. Desde sus mesas, otros chicos nos miraron y una chica, amiga de Casey de los dormitorios, se levantó y se encaminó hacia nosotros, pero Sierra le hizo una señal de que no era necesario que se acercara.

—Sentí *todo* —relató Casey en voz baja e intensa—. No me desmayé tan pronto como había pensado. Cuando llegó la ambulancia, mamá estaba inclinada sobre mí y decía: *Dios mío, es culpa mía. Estoy borracha, Casey, y te hice esto. Le hice esto a mi nena.* Era la primera vez que recordaba eso. Y, ¿saben algo? *Realmente* fue su culpa y *no puedo* perdonarla por completo. No por el momento. Es tan duro, pero ahora recuerdo qué pasó exactamente. Por lo menos ahora es algo real.

Sierra y yo asentimos sin decir nada.

—Luego me colocaron en la ambulancia, me deslizaron hacia adelante, las luces se apagaron y todo quedó en silencio. Yo me preguntaba a dónde habrían ido los paramédicos que estaban ahí un segundo antes. Pero estaba sola. Me incorporé y eché una mirada a mi alrededor: me encontraba otra vez en la cama de mi dormitorio, aquí, en la escuela. El diario se hallaba a mi lado: todas las páginas estaban escritas, no quedaba un solo renglón vacío.

"Y supe que eso era todo. Había revivido la peor experiencia de toda mi vida y después aparecí del otro lado. Así que, para mí, ese fue el final de Belzhar.

"Estaba sentada en la cama, aturdida. Miré hacia adelante y distinguí la silla de ruedas plegada y apoyada contra la pared. Vi las manijas grises de goma, las ruedas plateadas. Aunque quería echarme a llorar, también me sentía aliviada por estar de regreso. Por estar acá: en la escuela, con mis amigos y con Marc. Él no puede reemplazar el tener la posibilidad de caminar. Nada puede hacerlo. Y siempre extrañaré terriblemente poder caminar y correr. Pero nunca olvidaré la sensación que me producía. Ah, esperen... –dijo levantando la vista.

Marc enfilaba hacia nuestra mesa. Casey retrocedió e hizo rodar la silla hacia él. Se encontraron en el centro del comedor y Marc se inclinó para hablarle.

–¿Tú podrías hacer eso? –interrogué a Sierra–. ¿Ir a Belzhar por última vez y experimentar nuevamente toda la situación? Y luego regresar aquí y decir: "Listo. Ya es hora de seguir adelante con el resto de mi vida".

–No, no podría –replicó Sierra.

–¿Entonces qué vamos a hacer? –pregunté–. La Sra. Q va a recoger los diarios. De una u otra manera, tendremos que hacer algo.

–Es una situación desesperada –comentó–. No puedo ir a Belzhar pero tampoco puedo no ir. Anoche, me escabullí al piso de abajo para llamar al detective Sorrentino. Le dejé otro mensaje de voz diciendo lo mismo que ya le había dicho durante Acción de Gracias: *Por favor, trate de rastrear a ese sujeto flacucho que fue al espectáculo de la Academia de Danza.*

En ese instante, Griffin se presentó en la mesa, cerca del final del desayuno. Llevaba nuevamente la capucha levantada y noté de inmediato que se veía triste y reservado. No poder reunirnos por la noche en el aula había sido duro para todos.

—Hola —dijo, y se sentó.

—¿Una mala noche? —preguntó Sierra.

—Sí —admitió—. Pero sigan hablando, no quiero interrumpir.

—Estaba contándole a Jam que llamé otra vez al detective de Washington. No sé qué hacer pues no le interesa lo que le digo.

—Tienes que continuar insistiendo —señalé.

—Pero no logré nada. Ir a Belzhar es básicamente lo único que tengo. No puedo imitar a Casey y a Marc.

—¿Qué quieres decir? —preguntó Griffin.

Le explicamos que Casey y Marc habían ido a Belzhar la noche anterior, cada uno por su lado; que había sido la última vez para ambos y que no había forma de regresar nunca más. Y le contamos que habían tenido que revivir sus traumas y que, al final, se encontraron con que los diarios estaban completos y el resto de la vida —eso tan imperfecto— los estaba esperando.

—Suena difícil —dijo Griffin.

—No puedo imaginarme lo que sería ver a André descendiendo de ese autobús —comentó Sierra—. Dejarlo ir sabiendo que le sucedería algo.

–Entonces no vayas, al menos este semestre –propuso Griffin–. Sigue tratando de convencer a ese detective pero no escribas una palabra más en tu diario. Sierra, ¿por qué habrías de exponerte a eso?

–Tiene que hacerlo –respondí–. Porque la Sra. Q va a recoger todos los diarios el último día de clase.

–Tendrá que arrancármelo de las manos –exclamó Sierra, y se levantó abruptamente con la bandeja sin siquiera decirnos adiós.

–Acabo de tomar una decisión –anunció Griffin una vez que Sierra se marchó–. No voy a regresar nunca a Belzhar. Le entregaré el diario a la Sra. Q con las cinco últimas páginas vacías y le diré *sayonara*. No puedo vivir otra vez el incendio, Jam. Y toda esa noche de mierda. Mis padres siempre quieren hacerme hablar de eso, pero para mí es algo superado.

–Creo que lo que tus padres quieren –acoté– es que aceptes lo que ocurrió.

–Sí, claro.

–En serio –no sabía cómo sabía lo que sabía, pero continué hablando–. No son malas personas. Yo los conocí. No están tratando de torturarte.

–¿Entonces por qué mencionan el tema todo el tiempo?

–Tal vez quieren que admitas que cometiste un grave error.

–No fui yo, fue Alby –exclamó con tono de rectitud moral.

No dije nada, solo seguí mirándolo y se puso incómodo. Sabía que no podía echarle la culpa de todo a su amigo Alby, y sabía que yo sabía que no podía hacerlo. Griffin también había estado allí, había fumado ese cigarrillo de marihuana en un establo lleno de paja y de cabras. Era su establo y eran sus cabras; él estaba a cargo de su amigo y de sí mismo.

Con expresión más insegura, continuó hablando con voz ronca:

—No podría encontrar la manera de disculparme.

—La encontrarás.

—Probablemente terminaría echándome a llorar o algo así. Sería patético. —Y era cierto: *probablemente* se echaría a llorar. Tendría que enfrentar la destrucción y asumir que había participado en ella, aun cuando no hubiera sido algo deliberado y aun cuando él no fuera *malo*. Había sido simplemente un hecho estúpido y descuidado, típico de adolescentes. Un accidente.

Debería experimentar nuevamente todo lo ocurrido ese día en vez de cerrarse y negarlo como había hecho. Tendría que drogarse con Alby una vez más, luego irse a dormir y despertar con el olor del humo, las cabras muertas en el establo, incluida Ginger, su favorita. Y tendría que sentir la furia de sus padres y asumir su responsabilidad.

—Vuelve ahí —lo insté—. Hazlo de una vez. Y luego llama a tus padres y diles lo que tengas que decirles. Y después, quizá, puedas volver a querer a las cabras. A las que murieron y a las nuevas. A Frankie, el nuevo cabrito.

Por primera vez durante la conversación, Griffin emitió una ligera sonrisa.

—El cabrito que tú ayudaste a traer al mundo —acotó—. Mi novia, la obstetra de cabras.

Mi novia. Las palabras me sorprendieron. No podía ser su novia; yo amaba a otro. A alguien muy distinto. Sin embargo, cuando me hallaba sola en mi habitación, me envolvía en el suéter que él me había regalado.

Griffin aceptó regresar a Belzhar apenas atardeciera, antes de que comenzara el concierto de invierno; yo cantaría con las Voces de El Granero.

–Cuando nos encontremos después de tu presentación, ya lo habré hecho.

No quería esperar hasta más tarde cuando Jack, su compañero de habitación, se durmiera. En cambio, sin ser visto, Griffin se encerraría en el closet del dormitorio entre la ropa de gimnasia, las botas húmedas, los abrigos y los suéteres arrugados. Y, bajo la luz tenue de la bombilla, escribiría en su diario y aparecería, una vez más, en otro mundo.

Le dije que me alegraba mucho que hubiera decidido hacerlo y que pensaba que era una muy buena idea.

–Si es tan buena –repuso–, entonces hazlo tú también.

–No todavía –fue todo lo que atiné a decir.

Por la noche, el auditorio estaba todo decorado para el concierto de invierno con lamparillas distribuidas por el salón y guirnaldas en los pasillos. Con las demás compañeras del coro, esperé entre bastidores la presentación de la banda de jazz y luego el dúo de guitarras acústicas. Todas llevábamos camisa blanca, falda negra y zapatos de tacón. Al observarme en el espejo cuando estábamos por salir, descubrí que me veía ligeramente más grande que cuando había llegado a la escuela. Tenía el cabello brillante y más largo de lo que nunca lo había tenido, por la mitad de la espalda, y mi rostro parecía más anguloso.

Sierra salió al escenario con falda y traje de baile negros. En el programa, figuraba como bailarina solista de la pieza *Un baile para André*, que había practicado varias veces en mi presencia. Mientras la profesora de Música la acompañaba en el piano, interpretó nuevamente el ballet, a veces arrastrándose por el escenario como una persona muriendo de dolor y, otras, impulsada por una esperanza maníaca. También realizó algunos pasos de hip-hop como un homenaje al estilo de danza de su hermano. Al final, cuando se inclinó para saludar, el aplauso se extendió durante un largo rato. Sierra se marchó deprisa por el costado del escenario, donde me encontraba yo. Chocamos y nos abrazamos; su cuerpo estaba hirviendo por el esfuerzo.

–¡Qué éxito! –exclamé–. Tienes un gran talento –yo sabía que llegaría muy lejos.

Finalmente, llegó el turno de las Voces de El Granero y, aunque no me hacía muchas ilusiones acerca de *nuestro* talento (apenas por encima del promedio), ingresamos al escenario caminando en fila bajo las luces blancas. Después de todas mis quejas del coro, estaba realmente entusiasmada y, a pesar de que no podía ver más allá del escenario, sabía que Griffin me estaba mirando.

Más tarde, me contaría acerca de su última visita a Belzhar y yo lo elogiaría por haberlo hecho. Pero ahora, él tendría oportunidad de escucharme cantar y, tal vez, quedaría un poquito impresionado. Ojalá Reeve también pudiera oírme. Pero él nunca podría hacerlo y, de hecho, nunca llegaría a saber demasiado acerca de mí.

Adelaide nos guió durante las tres canciones, que concluyeron con el canto gregoriano interpretado con un ritmo de rap vertiginoso. En el público, varios de los chicos más jóvenes de la escuela comenzaron a emitir sonidos de ladridos y bramidos mientras golpeaban los pies con fuerza contra el piso. Ese salón contenía a los doscientos jóvenes más frágiles e inteligentes de los alrededores, recluidos y arrancados de sus vidas cotidianas y de sus familias, de la tecnología y de la civilización durante tanto tiempo que estaban empezando a explotar. El zapateo fue aumentando de volumen y el piso del auditorio comenzó a temblar como si fuera a desmoronarse bajo nuestros pies.

capítulo 18

MUCHO MÁS TARDE, DESPUÉS DEL JUGO Y LAS galletas de la fiesta y después de que Griffin me contara que había ido a Belzhar por última vez y que había sido difícil pero que pensaba que ahora estaba bien; y después de abrazarnos en el frío de la noche antes de que una profesora entrometida nos separara, me encontraba durmiendo tan profundamente que había dejado un redondelito de saliva en la almohada.

Todo se había incrementado en velocidad e intensidad y yo necesitaba estar inconsciente. Nada de Griffin ni Reeve ni Belzhar ni el final del diario ni pensar en revivir aquel día terrible en Crampton. Solo quería dormir y formar un arroyo de saliva en la almohada cuando, de repente, unas voces lograron atravesar el sueño y me despertaron.

–Que alguien llame a la enfermera. ¡Yo me quedo con ella! –escuché que gritaba Jane Ann. Salté de la cama y salí deprisa de la habitación para ver qué sucedía.

–Es Sierra –explicó Maddy, que se hallaba en el pasillo en medio de un grupo de chicas excitadas y preocupadas.

–¿Igual que la vez anterior? –pregunté.

–No, no es una pesadilla –aclaró–. Escuché que está enferma. Tuvo una convulsión o algo así.

Subí los peldaños de dos en dos. Frente a la puerta de Sierra, se arremolinaba un conjunto de chicas y me abrí camino entre ellas.

–No puedes entrar, Jam... –advirtió con voz de mando una de las mayores.

Pero yo ya estaba dentro. El dormitorio se hallaba en sombras. Jane Ann y Jenny Vaz, la compañera de cuarto de Sierra, se encontraban junto a la cama de mi amiga. Ella estaba sentada con los ojos abiertos mirando hacia adelante mientras agitaba una mano nerviosamente de un lado a otro.

–¡Sierra! –exclamé bruscamente, pero no me respondió–. Sierra, soy yo, *Jam* –le dije mirándola fijamente. No hubo respuesta, de modo que volteé hacia Jane Ann desesperada y la interrogué–: ¿Qué le pasa?

–Todavía no lo sabemos.

–¡Sierra! –Intenté nuevamente pero no respondió–. ¡Vamos! –agregué en voz más suave–. Por favor, no hagas esto. No sé qué te pasa, pero sal de ahí rápidamente, ¿de acuerdo?

Y luego pensé: *¿Y si esto está relacionado con Belzhar de alguna manera?* Palpé la cama alrededor de ella y levanté la manta en busca del diario, pero no lo hallé.

–Sierra, tienes que volver –insistí–. *Por favor...* –me di cuenta de que había comenzado a sollozar y después ya no pude contenerme.

Jane Ann se acercó, me rodeó con el brazo y me apartó de la cama.

–Querida, tu amiga se va a poner bien –me tranquilizó.

–¿Pero por qué no puede oírme? –pregunté mientras Sierra continuaba en ese estado de confusión, el rostro impávido, la mano moviéndose nerviosa.

–No lo sé. Estoy segura de que los médicos nos lo dirán.

–¿Pero qué pasa si no lo saben?

Con algo de frialdad, Jane Ann respondió:

–No hay motivo para pensar que eso podría ocurrir.

Sin embargo, ambas comprendíamos que a Sierra le ocurría algo muy serio. Llorando sin cesar, comencé a hablar de manera obsesiva.

–Era mucho más amiga de ella que de Hannah Petroski. *Mucho* más. Era una amistad realmente profunda. Compartíamos muchas cosas. Nuestros verdaderos sentimientos. Nunca antes había tenido ese nivel de amistad con nadie –le conté a Jane Ann.

–Lo sé –respondió, aunque era obvio que nunca había oído hablar de Hannah Petroski y no tenía la menor idea sobre qué estaba hablando. Dejé que palmeara mi espalda y me dijera palabras de consuelo como una madre. Enseguida apareció la enfermera y me aparté rápidamente de su camino.

Extrajo varios elementos de su maletín negro y luego se inclinó junto a Sierra. Primero enfocó una lucecita en sus ojos, luego le colocó el brazalete para tomar la presión arterial y oprimió la válvula y, finalmente, le tomó la temperatura con un termómetro auricular.

–Sierra, ¿has tomado alguna droga? –inquirió en voz muy alta–. Y de ser así, ¿cuál? ¿Éxtasis? ¿Ketamina? ¿Fenciclidina?

—No toma drogas —la interrumpí—. Las *odia*.

Cuando la enfermera terminó, meneó la cabeza y frunció el ceño. Luego murmuró algo a Jane que no logré oír y finalmente anunció:

—Voy a pedir una ambulancia.

Jane Ann permitió que me quedara con Sierra hasta que llegara la ambulancia para llevarla al hospital más cercano.

—Yo sé que la quieres en serio —comentó mientras yo le palmeaba el hombro a Sierra con impotencia o le tomaba ocasionalmente la mano... la que no se movía.

—La quiero mucho —repuse pero de inmediato pensé: *la quería*.

Nunca había visto a nadie desaparecer dentro de sí mismo de la forma en que Sierra lo había hecho. Cuando llegaron los paramédicos, la trasladaron a una camilla y le colocaron las correas con eficiencia. No se resistió y casi no pareció notar que se la llevaban. Cuando sus brazos quedaron inmovilizados a los costados del cuerpo, noté un movimiento muy ligero debajo de la manta. Era su mano, que se sacudía imperceptiblemente.

Jane Ann dijo que no tenía permiso para ir en la ambulancia y que debía regresar a la cama.

—Te prometo que apenas sepa algo te avisaré —me dijo.

Con expresión muy molesta, se dirigió a decirles a las demás chicas que debían irse a dormir. La compañera de Sierra se encontraba todavía en el pasillo, de modo que me quedé sola en el dormitorio durante unos segundos más escudriñando el lugar. Luego fui hasta la cama de Sierra y eché un vistazo en el espacio entre el colchón y la pared. Era angosto y oscuro, y no alcanzaba a ver nada. Metí el brazo con mucha dificultad y recorrí el piso de madera polvoriento con las yemas de los dedos. De repente, rocé algo.

Era liso y frío y, aun antes de poder levantarlo, supe que era el diario.

Todavía creía que era posible que estuviera escribiendo en él al momento de la convulsión. ¿Acaso había sucedido algo muy malo en Belzhar y eso había causado el ataque? Me moría de ganas de echar un vistazo al diario pero sabía que debía marcharme de ahí. Lo oculté bajo el brazo y enfilé velozmente hacia mi dormitorio en el piso de abajo.

Milagrosamente, DJ había logrado dormir durante toda la conmoción. En la oscuridad, apoyada contra mi compañero de estudios y con la lucecita de lectura encendida, ojeé rápidamente el diario de Sierra. Su letra era muy diferente de la mía; parecía mucho más madura, las palabras destacaban sobre el papel.

Sierra, perdóname por invadir tu privacidad, pensé. *Pero esto es una emergencia.*

Continué leyendo hasta que llegué a la última entrada que, como era de esperar, comenzaba a cinco páginas del final. Estaba fechada esa misma noche. Al igual que Casey, Marc y luego Griffin, Sierra había decidido ir a Belzhar por última vez, aun sin poseer un verdadero "plan".

Y, mientras se encontraba esa noche en Belzhar, escribió sin cesar como siempre lo hacía, y la última entrada describía lo sucedido. Tenía que revivir la noche en que había desaparecido André, aunque había dicho que no podía soportar la idea de hacerlo. ¿Pero quién podía? ¿Acaso la experiencia de volver a perder a su hermanito la había dejado en estado de shock? ¿En una convulsión permanente?

Noté que había llenado hasta el último renglón del diario y que no quedaba más espacio.

El diario de Sierra estaba concluido y eso era exactamente lo que había dicho que no quería hacer. Y, sin embargo, lo había hecho. Entorné los ojos en la oscuridad y leí el último párrafo:

> De repente, se puso de pie y trató de descender del autobús, como había sucedido en la realidad. Y esta vez, en lugar de decirle "está bien, ve a comprar la masa para las galletas", le digo "no, haremos galletas con chispas de chocolate otro día". Y la luz se fue apagando, como siempre ocurre acá, pero le sujeto el brazo y no lo suelto. Tengo que probar si eso funciona; es lo único que se me ocurre. En la clase de danza, hacemos improvisaciones y esto es algo parecido. Todavía tengo su brazo sujetado y veré qué suc

Y terminaba ahí, justo en medio de una oración. Justo en medio de una palabra. ¿Era *eso* lo que había sucedido? Cuando se le acabó el diario, ¿Sierra sujetó a André y logró permanecer en Belzhar?

Por supuesto. Todavía se encontraba ahí. Su mano no se movía por una supuesta convulsión sino porque, de alguna misteriosa manera, ella continuaba escribiendo en el diario o, al menos, escribiendo en el aire.

Sierra había intentado un experimento desesperado en Belzhar: cuando las luces se apagaron, se negó a soltar la mano de André. Ni siquiera lo había soltado al sentir esa tremenda succión que la arrastraba fuera de Belzhar y de regreso a este mundo. Y había conseguido seguir aferrando a André con una sola mano. La otra era la que continuaba escribiendo sin detenerse en un diario imaginario, mucho después de que el verdadero ya se hubiera completado.

Y tal vez, mientras ella continuara haciéndolo, podía quedarse con André y protegerlo. Él nunca debía bajarse del autobús y ella tampoco.

No tenía que volver a vivir todo su trauma otra vez de la forma en que lo habían hecho Casey, Marc y Griffin. Pero debía permanecer allí con André para siempre.

Sierra se había quedado en Belzhar definitivamente; había abandonado la posibilidad de envejecer, bailar, tener experiencias y explorar todo lo que el mundo tenía para ofrecerle. Este mundo, no el otro.

La inquietud me acompañó durante el resto de la noche. Daba vueltas en la cama y giraba la almohada sin saber qué hacer. Al amanecer, finalmente se me ocurrió una idea. Me sentí tan entusiasmada que bajé corriendo hasta el teléfono público, llamé al hospital y pedí hablar con alguien sobre Sierra Stokes, que había ingresado la noche anterior.

La enfermera que contestó era realmente agradable y no se cuestionó si la llamada era legítima. Ante mi sorpresa, aceptó mi pedido peculiar y muy específico.

–Por supuesto, cariño –me respondió–. Vale la pena intentarlo. No tenemos idea de lo que le pasa a esa chica.

De modo que quedé esperando durante mucho tiempo. Finalmente, volvió al teléfono y me contó que había hecho lo que le pedí pero no había funcionado. Había ido a la habitación de Sierra, se había parado junto a su cama y seguido mis instrucciones gritando: ¡Sierra, sal *de Belzhar!*

Se me había ocurrido que podría resultar pues recordaba que, cuando había quedado atrapada en esa horrenda versión de Belzhar con cabras después de escribir en el diario de Griffin, él me había gritado algo semejante a ¡Sal de Belzhar! Y *realmente* había funcionado.

Sin embargo, la enfermera no había obtenido ninguna respuesta de Sierra.

–Lo siento, corazón –me dijo al teléfono–. No tuvimos suerte.

Se me habían agotado las ideas.

Por la mañana, reinaba un ánimo sombrío mientras todos susurraban acerca de algo terrible que le había sucedido a Sierra Stokes durante la noche. Corría el rumor de que había tenido una sobredosis de *Xanax* y le habían hecho un lavaje de estómago.

Luego comenzó a propagarse otro rumor que decía que Sierra había tenido "una seria convulsión" y había quedado con un daño cerebral permanente. En la fila del desayuno, todos mencionaban que era una gran pérdida. Decían que había sido una chica muy lista y talentosa. Así, en tiempo pasado. Una bailarina realmente increíble. Tan inteligente, una verdadera ganadora.

Yo quería gritarles en la cara: *¡Cállense, no saben de qué están hablando!*

Algunas chicas se abrazaban entre sollozos, aunque la mayoría solo conocía a Sierra superficialmente, porque ella era muy reservada con todos salvo con nosotros. En el comedor, busqué a Marc, a Casey y a Griffin y me dirigí en forma individual a cada uno de ellos, susurrándoles exactamente la conclusión a la que había llegado.

–Sierra se quedó en Belzhar –expliqué–. Se aferró a André. Ahora está ahí –les develé todo y, como me había pasado a mí, la primera reacción fue de sorpresa. Pero también comprendieron por qué lo había hecho.

Después del desayuno, el Dr. Gant organizó una reunión especial con todo el alumnado. Con la enfermera y un par de profesores, subió al estrado y juntos dieron una charla acerca de buscar en el otro la fuerza y el compañerismo necesarios cuando sobrevenía una dificultad. También nos recordaron que podíamos recurrir a ellos. Para cuando la reunión prácticamente inútil concluyó, ya era tan tarde que el Dr. Gant canceló todas las clases de la primera hora.

Al no tener Temas Especiales ese día, los cuatro que habíamos sido castigados decidimos aprovechar el resto de la hora libre y nos apiñamos en una zona de sol y de frío para conversar un poco.

–No la culpo por lo que hizo –dijo Marc de inmediato–. Tiene lógica.

–Yo tampoco la culpo –coincidió Griffin–. Regresar por última vez es duro para todos. Lo fue para mí.

–Tú eres un misterio –señaló Casey, y entonces recordé que Griffin solo me había contado a mí lo que le había ocurrido en el pasado. Nadie más sabía del incendio ni cómo era su versión de Belzhar. Y apenas conocían sobre mí y *mi* pasado. Griffin y yo nos habíamos mantenido en las sombras y los demás lo habían permitido. Les estaba agradecida.

Pero Sierra nos había contado la historia completa.

—Yo creo que hizo lo correcto —afirmó Griffin.

—No puedo hacerme a la idea de que ella ya no esté más con nosotros —comenté con voz ligeramente quebrada. Estábamos hablando de Sierra como si estuviera muerta, como si se hubiera quitado la vida.

Griffin me rodeó con el brazo y pensé que, a diferencia de Sierra, él estaba ahí conmigo y no se iba a ninguna parte. Yo lo sabía pero me costaba creerlo del todo.

A veces, piensas que las personas estarán siempre contigo pero luego las pierdes sin ningún aviso.

Por la noche, después de un día en el cual ninguno logró concentrarse, nos llevaron a los cuatro en una camioneta hasta el centro para asistir a la fiesta de jubilación de la Sra. Quenell, que se realizaba en el restaurante de un hotel enorme y antiguo llamado Green Mountain Arms. Sierra había estado esperando esa fiesta con muchas ganas; había dicho que estaba feliz de tener la oportunidad de vestirse elegantemente y disfrutar de una fiesta como una persona normal.

Yo había estado esperando con ganas la comida; ya me daba náuseas la que servían en El Granero. Estaba todo hecho a base de quinoa y, además, me había agradado la idea de festejar con la Sra. Quenell. A pesar de estar castigados, nos habían dado un permiso especial para salir por la noche. Claro que, en ese momento, ninguno de nosotros tenía ánimo festivo. Sin embargo, ahí estábamos.

El hotel era majestuoso y de gran categoría. La profesora también se veía majestuosa recibiendo a los invitados en la entrada del esplendoroso restaurante. Llevaba una blusa de seda roja y un colgante de esmeraldas: los colores navideños.

–Mis maravillosos alumnos –exclamó mientras abrazaba delicadamente a cada uno. A sus espaldas, alcancé a ver velas y platería reluciente. Los camareros circulaban con aperitivos y, aunque estaba vestida con mis mejores galas, la única ropa buena que había traído conmigo, me sentía torpe y descontenta al estar en esa fiesta, que era, básicamente, un salón atestado de profesores elegantemente vestidos.

–Vengan, no sean tímidos –instó la Sra. Quenell–. Atibórrense de canapés. Llévense algunos a la escuela para sus pobres e indigentes compañeros de dormitorio. –Pero nos quedamos vacilantes en la puerta y ella habló en voz baja–: *Lo sé*.

Pausa. ¿*Qué* sabía? Obviamente, sabía que Sierra se había enfermado, ¿pero sabía algo más?

–Sé lo difícil que es para todos ustedes –comenzó a decir– asistir a una fiesta cuando Sierra está enferma. Quiero que sepan que, esta noche, yo también estoy pensando en ella.

Pero ella no sabía lo que nosotros sabíamos. Al menos, eso creía yo. Sierra había tomado una decisión y, a pesar de que todos estábamos realmente molestos, la

comprendíamos y aceptábamos su elección. Lo único que podíamos hacer en ese momento era agradecerle a la Sra. Quenell e ingresar al restaurante. Griffin detuvo a un camarero y tomó un par de empanaditas de hojaldre. Los empleados habían recibido instrucciones de no servirnos ningún tipo de alcohol, de modo que todo lo que nos ofrecieron fue "agua con gas".

–¿Desde cuándo el agua carbonatada se convirtió en "agua con gas"? –preguntó Griffin.

–Ah, alrededor de la misma época en que *impactar* se convirtió en verbo –comentó la Sra. Quenell con una sonrisa. Luego se alejó para saludar a unos invitados que acababan de llegar.

Me llevé un canapé entero a la boca. Ni siquiera sabía de qué era... ¿tal vez una vieira? ¿Y era queso crema lo que tenía debajo? Debía ser lo más delicioso que había comido en toda mi vida. No me había dado cuenta de cuánto extrañaba la "verdadera" comida. Recordé los excelentes platos que cocinaba mi padre, su ridículo delantal que decía "Papá Chef" y también que, cuando Leo era pequeño, siempre le permitía echar un puñado de espaguetis en el agua hirviendo.

Leo, papá, mamá. Imaginé a toda mi familia en casa en la cocina, una vida de la que yo solía formar parte hasta venir a El Granero.

–Quiero hablar contigo –dijo Griffin arrastrándome tan súbitamente hacia un rincón del salón que el agua se derramó por los costados de mi vaso. Cuando nos sentamos en un sofá, anunció–: Todos los diarios están concluidos salvo el tuyo.

–Lo sé –comenté con voz suave y avergonzada.

–Ya nos vamos de vacaciones, Jam.

–Lo sé.

–Ve a Belzhar y despídete de él –dijo Griffin–. Hazlo cuanto antes.

Se hizo un terrible silencio. Yo no podía hablar.

–¿Acaso no quieres estar conmigo? –preguntó.

Por supuesto que quería. Griffin y sus suéteres tibios y suaves. Y su forma de sentir tan intensa con todo y especialmente, conmigo. Asentí, pero no podía decirle que todavía seguía queriendo al chico inglés, irónico y gracioso con su suéter café, que debía estar aguardándome desesperado en Belzhar, sin saber por qué tardaba tanto o si regresaría alguna vez.

Griffin deseaba que fuera cuanto antes y me quitara el tema de encima. Ir y terminar con todo.

¿Pero qué pasaría si yo iba a terminar con todo y descubría que no era capaz de hacerlo? Ahora ya todos sabíamos que existía una forma de quedarse. Sierra había continuado aferrada a André y no lo había soltado cuando las luces se apagaron. Eran como dos personas formando una cadena humana en medio de un huracán, afirmándose para que no los arrancaran ni los separaran.

Yo podía regresar a Belzhar y hacer lo mismo.

Sentada en el elegante sofá de la elegante fiesta con una servilleta arrugada en la mano, la idea comenzó a volverse real dentro de mi mente. Deseé poder beber uno de los tragos rosados que los camareros distribuían entre los profesores, quienes, por lo que yo veía, estaban comenzando a ponerse alegres y a elevar la voz. La usualmente apocada profesora de Latín había empezado a *chillar*. Los tragos

eran Cosmopolitans, algo bastante irónico considerando que nos hallábamos en la zona rural de Vermont, que no era, precisamente, el lugar más cosmopolita del mundo. Si me hubieran ofrecido uno, lo habría bebido de un trago y posiblemente habría bebido otro más y entonces estaría más segura de si debería ir a Belzhar y quedarme allí.

–¿Entonces vas a ir y terminar con todo? –presionó Griffin, y yo asentí débilmente–. Lo prometiste, Jam –y asentí otra vez.

–Aquí estaban –exclamó la Sra. Quenell emergiendo por encima de nuestras cabezas–. Vengan a saludar al Dr. Gant. –Griffin y yo nos levantamos de mala gana y, de pronto, todos los alumnos de Temas Especiales nos encontramos parados incómodamente junto a la profesora y al director.

–John, deberías saber que este puede ser el grupo más talentoso de alumnos que haya tenido –afirmó la Sra. Quenell.

–Eso es mucho decir, Veronica –comentó y luego nos miró a todos y agregó secamente–: Espero que estén disfrutando el permiso de salir esta noche –le confirmamos que así era–. Bueno –prosiguió–. Cuando regresen en enero, tras las vacaciones de Navidad, será un buen momento para empezar de cero.

Cuando llegara enero, obviamente, Temas Especiales ya habría concluido y lo que yo estaba por hacer, ya habría sucedido.

Alguien pidió que todos prestaran atención y los invitados se congregaron para realizar los brindis. Varios profesores hicieron bromas internas sobre la Sra. Quenell y citaron frases de los libros que ella más quería.

Una señora mayor que trabajaba en la cocina se puso de pie y mencionó lo educada que había sido siempre la profesora con los empleados del sector.

–Siempre separa los platos y los cubiertos –comentó–, a diferencia de *algunas* personas.

Sí, la Sra. Quenell era buena. Era buena y amable y esperaba lo mejor de nosotros. Pero, sobre todo, continuaba siendo un misterio.

¿Qué sabía realmente? ¿Alguna vez nos lo diría? Pronto terminaría la asignatura y vendrían las vacaciones y, cuando regresáramos en enero, la Sra. Quenell se habría marchado. Alguna familia nueva con niños pequeños se mudaría a su casa y probablemente colocarían hamacas en el jardín.

Sorpresivamente, Casey golpeó una cuchara contra un vaso y todos miraron sorprendidos a la muchachita de la silla de ruedas, que desplegaba un cuadradito de papel en el regazo.

–Solo quiero decir –comenzó leyendo en voz alta– que haber cursado Temas Especiales de la Literatura significó muchísimo para mí.

Se detuvo y luego levantó la vista del papel y continuó:

–Lo que le sucedió a Sierra fue un verdadero golpe para nosotros. Pero somos un grupo muy unido y eso es gracias a usted, Sra. Q. ¿Recuerda lo que nos dijo cuando empezamos? ¿Que teníamos que cuidarnos unos a otros?

Eché un vistazo a la Sra. Quenell, que asintió. Estaba completamente atenta a Casey, de la misma forma que siempre había estado atenta cuando hablábamos en clase alrededor de la mesa de roble. Como si fuéramos para ella las únicas personas que existían en el mundo. Algo brotó dentro de mí y pensé que podría llorar.

–Creo que lo hemos hecho, Sra. Q –prosiguió Casey–. Y eso incluía cuidar de Sierra. Pero supongo que existen ciertos lugares a los que puede ir una persona, donde nadie más puede acompañarla. Y, a veces, lo único que uno puede hacer es confiar en que sabe lo que está haciendo.

Nada de eso se hallaba escrito en el papel de Casey. Estaba improvisando, tratando de comunicarle algo a la Sra. Quenell sin decirlo en voz alta: "Si usted sabe lo de los diarios, entonces también debería saber que Sierra fue a Belzhar y se *quedó*. Lo hizo deliberadamente. Y, tal vez, no sea lo más terrible del mundo, porque ahora está con su hermano".

–Sra. Q –continuó Casey volviendo a mirar el papel–, usted es una profesora increíble. Al principio, pensé que era demasiado estricta, pero estoy realmente contenta de que lo fuera, porque aprendí mucho de eso. Y también aprendí mucho de los debates en clase, que podían llegar a ser *feroces*. Y, obviamente, aprendí mucho de los diarios.

Mencionó los diarios como al pasar para ver si producía alguna reacción en la Sra. Quenell. Pero no produjo nada, ni siquiera un brillo en la mirada.

–Cuando digo que usted causó un fuerte impacto en nuestras vidas sé que estoy hablando en nombre de toda la clase –agregó Casey a modo de conclusión.

–¡Sí, señor! –exclamó la profesora de Latín y todos los profesores alzaron las copas y brindaron por la Sra. Quenell, aunque yo estaba segura de que ninguno de ellos tenía la menor idea de lo que Casey estaba tratando de decir.

capítulo 19

DURANTE LOS DÍAS POSTERIORES A LA FIESTA llevé conmigo el diario a todas partes, como si temiera perderlo o que alguien me lo robara, y ya no pudiera ver nunca más a Reeve. A pesar de lo que le había prometido a Griffin, aún no estaba lista para ir a Belzhar por última vez. Era la única que faltaba, porque me sentía desgarrada.

Una parte de mí quería ir, hacer el corte, dejar a Reeve para siempre y volver con Griffin. La otra parte pensaba: *A la mierda con todo, me quedo con Reeve.* Los dos solos en nuestro territorio neutral, abrazados en medio del campo. El suéter de lana café. La boca torcida. Bromear como hacíamos habitualmente y luego ponernos serios y quedarnos tumbados en el suelo uno frente al otro. Sus brazos largos y todo su cuerpo estilizado, conocido, atraído hacia el mío. Podríamos permanecer así para siempre. Sin angustias, sin cambios, sin problemas y sin nadie más que complicara nuestra vida simple.

No sabía qué parte de mí se saldría con la suya y no lo averiguaría hasta que fuera a Belzhar. La cuestión

era que, de una u otra manera, iba a tener que ir allí. Si entregaba el diario con las últimas cinco páginas vacías, dejaría a Reeve en un permanente estado de espera, que representaría una tortura para él y para mí.

Cada vez que veía a Griffin caminando solo por el parque de la escuela, los hombros caídos, el cabello largo y rubio arremolinado por el viento, las botas dejando huellas profundas en la nieve, agitaba la mano aliviada y corría deprisa hacia él. Dentro del grupo, ninguno había estado tan paralizado como yo ante la idea de realizar el último viaje a Belzhar; todos acabaron yendo y haciendo lo que tenían que hacer.

Yo era distinta.

–*Ve* de una vez –me instó Griffin en un atardecer azulado bajo un árbol cubierto de estalactitas de hielo. Como no dije nada, prosiguió–: No estarás pensando realmente en hacer lo mismo que hizo Sierra, ¿no? Espero que no.

Pensé qué estaría haciendo ahora Reeve en Belzhar, un sitio donde no había hielo ni nieve. Me acordé del día en que estaba sentado junto a mí en la clase de Arte, cuando yo lo había dibujado. Y la vez que nos habíamos besado en la fiesta, por encima de la casa de muñecas. Y el episodio de los Monty Python. Y cuando me dio un frasco de mermelada de Jamaica por mi nombre, y lo bien que nos complementábamos.

Iré a Belzhar esta noche después de que apaguen las luces, decidí de repente. No tenía la menor idea de si regresaría a El Granero alguna vez.

De pronto, bajo los árboles congelados, el frío se tornó insoportable y decidí entrar.

–Iré esta misma noche –le prometí a Griffin.

Durante la cena, en una mesa muy ruidosa, apenas toqué el montículo de fideos que había en mi plato y me quedé apartada de los demás. Griffin sabía cuándo mantenerse a distancia. Se encontraba sentado con varios chicos en una mesa más alejada y, cuando alzó lentamente la mano hacia mí, le devolví el saludo. No nos quitábamos los ojos de encima y le hice un gesto que decía: "No te preocupes, voy a hacer lo que dije que haría".

Y luego, finalmente, llegó el final de ese largo día. DJ y yo nos encontrábamos echadas en la cama antes de dormir cuando comentó:

–Algo en lo que pienso constantemente con respecto a la adultez es que ya no existe un horario fijo para apagar la luz. Al menos, no de forma *obligatoria*. Suena genial, ¿no crees?

–Absolutamente –respondí.

–Tomas tus propias decisiones. Yo casi estoy lista para hacerlo –agregó DJ, y emitió con total naturalidad uno de sus típicos y enormes bostezos.

Yo no estaba lista para tomar una decisión con respecto a Reeve, pero tenía que hacerlo.

–¿Puedes creer que el semestre ya esté por terminar? –continuó DJ–. La gente dice *El tiempo vuela* y yo pienso *Ni me lo digas*.

–Lo sé –repuse–. Es increíble lo rápido que pasó.

En la oscuridad, nos acomodamos en la cama y le dije súbitamente:

–DJ, fuiste una compañera de cuarto realmente buena.

–Gracias, Jam. Tú tampoco estuviste tan mal. Pero esto todavía no terminó. Aún nos queda el próximo semestre.

–Ya lo sé –coincidí, pero pensé: *Quizá no nos veamos nunca más. Y si eso ocurre, buena suerte en tu vida. Espero que permanezcas junto a Rebecca durante mucho tiempo, o para siempre, si eso es lo que deseas. Espero que puedas superar tus problemas con la comida y que disfrutes del hecho de que en la adultez ya no exista un horario para apagar la luz. Espero que tengas la oportunidad de hacer todo lo que quieras, porque te lo mereces.*

Aguardé a que se durmiera y que su respiración se volviera constante y ruidosa como era habitual en ella. A continuación, sola y asustada pero procurando tranquilizarme como podía, me incorporé y me apoyé contra el muñeco. Coloqué el diario en la falda y encendí la lucecita de lectura.

A esa altura, hacía tanto tiempo que Reeve me esperaba que me pregunté si pensaría que había sucedido algo.

Podía sentir la fría cubierta de cuero contra las rodillas. Había cinco hojas en blanco y, al comienzo de la primera, escribí con cuidado:

Finalmente, me voy para estar otra vez con él.

Y, de inmediato, aparecí en Belzhar. Pero esta vez sus brazos no me rodeaban. Yo no lo estaba sujetando y él no me estaba sujetando a mí. Solo sentía el viento, que soplaba más fuerte que nunca. Recordé que la última vez que había estado con Reeve en Nueva Jersey era un día muy ventoso. Al salir de casa esa mañana para tomar el autobús escolar, mi madre me había gritado: *¡Ponte un sombrero!*, pero no le hice caso porque odiaba cómo quedaba el pelo al quitarme el sombrero. La estática crepitaba alrededor de mi cabeza. Había salido disparando en el frío, sin siquiera una capucha y excitada, sin saber que ese día todo habría de cambiar.

Y que lo perdería.

El campo de deportes de Belzhar estaba vacío y silencioso. Lo llamé con tono vacilante: *¿Reeve?*, pero no se hallaba en ningún lado. Algo no estaba bien y comencé a caminar más rápido. Entonces recordé que Casey había dicho que, en el último viaje a Belzhar, todo estaba igual al momento en que le había sucedido el accidente tan terrible. Había tenido que revivirlo totalmente.

Era cierto. Eso era exactamente igual a mi último día con Reeve. Ahora que solo quedaban cinco páginas en el diario, todo volvía a comenzar automáticamente otra vez. Lo único que había tenido que hacer era aparecer y todos los acontecimientos empezaban a desencadenarse por sí solos.

No estaba lista para eso. ¿Por qué pensé que lo estaría? Lo único que podía hacer era caminar sobre el césped en una marcha inevitable hacia algo malo, como lo había hecho ese último día en Nueva Jersey. Marchaba sin detenerme hacia la conclusión de mi propia historia. No se veía nada delante de mí, hasta que algo apareció repentinamente.

Había alguien a lo lejos. Al ir aproximándome, comprobé que en realidad se trataba de *dos* personas envueltas en un abrazo. Una chica y un chico, el pelo de ella flotando en el viento alrededor de ambos. La cabeza del muchacho estaba escondida en el cuello de la chica; y la de ella estaba echada hacia atrás. Él reía mientras la besaba.

Sentí que se me trababa la mandíbula y los dedos se ponían rígidos por la tensión. Deseé poder tronar los nudillos uno por uno para que estallaran como disparos de advertencia. Continué caminando hacia ellos. Sabía por qué estaba ahí esa chica, a pesar de que no quería saberlo en absoluto.

"A veces, es más fácil contarnos una historia a nosotros mismos", me había dicho el Dr. Margolis con voz tan amable que había sentido deseos de pegarle, el día en que mis padres me habían llevado a su consultorio. Yo no quería escuchar una sola palabra de lo que decía.

Ahora la chica me vio y le dijo algo al chico, que se dio vuelta.

Era Reeve. Reeve Maxfield había estado besando a Dana Sapol, la chica que me había odiado desde aquel día en segundo grado en que yo había descubierto que había olvidado ponerse ropa interior. Lo que quiero decir es esto: ¿cuán enferma tenía que estar una persona para guardar rencor por algo semejante? Y, a esa altura, obviamente, ya no era por la ropa interior. Ni una sola vez había sido agradable conmigo hasta que descubrió que Reeve gustaba de mí. Entonces me invitó a su fiesta, donde besé a Reeve encima de la casa de muñecas de su hermanita Courtney. La fiesta en la que él me dio el frasco de mermelada.

A pesar de que sentía como si mi cabeza fuera a partirse en dos al ver a Reeve y a Dana juntos, mantuve la firmeza suficiente como para continuar caminando hacia ellos. Y en lugar de mostrarse avergonzado o impactado o decir algo como "Te lo puedo explicar" (como había hecho el padre de Marc cuando él lo pescó con el video porno), Reeve continuó abrazado a Dana mientras se estiraba la manga del suéter café.

Se quedaron mirándome y luego, con una sonrisa de suficiencia, Dana exclamó:

—Bueno, bueno, bueno. Mira quién está aquí.

—Sé amable con ella —dijo Reeve.

El día en que esto había ocurrido en Nueva Jersey, en el mundo real, yo no había sabido qué hacer. De verdad. El chico que amaba había estado saliendo con esa chica espantosa y malvada, lo cual era totalmente incomprensible.

—Reeve —le dije ahora, de la misma forma en que se lo había dicho ese día—. ¿Qué estás haciendo?

—Vamos, Jam —repuso suavemente.

—Pero yo pensé... —dejé que mi voz se apagara.

—Tú pensaste ¿qué? —su acento era más marcado que nunca, pero sonaba exasperado, como si deseara que yo le contestara pronto para terminar de una vez. Y luego él también podría decir lo que tenía que decir y todo habría acabado.

—Yo pensé que estábamos juntos —comenté tristemente.

Dana Sapol lanzó una carcajada. Fue un sonido semejante al de uno de esos pájaros exóticos de la tienda de mascotas del centro comercial. Reeve le apretó el brazo con más fuerza como para callarla.

—Jam —dijo finalmente—. Nosotros no estamos juntos. Tú lo sabes, ¿verdad?

—¿Pero entonces qué fue lo que pasó entre nosotros? —pregunté—. Comenzando por esa noche en la casa de ella. Junto a la casa de muñecas de su hermana.

–Tú sabes lo que realmente ocurrió esa noche –respondió Reeve. No parecía que estuviera actuando en forma cruel o tratando de humillarme.

Dije que no con la cabeza.

–¿Acaso tengo que recordártelo yo? –señaló–. ¿Tú no puedes hacerlo?

Cerré los ojos en medio del viento y no miré el hermoso rostro de Reeve ni la cara puntiaguda y antipática de Dana. ¿Realmente podía recordar esa noche en la casa de los Sapol?

Al principio, no podía. Solo conseguía verla de la misma manera en que la había visto siempre, con todos los detalles alineados uno tras otro como una hilera de piedras pulidas. Llegar a la fiesta. Ver a Reeve con su camisa arrugada en medio de un grupo de chicos. Caminar con él por el pasillo, entrar a la habitación donde me dio la mermelada. Besarlo y sentir algo intenso. Permitir que me tocara por debajo de mi top ajustado. Gemir en la luz tenue de ese dormitorio infantil y sentirme más dichosa que nunca.

Como había dicho el Dr. Margolis, lo que yo había estado haciendo era contarme una "historia".

"Siempre es más fácil contarse una historia a uno mismo", había agregado el doctor.

Sí, para mí, era decididamente más fácil. Porque cuando me liberé de esa historia que venía contándome a mí misma y traté de pensar en forma objetiva cuál era la *verdad*, sentí que perdía el control. Igualmente, buceé dentro de mi mente muy atrás en el tiempo, mucho antes de aquella noche en la casa de Dana Sapol, hasta el primer día en que había conocido a Reeve.

Ese día, yo me encontraba en clase de Gimnasia jugando al bádminton y ahí estaba él, el estudiante de intercambio de Londres con los pantalones y la casaca del Manchester United, esquivando los volantes que pasaban zumbando al lado de su cabeza. Y, al final de la clase, le dije:

–Buena estrategia.

Me miró con los ojos entornados.

–¿Y de qué estrategia se trata?

–Evasión.

–Sí –admitió–. Es básicamente la forma en que he vivido hasta el día de hoy.

Intercambiamos una leve sonrisa y eso fue todo. Durante la semana, lo vi por la escuela e inventé excusas para hablarle y él inventó excusas para hablarme. Así fue exactamente cómo sucedió. Pensaba mucho en él y, cuando lo hacía, me sentía liviana, excitada y súper alerta.

Y un día, en el comedor, Reeve estaba sentado con un grupo de amigos y, en vez de sentarme con Hannah, Ryan y Jenna como siempre lo hacía, me ubiqué en el otro extremo del banco donde él se hallaba. Los otros chicos ni siquiera notaron mi presencia; simplemente me quedé sentada ahí con mi sándwich de atún –la comida más silenciosa del mundo– comiendo y escuchando mientras él hablaba. Reeve era el centro de atención de la mesa porque era nuevo, lindo, gracioso y tenía ese acento tan encantador. Dana Sapol también se encontraba allí. Creo que estaba sentada justo al lado de él; después de todo lo ocurrido, me resultaba difícil recordar los detalles.

–A la familia con la que vivo, los Kesman –les explicó a todos–, les encanta cantar en canon. ¿Saben lo que es eso?

–¿Cantar en canon? –disparé súbitamente intentando que mi voz se escuchara en el ruidoso comedor–. Ah, como *Fray Santiago, Fray Santiago, ¿duerme usted?, ¿duerme usted?*

Pero yo estaba en el extremo más apartado de la mesa y mi voz no llegó tan lejos. Nadie percibió siquiera que yo había hablado, de modo que continué masticando mi sándwich delicadamente, tratando de hacerlo durar un rato largo. Escuché a Reeve hablar con ese acento tan peculiar, con su *voz rasposa*, y sentí que ambos estábamos manteniendo una conversación íntima y que no había nadie más en esa mesa.

–Es insoportable. Después de la cena –prosiguió Reeve–, tenemos que quedarnos en la mesa y cantar en canon durante *horas.* Tal vez no sean horas pero lo parecen. Es la familia más sana y saludable que conocí en toda mi vida. ¿Todas las familias estadounidenses son tan terribles?

–No –respondí con voz más fuerte–. La mía no lo es.

Esa vez me escuchó y desvió la mirada hacia el final de la mesa.

–Eres una chica afortunada –comentó.

–Sí, Jam Gallahue es una chica tan afortunada –acotó Dana Sapol–. Todos piensan lo mismo.

Sobrevino un momentáneo murmullo de sorpresa y turbación, que siempre ocurría cada vez que Dana se burlaba de mí. Todos lo sabían: por alguna inexplicable razón, Dana me odiaba. Durante muchos años, aprovechó cualquier oportunidad para decirme como de pasada algo desagradable. Por lo tanto, cada vez que ocurría, se hacía un silencio extraño e incómodo.

Nadie entendía por qué lo hacía. Yo no formaba parte del grupo de las marginadas. No era como Ramona Schecht, que se sentaba sola durante el almuerzo desde aquel día en séptimo, cuando la habían pescado sacándose una costra del codo y comiéndola como si se tratara de una papa frita.

Reeve era nuevo y nunca había visto antes a Dana burlándose de mí. Fue extraño, pero luego el momento pasó. Un par de chicos se inclinaron para hablar con Reeve y me lo taparon. Cuando finalmente se echaron hacia atrás, Reeve ya se había marchado del comedor. El que no se hubiera despedido de mí fue apenas una tontería, pero yo me sentí dejada de lado.

Me encaminé al bote de la basura para arrojar las cortezas del sándwich y el comedor se nubló por las lágrimas que inundaban mis ojos.

En medio de la niebla, Hannah me vio y preguntó:

–Jam, ¿por qué no te sentaste hoy con nosotros? –yo no podía ni contestar–. ¿Qué te ocurre? Jam, ¿estás *llorando*?

Era imposible explicarle lo que me sucedía. Ese chico me producía sentimientos tan fuertes. Pero después de haber sido tan agradable conmigo aquel primer día en bádminton, y todos los días desde entonces, de repente, se comportaba de manera indiferente. ¿Acaso yo no le gustaba? Era imperioso que gustara de mí.

Y luego llegó ese día en la clase de Arte, cuando estábamos dibujando paisajes y Reeve había ido a sentarse a mi lado. Bueno, de acuerdo, en realidad se sentó junto a mí solo porque la Srta. Panucci, la profesora con los

260

aretes largos y bamboleantes, había dicho: *Reeve Maxfield, no quiero verte sentado junto a Dana Sapol.* De modo que él se levantó con el bloc y el lápiz y la señorita me señaló y dijo: *Ve a sentarte ahí.*

Reeve se dejó caer con fuerza a mi lado y la profesora se dirigió a la clase: *Ni una palabra más. ¡Hablo en serio, chicos!*

Reeve volteó hacia mí con una sonrisa ladina. Lo que había entre nosotros era sutil y especial. Nos quedamos sentados quietos, sin hablar, sin tocarnos, aunque yo quería que me tocara más que nada en el mundo; que apoyara el hombro contra el mío. Podía imaginarme fácilmente que lo besaba, que sentía el contacto de la lana de su suéter color chocolate, su rostro claro, su cuello, su boca.

Dejé de dibujar las colinas distantes, como se suponía que debía hacer, pues era muy aburrido; tampoco merecían quedar inmortalizadas. En cambio mi mano, que sostenía la carbonilla, comenzó a moverse a través de la hoja del bloc como si fuera un tablero *Ouija.*

Dibujé de manera casi inconsciente hasta que alguien exclamó:

–Hey, Reeve, tienes una admiradora.

El dibujo ni siquiera era muy bueno. Sin querer, había olvidado ponerle camisa. Solo había dibujado la cara, los hombros desnudos, la clavícula. Lo había hecho bastante musculoso, a pesar de que era delgado. De golpe, todo el mundo reía a mi alrededor y la Srta. Panucci se acercó, me quitó el bloc y dijo en voz baja: *Jam, ¿qué te pasa? Tú no sueles comportarte mal. No es propio de ti hacer deliberadamente lo que no debes.*

No podía explicarle. No podía decirle que lo había dibujado de manera casi *inconsciente*, porque no lo habría entendido. Todos reían y observaban el dibujo del estudiante británico medio desnudo.

Reeve no dijo nada, simplemente se puso de pie y se alejó. Lo había disgustado, lo cual me provocaba el deseo de arrancarme los ojos. Sin embargo, quizá, por debajo de su disgusto, también estaba halagado y excitado. Tenía que estarlo.

Por favor, Dios, haz que todo esté bien, pensé, aunque desde los nueve años había alternado entre creer en Dios y ser atea cuando el padre de mi amiga Marie Bunning había sufrido un ataque al corazón y había muerto. Si realmente existía un Dios, pensaba a veces, Él nunca se habría llevado al Sr. Bunning, que le hacía a Marie muñecos de papel y los vestía con ropita de esquí. ¿Por qué Dios se habría llevado al Sr. Bunning en lugar de dejarlo en la Tierra con las personas que lo amaban?

Esa misma noche después de la clase de Arte, no quise cenar y mi padre, a quien le agradaba hacer mezclas raras cuando cocinaba (*¿Percibes el ingrediente especial en este guiso?*, preguntaba con orgullo. *¡Le eché una lata de Dr. Pepper!*), estaba preocupado. *¿Qué te ocurre?*, querían saber él y mamá, pero yo no podía contarles que había entrado en una nube densa y profunda de sentimientos y que todavía me hallaba en caída libre.

Más tarde, en la cama, imaginaba que Reeve se encontraba a mi lado. Sentía sus brazos y su torso largo. En la mañana, mientras me vestía, era casi como si me susurrara: "Ponte los jeans negros. Esos me gustan".

La próxima vez que lo vi en la escuela, no demostró estar loco por mí en lo más mínimo, pero yo estaba tan contenta que hubiera podido atravesar el pasillo bailando. Tal vez sí bailé un poquito, porque Ryan Brown me dijo: *¿Qué te anda pasando? Te ves muy acelerada. ¿Sufres algún trastorno de hiperactividad?*

Y un poco más tarde, en los breves minutos de libertad entre Historia y Conversación en Francés, cuando Reeve echaba un vistazo por el pasillo, estuve segura de que me miraba a mí. Pero, quizá, no fue así. Es como cuando estás en un concierto y crees que el cantante te está observando directamente a ti y que las otras miles de adolescentes no existen. Me encontraba dentro de esa nube de sentimientos y no podía ver ni sentir otra cosa.

Supongo que el Dr. Margolis tenía razón y *realmente* era más fácil contarme a mí misma esta historia, porque la verdad me resultaba imposible de aceptar. Como ese día en los armarios, cuando Dana Sapol había levantado la vista y dicho:

—Este sábado mis padres se van con mi hermanita Courtney a lo de mis abuelos, así que habrá fiesta en mi casa. Deberían venir.

De acuerdo, tal vez no se estaba dirigiendo solamente a *mí*.

O quizá no me estaba hablando a mí en absoluto.

Tal vez pensar que se estaba dirigiendo a mí era parte de esa "historia".

Por lo general, Dana no me hablaba salvo para decirme alguna maldad, pero quise creer que nuestra relación había cambiado porque ella había captado que era obvio que algo sucedía entre Reeve y yo. *Finalmente*, pensé, *Dana ya no me odia*. Su armario quedaba a cinco armarios del mío. Jackie Chertoff, una versión menos poderosa de Dana, se encontraba a dos casilleros.

–Excelente –exclamó Jackie y agitó el puño en el aire un par de veces.

Comencé a pensar qué pasaría si pudiera ir a esa fiesta. Tal vez, Dana sí estaba incluyéndome en la conversación; cuando hablaba, sus ojos solían mirar más allá de la persona a quien se dirigía, como si no pudiera concentrarse en un solo ser por completo. Tal vez les estaba comentando sobre la fiesta a *todos* los que se hallaban cerca de los armarios y no solo a Jackie Chertoff. En ese momento, no me había resultado claro. Pensé que quizá sí me había invitado y fingí que esa invitación tampoco era algo tan importante. A pesar de que sí era terriblemente importante.

Y luego Dana había agregado con tono revelador:

–Vendrá el chico guapo del intercambio.

Y ese comentario *tenía* que haber estado dirigido a mí, porque estaba claro que Reeve me gustaba mucho y, después de la clase de Arte, todos estaban enterados. Durante toda la mañana, había estado dibujando su nombre en la tapa del cuaderno de Historia en diferentes estilos: letras redondas, caligrafía antigua y hasta con alfabeto griego, que había buscado en Internet. Así se veía su nombre escrito con el alfabeto griego:

Ρεεφε Μαχφιελδ

Todos sabían que Reeve me gustaba y, para la mayoría, era algo lógico, porque aun cuando yo no estuviera

en el círculo de las más populares, era una chica linda y agradable que tenía un grupo de amigos. Yo no era de ninguna manera como Ramona Schecht, la Devoradora de Costras. Así que me conté a mí misma la historia de que me habían invitado en forma personal a la fiesta de Dana Sapol. Hasta podía ver la imagen de la invitación con mi nombre grabado en el frente, igual que las tarjetas para bar mitzvahs y bat mitzvahs que había recibido en séptimo curso, que venían en el correo y pesaban una tonelada. Dentro de mi mente, la invitación decía:

Se requiere tu presencia
en el hogar de Dana Helen Sapol.
El sábado por la noche, media hora después de las ocho.
Vestimenta: informal y ligeramente provocativa
porque Reeve estará en las inmediaciones.
Por favor, nada de regalos ya que Dana Helen Sapol
ya lo tiene todo. Además, no se trata
de un cumpleaños sino simplemente
de una fiesta de adolescentes alcoholizados.
Prepárate para presenciar algo trascendental.

Me quedé junto al armario sintiéndome tan excitada que ni siquiera podía hablar. Solo atiné a cerrar suavemente la temblorosa puerta metálica y le di una vuelta a la rueda para que nadie pudiera abrirla y robarme... ¿qué? ¿El clarinete? ¿La capa de lluvia? Nada de lo que había allí dentro podía interesarle a nadie, y a mí menos que a cualquiera. En lo único que podía pensar era en estar en esa fiesta con Reeve y en lo que pasaría allí. Algo *trascendental*.

Rechacé el ofrecimiento usual de salir con Hannah y Jenna el sábado por la noche. Todo lo que habríamos hecho, sin ninguna duda, habría sido entrar en un montón de sitios web, algunos de esos en los que tenías que oprimir un botón para certificar que tenías por lo menos dieciocho. Y luego ingresaríamos en Facebook y nos reiríamos de las tonterías que ponía la gente. Y miraríamos televisión y pediríamos pizza rellena con queso y volcanes de chocolate y, finalmente, caeríamos exhaustas a la una de la mañana dentro de las bolsas de dormir, sobre la alfombra de la sala de los Petroski, debajo de la lámina enmarcada con la cafetería de aspecto sombrío del artista Edward Hopper, donde habíamos dormido miles de veces.

–¿Qué piensas hacer? –preguntó Jenna cuando les conté a ella y a Hannah que el sábado no estaba libre–. ¿Saldrás con tu familia?

–Voy a ir a la fiesta de Dana Sapol.

Quedaron impresionadas.

–No es por ofender, pero no te pueden haber invitado a esa fiesta –señaló Jenna–. Dana Sapol nunca ha ocultado lo que siente por ti, aunque sea algo retorcido.

–Lo siento, pero sí me invitaron –dije.

–Pero de todas maneras, ¿por qué querrías ir? –inquirió Hannah, ante lo cual no pude más que observarla con asombro.

¿Por qué querría ir? ¿Acaso no estaba enterada de nada?

–Ah –exclamó Jenna fríamente–. Por ese chico con el que te encaprichaste.

–No estoy encaprichada –repuse con la misma frialdad.

–Tienes que superarlo de una vez por todas, Jam –intervino Hannah–. Y te lo digo porque soy tu mejor amiga y me preocupo por ti.

Me quedé mirando a esas dos chicas con las que había compartido todo desde hacía siglos. Habíamos tenido tantas pijamadas, habíamos pasado tantas horas alisándonos el pelo y haciendo pasos de baile, y tantas interminables tardes de sábado en el centro comercial esperando bajo la lluvia que algún padre nos viniera a buscar. Pero, en ese instante, todo me pareció muy lejano. Ellas no podían aceptar el momento de la vida en que me encontraba. No podían entender la conexión que tenía con Reeve y que debía seguir adelante con esa relación.

–Nos vemos –dije, y apenas me alejé, supe que comenzarían a hablar de mí.

capítulo 20

ESA NOCHE, MIS PADRES Y LEO ME DEJARON EN LA fiesta. Partieron hacia su aburrida noche de cine en el centro comercial mientras yo ingresaba silenciosamente en la enorme casa de Dana Sapol. Varios chicos me saludaron muy sorprendidos de verme. Había mucha gente y olor a marihuana y, pese a ser recién las ocho y media, había un resabio a vómito. Busqué a Reeve pero no lo vi inmediatamente, de modo que me comporté con naturalidad, aunque el corazón me latía con violencia. Sin pensarlo, zigzagueé entre un grupo de chicos y me interné en la fiesta.

En medio del zumbido de las voces familiares, identifiqué fácilmente el tono de Reeve. Su acento era especial, como él. Perforaba el aire del largo y ostentoso salón de Dana Sapol y me condujo directamente a su presencia. Estaba con un grupo de chicos, una cerveza en una mano y una bolsa de papel oscuro en la otra. Todos hablaban y bromeaban. Entonces Alex Mowphry le dijo a Reeve que era un pendejo y luego Danny Geller me vio y exclamó:

–Maxfield, ahí está la artista que dibujó tu retrato.

–Vete a cagar –respondió Reeve en tono amistoso.

–Lindo cuadro, Picasso –me dijo Danny.

Sabía que si me mostraba cohibida y enojada, se burlaría todavía más de mí. De modo que tuve que actuar como si participara de la broma.

–Gracias –repuse–. El Museo de Arte Moderno llamó para ver mis obras.

Danny se volvió hacia Reeve.

–Es mejor que te vayas con esta chica y poses para otro retrato. Esta vez, que sea un desnudo integral. A que no te atreves, amigo.

–¿Me estás desafiando? –dijo Reeve y volteó hacia mí–. ¿Quieres ir a otro lugar a charlar? –preguntó.

–*Sí, a charlar* –repitió Danny–. Justamente.

Asentí y Reeve y yo caminamos juntos por el pasillo, pasando delante de los chicos que bebían y fumaban apoyados contra las paredes. Abrimos un par de puertas y encontramos chicos jugando al *strip póker* o en vías de tener sexo.

Finalmente, abrimos la puerta del dormitorio de Courtney, donde se encontraba esa llamativa casa de muñecas. Como no había nadie, entramos y Reeve apoyó en el piso la bolsa que había traído con él. *Comestibles de mi país*, explicó cuando le pregunté. Los había llevado a la fiesta como una especie de broma, porque los chicos de la escuela le habían estado preguntando qué comía en Londres. Había pensado sacar la comida más tarde, cuando a todos les agarrara el aburrimiento y estuvieran desesperados por comer algo.

Hurgué dentro de la bolsa y encontré *scones* y una lata de algo con un nombre repugnante: "caquitas de cabra". Eso provocaría unas buenas carcajadas.

A continuación, vi la mermelada y enseguida capté el juego de palabras.

–¡De Jamaica! –exclamé emocionada–. ¿Puedo quedármela? –Alcé el frasco y apunté el dedo hacia mí.

–Claro –respondió distraído–. Es buena.

Y luego comenzamos a jugar en broma con los muñecos de la casita y él se inclinó hacia adelante y me besó. Olía a cerveza, a marihuana, a algo fermentado, lo cual me hizo pensar: *Oh, no está completamente lúcido.* Sin embargo, después no me importó, porque al besarlo a él también me sentí un poco drogada.

Me incliné para besarlo con mucha fuerza y dejé que las sensaciones me inundaran. Los dos nos sentíamos igualmente excitados y lo que estaba sucediendo era claramente *inevitable* y venía creciendo desde aquel primer día en la clase de Gimnasia. Había ido creciendo y creciendo y todos lo sabían y, finalmente, nos había llevado hasta ahí.

Antes del final del beso, estaba completamente segura de que nos estábamos enamorando.

Pero entonces la puerta se había abierto con gran estrépito.

–Reeve –dijo Dana Sapol.

Él levantó la vista hacia ella mientras se secaba la boca, que emitía destellos de mi brillo labial: color fresa chispeante con *fórmula hidratante y de larga duración.*

–Ya voy –exclamó.

–Tómate tu tiempo para besar a tu patética *groupie*.

–Ya basta, Dana, ¿ok?

Dana me lanzó una mirada fulminante.

–Jam, primero, te cuelas en mi fiesta –precisó–. Y luego, básicamente, te arrojas encima de Reeve, sin importarte que esté borracho. Realmente me das lástima. No tienes la menor idea de lo que es comportarse normalmente.

–Eres muy dura, Dane –observó Reeve y me miró durante medio segundo pero no dijo nada. Sus labios todavía brillaban.

Sin decir una palabra, Dana lo empujó fuera de la habitación.

En vez de enfilar hacia la puerta de calle y quedarme afuera sollozando en medio del frío, mientras le enviaba un mensaje de texto a mi madre, que dijera: "*Sé k tan en el cine, ¿pero pueden venir a buscarme?*", seguí a Reeve y a Dana en medio de la oscuridad. Bajaron las escaleras, salieron de la casa y se dirigieron hacia la pileta cubierta. Abrí apenas la puerta corrediza de vidrio para escuchar lo que decían.

–¿No? ¿Entonces qué estaban haciendo? –preguntó Dana.

–Yo estaba *totalmente borracho*. Y ella está loca por mí.

–Por Dios, Reeve. Eres tan mujeriego.

–Supongo que sí –repuso, y le sonrió.

Cerré los ojos. Reeve tenía que sentirse intimidado por Dana, como muchos chicos del curso, y básicamente le estaba diciendo lo que ella quería escuchar. Sí, estaba un poco drogado y un poco borracho, pero nuestro beso había sido real. Estaba lleno de sentimiento y no podíamos negarlo. Nos estábamos enamorando. Me confundió un poco lo que le decía a Dana, pero me recordé a mí misma que no era la verdad. Estaba mintiendo para engañarla.

Me retiré discretamente de la fiesta pero no les envié un mensaje a mis padres para que me pasaran a buscar. En cambio, caminé hasta casa por la cuneta de la Ruta 18 en medio de la oscuridad. Los autos estaban tan cerca que, cuando pasaban rugiendo a mi lado, mi cabello volaba por el aire. Me llevó una hora llegar a casa y, para cuando entré, estaba más excitada con respecto a Reeve de lo que había estado toda la semana.

El lunes en la escuela, estuvo un poco distante conmigo, pero yo sabía que era solamente porque Dana andaba cerca. Comprendí, en ese momento, que ella tenía una especie de amor no correspondido por Reeve y él no quería enfadarla, porque Dana podía comportarse como una verdadera perra y nunca lo dejaría en paz. Reeve pasaba junto a mí sin decir nada, pero yo sabía por qué y sabía que era temporario. Por lo tanto, esperé pacientemente que se conectara conmigo cuando estuviéramos solos.

Y unas horas más tarde, ese mismo día, cuando lo vi en la puerta de la biblioteca, me hizo una inclinación de cabeza y yo lo seguí hacia la zona de las estanterías. Nos encontramos en la letra C y no encendimos la luz sino que permanecimos entre las sombras.

–Hoy ni siquiera me hablaste –susurré.

–Lo nuestro es privado –replicó susurrando a su vez–. Y me divierte encontrarme a escondidas con mi pequeña *groupie* –agregó golpeando suavemente su hombro contra el mío.

–Entiendo –afirmé–. Esto es solamente entre nosotros.

–Exacto –dijo, y me atrajo hacia él.

–*¿Acá?* –pregunté.

–No hay nadie cerca. Diablos, ¿acaso en este país nadie lee?

Entonces comenzamos a besarnos en las estanterías de la biblioteca, reclinados contra los anaqueles de metal y los lomos de los libros. Se escuchaba el tic-tac de los relojes a la distancia pero, salvo eso, reinaba el silencio y los libros eran nuestros únicos testigos. Metió una mano bajo mi camisa y me estremecí. Cuando escuchamos pasos, se apartó tan súbitamente que lancé un gemido como si algo me doliera.

–Nos vemos –fue todo lo que dijo y luego desapareció dejándome aturdida y mareada en medio de la oscuridad, rodeada de libros viejos que olían a hojas de otoño.

Durante los días siguientes, nos encontramos un par de veces más en la biblioteca, una vez debajo del cartel de salida en el hall de entrada y otra, detrás de la escuela, contra la dura pared de ladrillos, donde me metió la lengua en la boca y después me hizo reír con un chiste de que en Inglaterra no brillaba el sol y hasta a la mismísima reina le faltaba vitamina D.

Una vez, estuvimos solos en el campo de fútbol cuando estaba vacío, pero no por más de un minuto porque él me recordó que todo lo que hacíamos tenía que ser en secreto. A mí me parecía bien aunque, a veces, sentía que podría llegar a explotar.

Por la noche, me quedaba tumbada en la cama con los ojos completamente abiertos mientras los pensamientos pasaban a toda velocidad alternando imágenes de Reeve desde diferentes ángulos.

–Tienes ojeras, mi amor –observó mamá una mañana durante el desayuno. Corrí rápidamente al baño y me coloqué unos toquecitos de base líquida. Aun cuando no durmiera mucho por la noche, quería lucir bien y descansada.

En la escuela, observaba con frecuencia a Reeve y estaba segura de que compartíamos una sonrisa o una señal, aunque después resultó que él solía sonreír de manera general cuando se hallaba entre amigos. Yo siempre lo seguía a un costado del grupo, excepto cuando aparecía Dana, momento en el cual me hacía invisible como alguno de esos animales que poseen una extraña manera de camuflarse con el entorno.

Me encontraba cerca durante el recreo cuando Reeve les había mostrado a todos el sketch de los Monty Python del loro muerto en un monitor de TV que había en un aula. Entré sigilosamente, me senté al fondo en una silla y nadie me vio.

Aló, quiero presentar una queja, decía el cliente en la tienda de mascotas y a Reeve le parecía que era comiquísimo y lo retrocedía una y otra vez para que lo vieran de nuevo. Otros chicos rieron, aunque sobre todo los varones y yo. Dana Sapol parecía estar mortalmente aburrida.

–No comprendo por qué se supone que esto es gracioso –repetía con voz quejumbrosa.

Pero a mí me encantaba. Reeve y yo teníamos el mismo sentido del humor. Lo escuché explicar que quería ir a la universidad de Oxford o de Cambridge, como los miembros de Monty Python, que se habían conocido mientras estudiaban en la facultad. Yo sabía que Reeve tendría por delante una vida genial y me imaginaba formando parte de esa vida. Nos veía a ambos en Inglaterra, donde él actuaría en algún teatro junto a su compañía y yo asistiría a la universidad.

Nos imaginaba a los dos en Londres tomando el famoso té de las cinco, aunque, en verdad, no sabía muy bien en qué consistía. Me veía en la parte de atrás de una *Vespa* color verde lima mientras Reeve me llevaba por calles iluminadas con faroles. Si me esforzaba mucho, podía imaginar una vida entera con él.

Estábamos enamorados y, finalmente, tuve que contárselo a Hannah y a Jenna, aunque sabía que Reeve no estaría de acuerdo. Se los dije una mañana en el estacionamiento de la escuela y reaccionaron diciendo algo así como: *Jam, ¿qué pruebas tienes de que está enamorado de ti?*

Les respondí que no necesitaba "pruebas", que eso no era la sala de un juzgado pero ellas no hicieron más que sacudir la cabeza con desconfianza.

Más tarde, Hannah se me acercó en el comedor, cuando me encontraba cerca de Reeve y de Danny Geller, y me dijo en voz baja y nerviosa: *¿Puedes venir a sentarte de una vez?* Pero la ignoré y seguí escuchando a Reeve que estaba contando que el último partido del Manchester había sido totalmente *bestial*, o sea, genial.

Durante la clase, prácticamente no podía pensar en otra cosa. Los profesores parecían decir ridiculeces, que todos anotaban obedientemente en sus cuadernos. La vida transcurría de esa manera, y era delirante y emocionante a la vez. Al parecer, el amor era así. Reeve y yo teníamos que ser discretos y asegurarnos de no provocar a Dana Sapol, que continuaba aferrada a la idea de que Reeve realmente gustaba de ella, aunque no era cierto.

Pero luego una mañana, al llegar a la escuela, le sonreí y él ni siquiera me devolvió la sonrisa ni se detuvo. No había moros en la costa; por lo tanto, podría haberme sonreído *sin problemas*. No habríamos corrido ningún peligro. Nadie nos habría visto.

Más tarde, anduve rondando la entrada de la biblioteca, pues pensaba que podría estar allí, pero nunca apareció. Algo estaba mal; quizá tenía problemas con los Kesman. Cantar en canon podría estar enloqueciéndolo. O algo podría andar mal en su familia, en Londres. Tal vez su *mami* estaba enferma. ¿Sabía que podía hablar conmigo de sus problemas? Esas eran las cosas que hacían las parejas cuando estaban enamoradas.

Al ver a Reeve con Danny, le pregunté:

—¿Puedo hablar contigo?

Cuando él se volvió hacia mí, Danny se mostró irritado.

—Jam —me respondió Reeve—. Este no es un buen momento.

—Bueno, ¿y cuándo sería un *buen momento*?

—Yo te avisaré.

De modo que esperé.

Finalmente, un viernes al salir de la escuela, cuarenta y un días después de nuestro primer encuentro –cuando yo llevaba un tiempo sin dormir porque dormir era aburrido, y casi no comía porque la comida no ofrecía ni de lejos el mismo valor nutritivo que el amor–, me encontré atravesando el campo de deportes de atrás de la escuela, donde Reeve solía reunirse con sus amigos. Creí que tal vez lo encontraría ahí.

Había planeado acercarme a él y preguntarle por lo bajo: "¿Es este un buen momento?"

Y esperaba que respondiera que sí y que fuéramos a besarnos debajo de las gradas, donde me contaría que estaba abrumado por la tarea, que era el motivo por el cual había estado algo distante. Yo le aseguraría que todo estaba bien y lo tranquilizaría, y nuestro amor podría reanudarse como estaba programado. Y luego nos besaríamos un poco más.

Pero había sido ese día, esa misma tarde, cuando divisé la figura a lo lejos y me dirigí hacia ella.

Al acercarme, me di cuenta de que eran dos personas que estaban abrazadas y besándose. Reeve y Dana.

El corazón me latía con violencia; me golpeaba con tanta fuerza que llevé las dos manos al pecho para apaciguarlo.

Después Dana había dicho esa frase: *Bueno, bueno, bueno. Mira quién está aquí.*

Y continuaron hablándome mientras yo permanecía allí en medio del viento. Las lágrimas comenzaron a caer por mis mejillas, mi pelo se volaba hacia todos lados y también el de Dana. Reeve se quedó ahí con su suéter café y sus jeans ajustados, preguntándome si podía recordar lo que realmente había ocurrido en la casa de Dana. Pidiéndome que enfrentara y aceptara lo que era verdad y lo que no lo era.

Me sentí destrozada por dentro. Reeve era un chico. Nada más que eso. Yo estaba enamorada de él, pero ahora estaba con Dana. *De veritas*, como habría dicho Hannah.

–¿Estás con *ella*? –pregunté señalándola con la cabeza.

Se hizo una pausa muy larga y luego se miraron entre ellos.

–Sí –contestó Reeve finalmente.

–¿No estás conmigo?

–Por supuesto que no está con*tigo* –exclamó Dana, pero Reeve la interrumpió para que no continuara hablando.

–Yo puedo encargarme de esto solo, Dana –dijo bruscamente. Luego se acercó y me miró a los ojos. Su mirada era demasiado para mí, como el resplandor que te queda en los ojos cuando fuiste al oftalmólogo y te colocaron gotas, y luego tienes que salir al mundo y sientes que no estás preparada para tanta luz.

Pero, aunque estaba llorando, no podía marcharme.

–Mira –comenzó con voz calma–, no tienes que seguir haciendo esto. No te hace quedar bien, ¿de acuerdo? No soy un cabrón, Jam. No me hagas parecer como tal. Solo vine por unos meses a divertirme. Sí, es cierto que pasa algo entre Dana y yo. Y se está poniendo más serio. Pero tú y yo solo nos estábamos divirtiendo. Tú lo sabes.

–No puedo creer que digas eso –fue todo lo que pude proferir. Y después, con más desesperación, le pregunté–: ¿Entonces no me amas?

–¿Cómo puede ser que no hayas entendido nada de lo que te dijo? –intervino Dana, casi chillando–. ¡No está enamorado de ti!

–¿No lo estás? –le pregunté.

–No –replicó Reeve.

–¿Nunca estuviste enamorado de mí? ¿Ni siquiera aquella noche en la fiesta?

–Diablos, eso fue una apuesta. Había *empinado el codo* –eso quería decir borracho en su país.

–Pero... y el frasco de mermelada –insistí.

–¿Qué frasco de mermelada?

–El que llevaste a la fiesta. El de *piña y jengibre de Busha Browne's*, de Jamaica.

–¿Y eso qué tenía que ver *contigo*? –preguntó desconcertado. Luego agregó–: Espera un momento, ¿es por tu *nombre*?

Yo no podía apartar los ojos de él. Estábamos fuera, en medio del viento, y Reeve me decía que no me amaba y que nunca me había amado. Hasta el frasco de mermelada de Jamaica no tenía que ver conmigo. Nada tenía que ver conmigo.

Reeve Mansfield nunca me había amado. Lo había dicho y no podía desdecirse, y yo tampoco podía fingir que no lo había escuchado. Y ahora, en un instante, el mundo se había vuelto agresivo e inhóspito.

De modo que en ese momento fugaz de revelación, cuarenta y un días después de nuestro primer encuentro, Reeve había muerto para mí. Era más fácil de esa manera.

Si no estaba enamorado de mí, de esa forma, podía asegurarme de que no pudiera estar enamorado de nadie más.

Reeve no me amaba, por lo tanto cerré los ojos y lo maté dentro de mi mente. Fue sumamente violento y tan impactante como un avión explotando en el aire. Produjo un estrépito que me sacudió por completo y envió la imagen que yo tenía de Reeve girando a toda velocidad y dando tumbos a través del espacio.

Ser rechazada por él era la peor sensación del mundo. Sin embargo, ahora, dentro de mi mente, estaba muerto, lo cual también era traumático. Pero era la única manera de sobrellevarlo.

La sensación de que estaba muerto me desgarró y, de inmediato, me pareció totalmente real. Aun cuando, obviamente, sabía que era solo una "historia" que me contaba a mí misma, porque la verdad era demasiado insoportable.

Me di vuelta y me alejé caminando en el viento. Y, al hacerlo, escuché que Dana decía:

—Adiós y hasta nunca, psicópata.

Entonces me di vuelta y aullé:

—¿Yo soy la psicópata? Es realmente gracioso viniendo de *ti*, ¡alguien que solo se siente bien consigo misma siendo cruel con los demás!

Ni siquiera me quedé para escuchar su respuesta. El viento se devoró sus palabras y Reeve ya estaba muerto, devorado por mi humillación, luego por mi dolor.

Regresé a casa y me eché en la cama en la oscuridad con toda la ropa puesta, hasta con las *Vans*. Mis padres todavía estaban trabajando en esa tarde ventosa de otoño. Leo se acercó a mi cama y me preguntó:

—¿Qué estás haciendo?

–¿Qué te parece que estoy haciendo?

–Estás echada en la cama en medio de la oscuridad. ¿Puedes comenzar a preparar la cena? Mamá dejó una nota diciendo que debías hacer cuscús y calentar el horno para el pollo. Y que debías pasar un rato conmigo.

–No puedo hacerlo –repuse.

–¿Qué cosa no puedes hacer? ¿Preparar cuscús, calentar el horno o pasar un rato conmigo?

–Vete de mi habitación, Leo –le dije.

Pero mi hermanito se quedó junto a mi cama y comenzó a mostrarse preocupado.

–¿Estás enferma?

–No –respondí–. Estoy en estado de shock.

–¿De shock? ¿Por qué?

Después de unos segundos, le contesté:

–Mi novio murió –dije para ver cómo sonaban esas palabras y me eché a llorar otra vez.

Leo estaba confundido.

–Yo ni siquiera sabía que tenías novio –comentó.

–Bueno, tenía, y *murió*, ¿de acuerdo? Y no puedo salir de la cama ni preparar la comida ni pasar un rato contigo. Lo siento, Leo, pero no puedo.

–¿Prefieres que me vaya? –preguntó. Daba vueltas por el dormitorio casi como si temiera dejarme sola.

–¿Cuál es la otra *opción*?

–No sé –contestó, y luego agregó–: Podría llamar a papá y mamá.

–Podría ser.

–¿Y qué debería decirles? –preguntó.

–Diles que mi *novio murió*. Y que estoy desconsolada.

Después levanté la manta para cubrirme la cabeza y el mundo se oscureció y, esencialmente, se mantuvo así durante mucho tiempo hasta el día en que fui a Belzhar.

Y ahora me encontraba otra vez en Belzhar, enfrentando a Reeve y a Dana de la misma manera que había acontecido en la vida real. Era lo más terrible que me había ocurrido en la vida, como Casey había advertido que sería. Las lágrimas habían comenzado a caer. Pero después me acordé de Sierra en Belzhar, aferrándose a su hermano cuando el cielo había comenzado a apagarse. Se sujetó a André con fuerza y se quedó con él, y todavía seguía allí.

Mientras Reeve y Dana me observaban con frialdad, estiré la mano e hice algo que no había hecho en la realidad, en el campo de deportes detrás de la escuela. Eso no formaba parte de lo que realmente había sucedido. Pero, de todas maneras, tomé la mano de Reeve y él no se resistió.

–¿Qué estás haciendo? –preguntó Dana pero, hacia el final de la frase, su voz se tornó débil e insignificante, igual que ella. Ya casi no podía verla; como si se hubiera evaporado. Solo quedábamos Reeve y yo y, al principio, su mano estaba fría. Pero, mientras continuaba sosteniéndola, se volvió un poco más tibia.

El cielo se fue apagando –ya era la hora– y, si seguía aferrada a Reeve, entonces podría quedarme ahí con él y todo volvería a ser de la forma en que yo lo veía en mi mente, cuando él me amaba y yo lo amaba, y estábamos juntos.

Pero entonces imaginé a Casey y a Marc dándole la noticia a Griffin. Y con voz desconsolada, Griffin decía: *¿Se quedó? Pero ella dijo que volvería.*

Y me asaltaron esos pensamientos típicos y previsibles: imaginé a mis padres yendo a visitarme al hospital de Vermont, donde yo estaba echada en una cama conectada a un suero y a un monitor e indiferente a las voces humanas y con la mirada perdida, la mano moviéndose frenéticamente en el aire como si estuviera poseída. Mi mamá susurraba: *Bebita, mi bebita.* Y Leo estaba en la puerta tratando de concentrarse en su jueguito para no tener que mirarme.

Pero eso era ser débil y regodearme imaginando cuánto me echarían todos de menos. También debía considerar lo que yo echaría de menos. Y, una vez más, pensé en Griffin y en lo mucho que él deseaba estar conmigo, auténticamente.

Reeve, sin embargo, me amaba *acá*, en esta forma limitada. Y me amaba solamente porque yo no podía soportar la idea de que no lo hiciera. Era un chico londinense con sonrisa irónica, palabras ingeniosas, ojos adormilados y voz rasposa. Era mujeriego y tal vez bastante pendejo, pero no terriblemente. Era nada más que un chico que había venido a Estados Unidos por unos pocos meses esperando divertirse.

No era más que eso.

No había sido más que eso, y yo no podía quedarme ahí con él.

Sin darme cuenta, había soltado la mano de Reeve y él comenzaba a desvanecerse junto con Belzhar, que se apartaba suavemente como el agua alejándose de la orilla.

En algún lugar del mundo –específicamente en Londres, Inglaterra–, Reeve ya estaba de regreso en su antigua

283

escuela secundaria. Y quizás otra chica, y no Dana, sino alguien con un nombre más local como Annabel o Jemima, coqueteaba con él en ese mismo instante esperando que le prestara atención. Y quizás eso sucedía.

Lo había matado una vez para poder tolerar la idea de que no me amara. Tal vez Dana tenía razón y yo era una psicópata. Lo maté y conservé su "amor" dentro de mí en una campanita de cristal. No sabía por qué había necesitado hacer eso, por qué había tenido semejante reacción ante un chico que no correspondía a mi amor, por qué me había parecido una tragedia cuando no lo era. El Dr. Margolis decía que la mente se autoengañaba para mantenerse entera.

–Fue una forma de protegerte a ti misma, Jam –me había explicado en una de nuestras sesiones–. Y podemos analizar esa cuestión más detenidamente. –Pero yo no había entendido una sola palabra de lo que decía.

Después de todo, no sería tan tremendo ver otra vez al Dr. Margolis. Por ejemplo, cuando regresara a casa para las vacaciones.

Tal vez podría comprarme otro diario uno de estos días. Había otras cosas de las que podría escribir; no tenía por qué ceñirme a este para siempre. Hasta podría intentar escribir algunas letras de canciones. Desde que había comenzado a cantar en el coro, le prestaba mucha atención a las palabras de las canciones.

Podía hacer lo que quisiera porque ya todo había pasado. Ya había terminado con todo. Ya había terminado con él.

–¿Con quién? –preguntó alguien.

Confundida, levanté los ojos y vi que me encontraba de vuelta en el dormitorio. Encima de mí, en la oscuridad, estaba DJ con su largo pelo negro.

–¿Qué? –musité.

–¿Con quién terminaste? Hablabas dormida –explicó–. Pero también escribías en tu diario –prosiguió, levantando el cuaderno de cuero–. Era muy raro.

Le arrebaté el diario y pasé rápido las hojas para llegar hasta el último renglón de la última página, que ya estaba completado. Y esto fue lo que vi:

Y lo dejé ir. Así que supongo que este es el final de la historia de Reeve conmigo.

Y no era lo peor que podía ocurrirme.

–¿Qué hora es? –pregunté luego de cerrar el diario.

–Las dos de la mañana –respondió Dj–. ¿Ahora podemos seguir durmiendo?

Traté de orientarme. Estaba en medio de la noche, muy cerca del final del semestre, en El Granero. Acababa de ver a Reeve por última vez.

–DJ –le dije–. Tengo que ir a un lugar –me levanté, tomé el abrigo del perchero y lo eché encima del camisón.

–¿Adónde?

–Al dormitorio de Griffin. Es importante.

–¿Al área de los varones? ¿Por qué mejor no te dibujas una E gigante de *Expulsada* en el camisón? Eso fue una broma relacionada con *La letra escarlata*, por si no lo notaste.

–Lo noté.

–Ustedes solo tuvieron que leer a Sylvia Plath, a diferencia de los demás, que fuimos obligados a leer a Nathaniel Hawthorne y a otros escritores igual de modernos y vanguardistas.

–Déjame ir, ¿de acuerdo? –rogué suavemente–. Necesito verlo. Creo que tú me puedes comprender.

–Claro –admitió DJ–. Sí, te comprendo. Buena suerte –agregó mientras me iba–. Que no te descubran, Jam. Sería una pena.

Descendí silenciosamente la escalera y pasé delante de la habitación de Jane Ann esperando que no me escuchara, ya que tenía el sueño muy liviano. Luego salí a la noche y el aire frío azotó mi rostro ardiente. En la quietud, recorrí el sendero que conducía a los dormitorios de los varones. Solo había estado una vez en el primer piso de ese edificio, en la sala común donde las mujeres tenían permitida la entrada, pero cuando trepé la escalera, me resultó fácil encontrar su habitación. La placa decía: JACK WEATHERS Y GRIFFIN FOLEY.

Empujé la puerta y me deslicé en el interior. Jack se encontraba echado en posición fetal en la cama junto a la puerta, un palo de *lacrosse* apoyado contra la pared. En la cama al lado de la ventana, estaba Griffin y, cuando aparecí, sus ojos se abrieron de inmediato.

–¿Jam? –preguntó.

–¿Prefieres que me marche? –susurré.

No contestó sino que simplemente corrió la manta hacia atrás. Lo único que pude hacer fue meterme y nos quedamos apretados, uno al lado del otro en absoluto silencio. Él esperaba que yo dijera algo.

–Fui a Belzhar –le conté.

–¿Fue muy malo? –preguntó–. Me refiero a la muerte.

Al principio, no le contesté. Sabía que cuando le contara, tendría todo el derecho de pensar que yo era una persona horrenda por haber sido una farsante durante todo el semestre. Pensaría que solo quería que todos se compadecieran de mí. Pero igual tenía que contarle pues, de lo contrario, mi historia con Reeve no terminaría nunca. Griffin podría mencionarla constantemente pensando que estaba honrando la memoria de mi novio muerto.

–La cuestión es que –comencé a decir–, en realidad, solo sentí que había muerto.

Griffin no comprendía. Me miró tratando de desentrañar mis palabras y luego disparó:

–Espera, ¿entonces ese tipo no murió? ¿No... en ese momento?

Sacudí la cabeza y Griffin continuó mirándome hasta que se apartó de mí. No sabía si esa era la señal de que debía marcharme y de que ya no quería tener nada que ver conmigo. No dijo nada durante un largo rato y me di cuenta de que me iba a rechazar en ese mismo instante. Supuse que uno nunca llegaría a acostumbrarse a algo así.

Pero finalmente dijo:

–¿Sabes algo? Estoy contento.

–¿Qué quieres decir?

–Bueno, de que no hayas tenido que pasar por algo semejante.

–¿En serio? –estaba atónita–. Alguna vez te lo contaré todo –proseguí–. Cómo ocurrió. Digo, si quieres escucharlo. Hay mucho para decir.

–No lo dudo –afirmó.

–Y también les contaré a los demás –agregué–. Yo entiendo si creen que los estafé. Todos sufrieron experiencias mucho peores. No quería lastimar a nadie, especialmente a ti. Pero las cosas sucedieron así. Griffin, si quieres apartarte de mí...

–No quiero –repuso.

–¿En serio no quieres?

–En serio.

Y luego, esa noche, no tuve que decir ni hacer nada más, ni decidir ni probar nada. Me sentía tremendamente cansada, como si hubiera estado cortando leña durante un año entero. Apoyé la cabeza sobre el pecho de Griffin y nos quedamos en silencio: dos corazones latiendo al unísono.

En algún momento, debimos habernos dormido porque sonó un teléfono a lo lejos –¿quién tenía *teléfono* en ese lugar?– y me despertó. Al abrir los ojos, la habitación desconocida comenzó a llenarse de luz. Era de mañana y, enseguida, me di cuenta de que estaba a punto de ser descubierta y expulsada de la escuela. Había arruinado todo y *realmente* era una pena, como había señalado DJ.

Sin despedirme, salí volando del dormitorio. Mientras corría por el pasillo, vi que el Dr. Gant se acercaba a grandes pasos. Lo único que pude hacer fue detenerme de golpe y esperar lo inevitable. Él solamente dijo:

–Jam... –con voz vaga y distraída.

–Sé que no debería estar acá...

–Es cierto –admitió–. Pero acabo de recibir una llamada. Tengo que contárselo a alguien –levantó los lentes, se frotó los ojos y luego me miró–. Tú eres muy amiga de Sierra Stokes, ¿verdad? –asentí–. Entonces sabías lo de su hermano.

–Por supuesto.

–Esa llamada fue del profesor de Química. Estaba mirando el noticiero y había una noticia de último momento sobre André Stokes.

Me quedé mirándolo un instante mientras sentía que algo me inundaba, pero no estaba segura de qué era. Mareada y temerosa, le pregunté:

–¿Qué decía?

–¡Que lo encontraron! Está sano y salvo. ¡Es algo increíble!

Por un momento, no pude absorber sus palabras. Él esperaba que yo reaccionara pero me mantenía en silencio.

–¿Es verdad? –pregunté finalmente. Y pensé de inmediato: *Tengo que avisarle a Sierra.*

Pero sabía que no podía. Era imposible contactarse con ella.

Habían encontrado a André pero Sierra nunca lo sabría. No podía estar con su hermano en la plenitud e incertidumbre del mundo real. En las profundidades de su ser, seguía con él en Belzhar, arriba de un autobús que no dejaba de andar.

–Sí, lo es –contestó el Sr. Gant. Con razón no le había importado encontrarme en los dormitorios de los varones. Esa noticia volvía todo lo demás momentáneamente irrelevante.

–¿Cómo lo encontraron?

–Le hicieron una entrevista al detective. Era nuevo; acababa de ocupar el puesto. Y vio unas notas acerca de... ¿una pista? Y se puso a investigar. Algo así, no recuerdo bien. Un hombre tenía secuestrado a André en una casa no muy lejos de Washington D.C. Realizaron un arresto. Todavía no conozco muchos detalles; nadie los conoce. Ya saldrá todo a la luz –sacudió la cabeza distraído–. Pobre Sierra –agregó.

capítulo 21

LA ÚLTIMA CLASE DE TEMAS ESPECIALES DE LA Literatura debió haber sido una suerte de festejo, pero no lo fue ni podía serlo. Aunque habíamos cursado juntos todo el semestre, en una asignatura distinta a todas las que habíamos tenido, y aunque nuestras vidas se habían transformado, nos faltaba alguien. Y ahora que habían encontrado a André, la ausencia de Sierra era inaceptable. El último día, su falta se podía sentir con más fuerza alrededor de la mesa ovalada de roble. Yo la sentía más aún.

La Sra. Quenell sabía lo alterados que estábamos y ella también lo estaba. Sin embargo, igual había traído una caja de dulces, que colocó sobre la mesa.

–Pastelitos de terciopelo rojo, para que hagan juego con sus diarios de cuero rojo. –Cuando abrió la caja, solo había cuatro *cupcakes*: uno para cada uno.

–Gracias, Sra. Q –dijo Casey, porque no quería que quedáramos como maleducados.

–Sé cómo se sienten –explicó la profesora–. Y créanme que yo siento lo mismo.

André Stokes había sido una historia muy importante en las noticias. Por teléfono, mis padres me interiorizaron de lo que habían leído por Internet y lo que habían visto por televisión. Como era obvio, nosotros no teníamos acceso a nada de eso excepto al periódico, que llegaba a El Granero a primera hora de la mañana.

–Debería estar en su casa con su hermano –señalé casi como en un lamento.

–Es cierto –coincidió la Sra. Quenell.

André y Sierra se necesitaban mutuamente. El cautiverio debía haber sido muy oscuro. Ni siquiera podía llegar a imaginarme cuán aterrador. André tendría "un largo camino por recorrer", como afirmaban siempre los especialistas. Pero, al menos, existía un camino. La familia lo amaba, y eso, con el tiempo, tenía que ayudarlo. Si bien no era ninguna experta en el tema, sí sabía que Sierra y André siempre habían sido muy unidos. Si estuvieran en su casa juntos, podrían ayudarse entre ellos; estaba segura de eso.

–¿Sabe algo, Sra. Q? –dijo Griffin a continuación–. Como se trata de la última clase, voy a atreverme a hacerle una pregunta. Nadie va a estar de acuerdo, pero lo lamento, chicos. Tengo que hacerlo.

–Espera –dijo Marc–. ¿Qué...?

–Ella puede pensar lo que quiera, Marc. A esta altura, ya me importa una mierda –exclamó Griffin–. Perdón por el lenguaje –agregó de inmediato. Me quedé esperando para ver a dónde pensaba llegar. Últimamente, Griffin hablaba mucho más abiertamente–. Sra. Q –comenzó, enderezándose en el asiento–, ¿sabe lo que ocurre cuando escribimos en nuestros diarios? ¿Lo sabe *realmente*?

El costado de la cara de Griffin comenzó a latir y tuve la sensación de que estaba tan impresionado como nosotros de haberle formulado esa pregunta. Era temerario de su parte. Pero ya se nos habían agotado las ideas y nos encontrábamos en un momento crítico. Había llegado la hora de la verdad, o como quieran llamarlo. La asignatura estaba por concluir para siempre y Sierra continuaba en Belzhar.

El silencio se prolongó y pareció interminable. Nadie apartaba los ojos del rostro de la Sra. Quenell que, al principio, se mostró neutral, luego pareció que trataba de endurecerse y, de repente, se suavizó. Finalmente, se quebró.

–Sí –respondió–. Lo sé.

No podíamos creerlo. Todavía no estaba segura de que estuviéramos hablando de lo mismo.

–¿Y usted lo planeó? –indagó Griffin.

La Sra. Quenell se puso a jugar con el reloj haciendo girar el brazalete incesantemente alrededor de su angosta muñeca. Griffin la había puesto nerviosa.

–No fue así –contestó–. De la forma en que tú lo planteas, parece algo retorcido. No lo es. No lo fue. En absoluto.

–¿Y entonces qué puede decirnos? –insistió.

En realidad, estábamos rogándole. Le rogábamos a la Sra. Quenell, una mujer mayor de la que sabíamos muy poco, excepto que era una gran profesora y una persona íntegra. No iba a permitir que nos sintiéramos abrumados por el peso de nuestros problemas ni nos trataría como niños. Ella nos respetaba aun cuando nos odiáramos a nosotros mismos y a todo el mundo, y creyéramos que ya nada volvería a estar bien.

Y ahí estábamos, en nuestro último día. En menos de cuarenta minutos, nos dejaría para siempre, pero antes teníamos que averiguar qué sabía ella exactamente y qué significaba todo eso.

De modo que nos lo contó.

–En verdad, se trata de una historia personal –comenzó–. No la revelé nunca a ninguno de mis alumnos, aunque me han preguntado muchas veces qué era lo que yo sabía o dejaba de saber.

"Antes que nada, debo decirles que yo no "sé" cómo es exactamente la experiencia de escribir en los diarios. La experiencia es de ustedes y no mía. Y yo no quería involucrarme demasiado, porque eso podría atraer la atención sobre la asignatura y lastimar a mis alumnos. De modo que realicé un acto de malabarismo agotador durante mucho tiempo. Pero mañana me marcho de aquí para siempre. Y antes de irme, contra lo que me dicta mi sentido común, les contaré lo que sé que, me temo, no es demasiado.

"Empezaré por una pequeña historia, que considero relevante –se detuvo abruptamente y la pausa se prolongó tanto que pareció que había cambiado de opinión. Sin embargo, prosiguió–. Cuando tenía aproximadamente la edad que tienen ustedes, atravesé un momento muy difícil. Supongo que podría llamarlo "una crisis emocional".

Ah. *Ese* tipo de dificultad.

Algunas personas de esa escuela sabían bastante de ese tema.

–Me enviaron a un hospital psiquiátrico cerca de Boston –continuó–. Y, mientras estuve ahí, me mantuve muy

apartada. Luego, un día, llegó una paciente un poco mayor que yo, una chica universitaria. Hablaba muy raramente, pero todos los días, a la hora en que tomábamos la medicación, las enfermeras nos llamaban por nuestros nombres y apellidos y yo presté atención a su nombre, porque me pareció inusual. Nunca hablamos realmente salvo una vez en que estábamos cenando y le pasé una fuente de comida y ella dijo: *Gracias, Veronica*. Sabía cómo me llamaba y, por un segundo, me miró de esa forma en que una persona más grande y más sabia a veces mira a una más joven. Con amabilidad y sin arrogancia.

Es cierto, pensé. *Esa es la manera en que la Sra. Quenell nos mira a nosotros a menudo.*

–¿Sabe qué fue de ella, Sra. Q? –pregunté.

Se volvió hacia mí como quien estuviera haciendo un esfuerzo para concentrarse en el aquí y el ahora.

–Sí. Se puso mejor. Y yo también. Y probablemente nunca me habría enterado de eso ni pensado nuevamente en ella porque no me agradaba pensar en aquel momento tan doloroso de mi vida.

"Pero, años después, cuando estaba recién casada y era una muy joven profesora de El Granero, me topé con un poema en la revista *The New Yorker* y tuve una revelación. Era *ella*. Yo estaba tan feliz de que hubiera podido superar esa época oscura y hacer algo con su vida, convertirse en una escritora –la Sra. Quenell hizo una pausa–. Y luego, varios años después de haber visto por primera vez ese poema, leí que había muerto y me puse muy triste. Era muy joven. Tenía solamente treinta años. Tal vez ahora eso no les parezca muy joven, pero algún día les parecerá.

Al escuchar la historia de la profesora, sentí que brotaba en mí una sensación de reconocimiento pero, al principio, pensé que estaba confundida y me obligué a esperar, a tratar de absorber todo lo que ella decía.

–Y después de un tiempo –relató–, salieron a la luz los detalles de su muerte –que se había suicidado– y, con los años, la historia atrajo mucha atención y muchas personas se sintieron afectadas por su vida y por su trágica muerte. Y más que nada, claro, por su obra.

–Plath –murmuró Casey.

La Sra. Quenell asintió y volvió a mirar por la ventana, y su vista se perdió en el nebuloso paisaje nevado y en el lúcido pasado.

–Sí –admitió. De pronto, pareció mucho más vieja–. Tenía un talento extraordinario, como ustedes bien saben.

Nadie dijo una sola palabra. Estábamos impactados pensando en que Sylvia Plath, esa escritora a quien nos referíamos tan naturalmente en esa mesa como "Plath", no era solamente alguien a quien habíamos estudiado y sentíamos que conocíamos, sino también alguien a quien nuestra profesora había conocido, al menos un poquito, hacía mucho tiempo.

–Pero ella sufría de depresión –explicó la Sra. Q.– y, en esa época, no existían los conocimientos ni la medicación que hay ahora. Aunque todavía existe mucha gente que sigue perdida, entonces todo era distinto y el tema prácticamente no podía hablarse en público. Se pensaba que la depresión era un signo de debilidad.

"Con el tiempo, se publicaron sus diarios. Y, a través de ellos, se vio claramente que Plath creía en dejar

todo por escrito. Parecía que su lema fuera "Las palabras son importantes". Y yo también creo que eso es verdad. Cualquiera que se convierta en un experto en Plath, como lo son todos ustedes, se puede dar cuenta de que ella tenía, por sobre todas las cosas, una voz propia.

Sí, es cierto. Cuando leo a Sylvia Plath, siempre escucho su voz dentro de mi cabeza, pensé.

Sin embargo, ella no había podido regresar de todo ese sufrimiento, de ese lugar al que había ido.

Sentí mucha pena por ella. Esa escritora se había callado hacía mucho tiempo, esa persona cuya voz yo escuchaba aun mientras me alejaba de todo lo que yo misma había sufrido.

–Un día –contó la Sra. Quenell–, se me ocurrió darles a mis alumnos sus propios diarios para que escribieran en ellos. Mientras me hallaba comprando antigüedades con Henry, mi difunto marido, adquirí una caja de diarios al por mayor en una tienda cercana a esta escuela, que ya no existe. Pensé que anotar sus sentimientos podría resultarles de gran ayuda, además de las lecturas y la escritura de ensayos que yo exigía.

–¿Y los ayudó? –preguntó Marc.

–Eso pareció –replicó la Sra. Quenell–. Los alumnos decían que los diarios les cambiaban la vida. Irrumpían en clase y charlaban animadamente acerca del poder que tenían. Al principio, yo pensaba que estaban hablando metafóricamente pero, después de un tiempo, me convencí de que era más que eso. Me llevé uno de los diarios vacíos a mi casa y yo misma escribí para ver qué ocurría.

"Pero no me sucedió nada raro, de modo que me sentí confundida. Tal vez, yo no *necesitaba* el diario de la misma manera en que lo necesitaban mis alumnos; como los necesitan ustedes. Comencé a pensar que los diarios solamente liberaban su supuesto poder en las circunstancias correctas. Claro que creer en algo así va en contra de todo lo que me enseñaron, contra la forma práctica en que funciona el mundo.

"Y, sin embargo –prosiguió–, uno tras otro, mis alumnos intentaban explicarme que algo les estaba sucediendo. Al principio, me mostré escéptica y luego me asusté. Pero después noté que mejoraban. Escribir en los diarios realmente parecía ser una forma de liberación. ¿Y qué daño podía hacerles? Yo no podía entender bien lo que les estaba sucediendo, pero todos me aseguraron que la experiencia les había cambiado la vida, y para bien. De modo que los dejé continuar.

–A la mierda –comentó Griffin, que se estaba extralimitando un poco aunque ya no importaba–. ¿Con qué criterio elige a sus alumnos? –preguntó.

–Todos los años –explicó–, estudio las historias de los estudiantes y trato de formar un grupo en el que todos tengan los mismos tipos de escollos. Y luego los combino con algún escritor que pudiera ayudarlos. Un año, tuvimos un grupo de chicos muy inquietos y angustiados y estudiamos a J. D. Salinger. Fue un buen año, aunque todos hablaban *realmente* demasiado y no se escuchaban entre sí.

"Otro año –prosiguió enunciando –, los alumnos necesitaban ser más autosuficientes, entonces leímos a

Ralph Waldo Emerson. Y ustedes se encontraban en medio de un millón de cosas y, sin embargo, estaban aislados. Plath parecía ser una muy buena opción. Pero no fueron solamente los diarios los que provocaron el cambio, no lo creo. También es importante la forma en que los miembros del grupo se relacionan unos con otros... la forma en que hablan sobre libros, autores y sobre sí mismos. Y no solo sobre sus problemas sino también sobre sus pasiones. La manera en que forman una pequeña sociedad y conversan acerca de lo que les importa. Los libros encienden el fuego: se trate un libro ya escrito o de un diario vacío al que hay que llenar. Creo que todos saben de qué estoy hablando –concluyó.

–Sí –repuse. Pero luego recordé a Sierra–. A veces –agregué indecisa–, las clases –o al menos los diarios– no son seguros para todos.

–Te estás refiriendo a Sierra –dijo la Sra. Quenell, la voz repentinamente cansada, y yo asentí–. ¿Estás segura de que eso fue por el diario? –Asentí otra vez–. Temía que fuera así.

–Sierra quedó *atrapada* allí, Sra. Q –señalé–. Encontró una forma de *quedarse* y, al principio, todos respetamos su elección...

–Pero *ahora* –intervino Casey–, no podemos traerla de regreso para contarle que André está bien.

–Nunca había pasado que alguien se quedara –comentó la Sra. Quenell en un levísimo susurro.

Fue la primera vez que percibí que ella realmente comprendía lo sucedido. Sabía lo que podría significar "quedarse". La Sra Quenell creía en serio que existía otro lugar al que se accedía solamente a través de los diarios. Lo *comprendía*.

–En todos los años que he dado Temas Especiales de la Literatura –explicó–, todos han entregado los diarios el último día de clase y han seguido adelante y han progresado –mientras hablaba, se veía sumamente pálida–. Pero esta vez, temo haber sido la causante de que haya sucedido algo terrible. Debería contárselo ya mismo al Dr. Gant –se puso de pie con vacilación–. Informarle acerca de lo que estuve haciendo todos estos años mientras me habían confiado sus mentes. Debería entregarme. Podría haber... un tribunal. O como quieran llamarlo.

–No –exclamamos al unísono–. *Espere.*

Todos estábamos alarmados. La Sra. Quenell tenía todo preparado para jubilarse, para viajar, y ahora sus planes parecían a punto de destruirse. No podía soportar que se sintiera culpable de lo que le había sucedido a Sierra.

–No es su culpa –señalé rápidamente–. Usted siempre trató de hacer el bien. Y lo hizo, Sra. Q. Supongo que lo que le ocurrió a Sierra es un caso extraño. Usted es una profesora maravillosa. No hable con el Dr. Gant. No va a cambiar nada. No ayudará a Sierra. Él no forma parte de esto. Esto es... *de nosotros* –afirmé.

Y en verdad lo era. Era nuestra historia y de nadie más.

La Sra. Quenell se calmó y estuvo de acuerdo en que no le contaría nada a nadie.

–¿Saben algo? Yo siempre tuve la idea, en el fondo de mi mente, de que enseñaría Sylvia Plath a mi último grupo

de alumnos. Y después de eso ya no daría más clases. Hubo algunos años en que *casi* consideré la idea de hacerlo, pero no era el momento indicado y, además, yo realmente quería esperar. Y luego este año, aparecieron todos ustedes, y supe que era el grupo indicado, el momento indicado.

Temas Especiales de la Literatura estaba por concluir para siempre. Me quedé muda por la emoción, porque sabía que nunca más nos sentaríamos todos juntos en esa mesa y que la Sra. Quenell pronto se marcharía. Y me sentía así por lo que me había sucedido, porque me había liberado de tantas cosas y había logrado cambiar.

Y también me sentía así por Sierra. Abandonarla en Belzhar era inaceptable, pero no nos quedaba otra alternativa.

Al final de la clase, después de haber comido los pastelitos de terciopelo rojo y entregado los diarios, incluido el de Sierra, y de haber hecho una ronda de preguntas y respuestas sobre Sylvia Plath –algo un poco morboso pero divertido–, la profesora echó un vistazo al reloj y anunció:

–Me temo que ya es hora de que los deje ir. –Nos fue mirando uno por uno. Otra vez aparecía esa *atención* tan propia de ella, como si no existiera nadie más que la persona a quien estaba observando.

"Quiero decirles lo orgullosa que me siento de todos ustedes –destacó–. Lamento tanto que se vayan con cierta tristeza. Lo que le ocurrió a Sierra también me pone triste a mí. Pero se van más fuertes de lo que estaban. Y, de alguna manera, estoy segura de que saben cosas que antes desconocían.

¿Qué era exactamente lo que yo sabía ahora? Traté de hacer una lista en mi cabeza, como probablemente haría Marc.

Sabía cuál era la verdad sobre Reeve: eso era muy importante. En realidad, siempre había sabido cuál era la verdad, pero no podía aceptarla.

Y también sabía que el dolor podía parecer un lazo infinito. Jalabas de él y, mientras lo recogías, te resultaba imposible creer que pudiera aparecer algo distinto cuando terminaras de enrollarlo. Algo que no fuera todavía más dolor y sufrimiento.

No obstante, siempre había algo distinto al final. Al menos, un poquito distinto. No sabías qué podía ser, pero ahí estaba.

Yo había aprendido todo eso en Temas Especiales de la Literatura; la Sra. Q me lo había enseñado.

–Y también quiero que sepan –prosiguió– que a pesar de lo que dice en ese horrendo folleto que entrega la escuela por motivos que me resultan *insondables*, yo no considero que ustedes sean "frágiles". Sumamente inteligentes, sí. Emocionalmente frágiles, no. Creo que existen palabras mejores para describirlos.

"Están todos equipados para enfrentar el mundo y la adultez mucho mejor que la mayoría de la gente –continuó–. Muchas personas no entienden qué les ocurre cuando crecen. Se sienten aplastadas apenas algo les sale mal y dedican el resto de su vida a tratar de evitar el sufrimiento a cualquier costo. Pero ustedes ya saben que es imposible evitar el sufrimiento. Y creo que saber eso, además de haber pasado por las experiencias que tuvieron que atravesar, los convierte en personas que no son, justamente, frágiles. Los hace valientes.

Deseaba acercarme a ella, llorar contra su hombro de seda, agradecerle y asegurarle que todo estaría bien. Deseaba poder contarle todo lo que me había sucedido durante ese semestre y durante el año anterior. Ella había leído mi ficha, pero le faltaba el panorama completo. Quería hablarle de Reeve y de lo que sabía ahora pero no sabía entonces. Pero la Sra. Quenell era una mujer mayor, que había sido profesora de secundaria durante mucho tiempo, y estaba cansada, y orgullosa de nosotros, y muy preocupada por Sierra. Se merecía una despedida calma y digna.

De modo que todo lo que dije fue:

–Gracias, Sra. Querell. –Y los demás también agradecieron.

–Quiero que pasen unas vacaciones fantásticas –agregó mientras se colocaba el abrigo gris– y un maravilloso fin del año escolar. Son unos jóvenes magníficos. Estoy ansiosa por ver lo que harán con sus vidas.

Luego cerró la hebilla de bronce del portafolio, que ahora contenía nuestros diarios, y se puso de pie. Esa elegante mujer con el perfecto rodete blanco y el diminuto reloj de oro nos saludó por última vez y salió del aula a paso lento. Era la primera vez que se marchaba antes que nosotros pero, ese día, era lo que correspondía hacer.

Anonadados, permanecimos sentados durante algunos minutos.

–Supongo que eso fue todo –dijo finalmente Marc.

–No, no es *todo* –exclamé–. ¿Qué pasa con Sierra?

¿Acaso vamos a dejarla ahí? –Me di cuenta de que sonaba patética y repetitiva. No teníamos ninguna idea nueva y nadie sabía qué decir. Casey hizo lo que solían hacer las chicas para expresar su solidaridad con las amigas: me apretó la mano. Fue como si quisiera decirme *Jam, estoy aquí a tu lado para ayudarte.* Y yo lo valoraba, pero la única forma en que podía estar realmente a mi lado era ayudándome a recuperar a Sierra. Y ninguno de nosotros sabía cómo hacerlo.

Finalmente, todos abandonamos el aula. Casey se estiró desde la silla de ruedas y pasó la mano por el interruptor de la luz. Aunque todos estaríamos en El Granero durante otro semestre más, Temas Especiales de la Literatura ya habría terminado. La experiencia se cerraría como una falla geológica y algo tan importante para nuestras vidas parecería no haber sucedido nunca.

No seríamos más que cuatro chicos que habían compartido la misma asignatura durante el primer semestre. Quizá nos reuniríamos de vez en cuando o nos veríamos por la escuela y nos diríamos cosas como: *Hey, ¿cómo va todo?, ¿qué tal la clase de Historia?, ¿cómo anda el coro?, ¿vas a actuar en la obra de teatro?* Pero no sería lo mismo.

Incluso Griffin y yo: no había forma de saber qué habría de suceder con nosotros. Todo era muy nuevo e incierto, y quedaban tantas cosas por averiguar. ¿Éramos buenos el uno para el otro? ¿Éramos compatibles? Quién podía saberlo. Lo que sí sabíamos era que nos encantaba estar juntos. En ese momento, eso era indiscutible.

Afuera, en el sendero frente al edificio de la escuela, después de que todos se marcharon, Griffin y yo nos demoramos un poco más y yo apoyé la cabeza en su hombro.

–Adelántate –le dije–. Quiero caminar un ratito más.

No me cuestionó el pedido sino que me besó, hizo un gesto de saludo con la cabeza y se alejó por el sendero. Todavía daba grandes zancadas al caminar, como si fuera a salir corriendo. Podría observarlo durante horas, pero tenía varias cuestiones en que pensar.

Más allá de la lista que había hecho en mi cabeza hasta ese momento, ¿qué más había aprendido en Temas Especiales de la Literatura? La gente hablaba todo el tiempo de que ya no era necesario leer, que la Literatura no ayudaba a cambiar el mundo. Al parecer, todos debían aprender a hablar mandarín y a programar computadoras. Una mayor cantidad de jóvenes deberían dedicarse a las cuatro disciplinas académicas más requeridas, como Ciencia, Tecnología, Ingeniería y Matemáticas.

Y si bien todo eso sonaba cierto y razonable, no se podía afirmar que lo que se aprendía en la clase de Literatura no fuera importante, que las buenas obras literarias no cambiaran al mundo.

Yo había cambiado. Era difícil explicarlo con palabras, pero era verdad.

Las palabras eran importantes. Eso era, básicamente, lo que la Sra. Quenell venía diciendo desde el comienzo. Las palabras *eran importantes*. Durante todo el semestre, habíamos estado buscando las palabras apropiadas para expresar lo que necesitábamos decir. Todos habíamos estado buscando nuestra propia voz.

Me detuve en el sendero frío y entorné los ojos para

observar los árboles esbeltos y quietos que se recortaban contra el cielo brillante. Desnudos, hasta que llegara su gran momento y comenzaran a brotar, para lo cual todavía faltaban varios meses. Era como si estuvieran hibernando, esperando la llegada de la primavera. Como si se hubieran marchado y estuvieran esperando en algún lugar, al igual que Sierra.

Ella también necesitaba brotar, ponerse verde y volver a vivir. Lo necesitaba igual que todos nosotros. ¿Pero qué podía hacer yo para dárselo? ¿Cómo podía encontrar las palabras necesarias?

Cuando le había pedido a la enfermera del hospital que le gritara a Sierra que saliera de Belzhar, había deseado tanto que resultara, de la misma manera que había resultado cuando Griffin me había dicho a *mí* que saliera de Belzhar y yo había emergido a los tumbos de esa versión loca y con cabras y regresado a él. Pero, lamentablemente, con Sierra no había funcionado.

Yo había encontrado en El Granero lo que necesitaba decir. Pero, tal vez, no solo las palabras eran importantes. Existía también esa otra cuestión a la que se había referido la Sra. Quenell ese mismo día: la voz. No solo importaba *qué* decías sino también *quién* lo decía.

Era importante a quién pertenecía esa voz.

Deprisa, di media vuelta y regresé al dormitorio lo más rápido que pude, mi respiración visible en el aire, los pies golpeando el piso con estrépito. Afortunadamente, no había nadie en el teléfono. Ese mismo maldito teléfono por el cual había hablado con mi madre mucho tiempo atrás suplicándole que me permitiera volver a casa. Entonces, no sabía nada. No sabía que si insistías, si te esforzabas todo lo que podías para encontrar algún tipo de paciencia en medio de tu impaciencia, las cosas podían cambiar. Era duro e increíblemente caótico, pero no había forma de evitar ese caos.

Tenía el teléfono de la casa de Sierra, que ella me había dejado escrito en un trozo de papel antes de las vacaciones de Acción de Gracias. Marqué el número y transcurrió bastante tiempo antes de que alguien contestara. Era un hombre, cansado y cauteloso. Desde que habían encontrado a André, los Stokes seguramente habían recibido constantes llamadas de reporteros y de personas dementes.

–¿Habla el Sr. Stokes? –pregunté apurada, y luego continué hablando–. Soy Jam, la amiga de Sierra de El Granero, en Vermont. ¿Tal vez ella le habló de mí?

–Sí –respondió con un suspiro–. Sé quién eres. Sierra te apreciaba.

–Sr. Stokes –continué–. Estoy tan feliz por ustedes, porque encontraron a André. Es la mejor noticia del mundo. Pero sé que ahora parecería que Sierra también se fue. Y quizás usted piense que se marchó para siempre. Pero a mí se me ocurrió algo. No puedo explicarlo, sería muy complicado, pero me preguntaba si podría hacer un intento. Quería decirle algo para ver si lograba llegar a ella. Bueno, no sería *yo* quien se lo dijera.

–¿A qué te refieres? –preguntó.

–¿Podría hablar con André?

Hizo una larga pausa y escuché unos murmullos detrás. Finalmente, el Sr. Stokes regresó al teléfono y dijo que sabía que Sierra tenía una muy buena opinión de mí, por lo que estaba de acuerdo, y que esperara un momento.

Apoyó el teléfono y pasó un buen rato. Luego levantaron otra vez y escuché una voz monótona de adolescente.

–Hola.

–André, soy Jam, la amiga de Sierra y te llamo desde la escuela. Estoy terriblemente contenta de que hayas vuelto –hablaba rápido para estar segura de poder decir todo–. Escúchame, tú no me conoces –proseguí–, pero tengo que pedirte un favor muy extraño. Es importante. Sé que te parecerá una locura pero debes saber que no estoy loca.

–Espera un momento –comentó–. ¿No vas a la escuela adonde la enviaron a Sierra en Vermont? ¿El colegio para locos?

–Sí, voy a El Granero. Pero la mayoría de los que estamos aquí solamente tenemos algunos *problemas*, eso es todo. Tenía que hablar contigo porque sé algo. Algo importante que tal vez pueda servir –había silencio del otro lado de la línea pero yo seguí hablando–. André, tienes que ir a verla –dije– y hacerle saber algunas cuestiones. Por favor. Sierra cree que es mejor permanecer donde está. Pero no lo es. No puede ser lo mejor... quedarse estancada. Lo que quiero decir es que, aun cuando nunca te hubieran encontrado –y, gracias a Dios, sí lo hicieron–, ella igual podría haber regresado y enfrentado el mundo. Es mejor así. Lo sé por experiencia propia. Si regresa, yo sé que todo es incierto y, a veces, aterrador, pero también hay otras cosas. Y ella te tiene a ti. Se tienen el uno al otro. Y todo lo que el futuro les depare.

Hice una pausa y permaneció callado. Estaba segura de que no tenía idea de lo que yo estaba diciendo.

—André, ¿tienes papel y lápiz a mano? —pregunté—. Porque tienes que decirlo bien. Es importante que ella realmente *oiga* todas las palabras con claridad. Ve al hospital y quédate solo con ella junto a su cama... hazlo pronto, ¿de acuerdo? Ahora mismo, si puedes. *Deprisa*, ¿entiendes? Y pronuncia estas palabras: *Sierra, soy yo, André. Sal de Belzhar.*

Continuaba su terrible silencio.

—¿Lo anotaste, André? ¿Podrías repetírmelo para estar seguros de que lo entendiste bien?

Otra vez el silencio, y como se extendió durante tanto tiempo, tuve que decir algo:

—¿Hola? ¿André? ¿Sigues ahí?

Pero no hubo respuesta. Se había ido y yo no sabía cuándo había colgado ni tampoco si había escuchado lo que le había dicho.

capítulo 22

TODO OCURRIÓ MUY RÁPIDO. AL DÍA SIGUIENTE, cuando se suponía que debíamos partir por las vacaciones de invierno, alguien aporreó mi puerta a las seis de la mañana. Cuando abrí, me encontré a Jane Ann llorando con su bata fucsia y cortita.

Lo único que pensé fue: *¿Y ahora qué? ¿Qué más puede haber ocurrido?*

–Quería que fueras la primera en enterarte –dijo–. Sierra se despertó anoche tarde. –Jane Ann reía y lloraba al mismo tiempo.

André lo había hecho y había resultado.

Me permitieron anunciar lo de Sierra durante el desayuno. Hubo chillidos y aplausos en todo el salón. Obviamente, estaba desesperada por hablar con ella, pero no quería presionar a la familia. Supuse que Sierra se pondría pronto en contacto conmigo, pero no sabía cuán pronto. Imaginé a los miembros de la familia Stokes en su casa de Washington D.C. abrazados, sin querer separarse jamás.

En unas horas, estaría junto a mi familia. Después del anuncio, intenté desayunar pero estaba tan abrumada por las noticias de Sierra, por no mencionar la acumulación de todo lo que me había sucedido a mí y a todos los miembros del grupo, que apenas logré tragar un bocado. Le había hecho jurar a Jane Ann que se encargaría de que la Sra. Quenell supiera que Sierra había despertado, antes de que abandonara su casa para siempre.

Me quedé sentada en el comedor con una sensación similar a la que había experimentado el primer día de mi llegada a El Granero. A mi alrededor, se escuchaba el ruido de los platos, vasos y cubiertos y esa vibración tan característica del tostador industrial al lanzar otras seis rebanadas de pan tostado. La sala olía fuertemente a huevos, manteca y café. En ese momento, era demasiado para mí, demasiada estimulación y luminosidad, demasiado en que pensar. Envuelta en el suéter de Griffin, permanecí el banco aferrando una taza de té fuerte.

Descubrí que esperaba la llegada de mi familia con ansiedad. Sabía que pasarían pronto a buscarme y Griffin tenía pensado darse una vuelta por mi dormitorio para ver a mis padres y a Leo.

–Creo que es importante que me conozcan –explicó, y estuve de acuerdo, a pesar de que tenía una buena razón para sentirme nerviosa.

¿Qué pasaría si pensaban que yo había *exagerado* el interés que Griffin sentía por mí? ¿Y si ni siquiera creían que estábamos juntos?

No. Yo había cambiado. Con solo pasar cinco minutos con Griffin y conmigo, verían el enorme suéter que me agradaba llevar y las miradas que nos echábamos entre nosotros, que nada tenían que ver con ninguna de las personas que se hallaban presentes. Ellos se darían cuenta.

La noche anterior en el teléfono, mamá me había dicho que si quería regresar a Crampton para el segundo semestre, tal vez era el momento de hacerlo. Pero le dije que no, que prefería quedarme en El Granero al menos hasta que terminara el año. Mis amigos estaban aquí; mi vida estaba aquí. Ya tenía el horario de clases para el próximo semestre y un par de asignaturas se veían muy atractivas, incluyendo Teoría musical con una profesora nueva y joven. Y, obviamente, Griffin también estaría aquí.

Tal vez volvería a casa para cursar el último año de la secundaria. Era una posibilidad. El Granero podía resultar bastante sofocante. Desde mi llegada, no había pensado mucho en lo que sucedía en el resto del mundo.

Extrañaba navegar por Internet tarde en la noche y los mensajes de texto que iban y venían entre mis amigas y yo. Hasta extrañaba a esas amigas. Nunca averigüé por qué habían cortado Hannah y Ryan. Esperaba que ella se encontrara bien y lamentaba no haber estado a su lado cuando atravesaba un momento difícil de su vida. No sabía si alguna vez ella podría superar el hecho de que yo hubiera distorsionado todo tan torpemente. No la culpaba si no llegaba a olvidar lo que yo había hecho. Pero quizá lograríamos encontrar alguna manera de intentar ser realmente amigas o, al menos, de volver a tener una relación amistosa.

No sería fácil regresar a Crampton para el último año de la secundaria. Dana Sapol seguiría estando allí, y también Danny Geller y todos esos chicos salvo Reeve, por supuesto, que ya había regresado a Inglaterra. Nadie olvidaría la forma tan pública en que me había vuelto loca por un chico que apenas conocía. Y yo no sería capaz de explicarlo.

Sin embargo, si finalmente regresaba y alguien se acercaba a mí y me preguntaba qué había sucedido, tal vez cortaría la conversación abruptamente y afirmaría con calma: *La gente cambia.*

Sí. Sin lugar a dudas, terminaría ese año escolar en El Granero pero, en cuanto al año siguiente, tendría que pensarlo.

DJ tomaría un avión esa misma tarde para viajar a Florida. Ahora, en la mitad del día, nos hallábamos tumbadas en nuestras respectivas camas, tratando de matar el tiempo nerviosamente. La maleta lista, esperando que el auto de mis padres se detuviera frente a la residencia. Estaba atenta como un perro al chirrido de las ruedas sobre la nieve.

–¿Y qué piensas hacer durante las vacaciones? –preguntó DJ.

–Lo primero, dormir hasta tarde –respondí.

–Ah, yo también.

–Y comprarme ropa que no sea de franela –agregué–. Salir con mi hermanito –Leo: compañero de viaje a otros mundos–. Hablar con Griffin y Sierra. Comer pizza. Ese tipo de cosas.

–Suena bien –comentó DJ–. Y hablando de pizza, estoy muerta de hambre.

–¿Eso no será algún tipo de mensaje en código que significa "estoy a punto de darme un atracón"?

–No. Solo quiere decir "estoy muerta de hambre", casi no desayuné –contestó.

–Yo tampoco.

–Estoy un poco alterada –comentó DJ–. Rebecca y yo tuvimos una despedida muy emotiva. Sé que sus padres tratarán de lavarle el cerebro mientras esté con ellos. Le van a decir que ser lesbiana es simplemente una etapa de la vida. Espero que se mantenga firme. Firme y lesbiana.

–Estoy segura de que así será.

–Bueno, la cuestión es que tenía el estómago hecho un nudo durante el desayuno, razón por la cual apenas comí.

–DJ, ¿no tienes galletas escondidas en algún lugar? –pregunté.

–Sí.

–Pues búscalas.

Extrajo una caja de crackers de las profundidades de su escritorio mientras yo hurgaba dentro de mi cómoda y sacaba el frasco de dulce de Jamaica *Busha Browne's* de piña y jengibre, que había prometido no abrir en toda mi vida.

Observé la etiqueta y acaricié el vidrio liso y frío.

–Esto se supone que es muy bueno –afirmé, y luego, fingiendo una tranquilidad que no tenía, aferré la tapa y la giré. Emitió un sonido sorprendentemente agudo, como si no estuviera liberando solo aire sino algo más que había estado encerrado durante mucho tiempo y desesperado por salir.

Me senté en la cama con las piernas cruzadas, mirando a DJ, y me apoyé contra mi compañero de estudios.

Con un cuchillo ligeramente torcido robado del comedor, esparcí un poco de mermelada dorada sobre un par de galletas, una para ella y otra para mí. Cuando di el primer mordisco, el sabor dulce se extendió por mi boca... y me sorprendió.

agradecimientos

Mientras escribía este libro, tuve la suerte de estar rodeada de gente sabia y generosa. Me considero especialmente afortunada por haber sido la destinataria de los consejos y el conocimiento de Courtney Sheinmel, maravillosa escritora, lectora y amiga. Y también fue Courtney quien me presentó a su amiga, la escritora Julia Devillers, que no solamente realizó sugerencias provechosas sino que también me presentó a su hija Quinn Devillers, quien hizo muchos aportes, todos increíblemente inteligentes y útiles.

Emma Kress, una excepcional escritora y profesora, ofreció su propia sabiduría; y Adele Griffin, una escritora a quien admiro profundamente, fue una lectora temprana y atenta. Debo darle las gracias a Delia Ephron por su percepción, apoyo y amistad; y a Kaye Dyja por brindarme una perspectiva adolescente sincera y minuciosa. Y a Jennifer Gilmore por su ojo sensible, su amabilidad y todo lo demás. Y a Martha Parker por estar presente en cada etapa del camino. Y a mi madre, Hilma Wolitzer, por enseñarme todo lo que sabe acerca de escribir novelas. Y, por supuesto, a mi marido, Richard Panek, por su apoyo y amor. Gracias también a Laura Bonner de WME por todo su magnífico trabajo e inagotable entusiasmo.

También le estoy agradecida a Michelle Kutzler, Doctora en Veterinaria, que me regaló su tiempo para interiorizarme acerca de las sutiles distinciones de los partos de cabras. A mi agente, Suzanne Gluck, que no es versada (que yo sepa) en esta área en particular, pero sí sabe todo lo que hay que saber acerca de cómo ayudar a una escritora a lanzar un libro al mundo. A través de ella, me instalé con gran felicidad en la sección de Jóvenes Lectores de Dutton y Penguin, donde recibí la enorme amabilidad y el cuidado del genial Don Weisberg.

Por último, tengo una gran deuda de gratitud con mi editora, Julie Strauss-Gabel, a quien nunca voy a poder agradecer lo suficiente por sus reflexivas sugerencias, su paciencia y su completa genialidad. Sin los consejos de Julie, no existirían Belzhar ni *Belzhar*.

SOBRE LA AUTORA

Nina Subin

Meg Wolitzer es la autora de *The Interestings*, *The Uncoupling*, *The Ten-Year Nap*, *The Position* y *La esposa*, todos para público adulto. Para niños, ha publicado *The Fingerstips of Duncan Dorfman*. Sus relatos breves han aparecido en *The Best American Short Stories* y en *The Pushcart Prize*.

The Interestings fue elegido como Libro de Año por *Entertainment Weekly*, la revista *Time* y *Chicago Tribune*.

Meg siempre se destaca por las críticas que recibe, los galardones, y por ser autora best seller de *New York Times*.

Belzhar, su novela para jóvenes lectores, no es la excepción.

Vive en Nueva York con su familia.

Las mejores historias están en V&R

**CARTAS DE AMOR
A LOS MUERTOS**
Ava Dellaira

POINTE
Brandy Colbert

FUERA DE MÍ
Sharon M. Draper

**EL CHICO SOBRE LA CAJA
DE MADERA**
Leon Leyson

YO FUI ESCALVA
Shyima Hall

¡Tu opinión
es importante!

Escríbenos un e-mail a
miopinion@vreditoras.com
con el título de este libro en el "Asunto".

CONÓCENOS MEJOR EN:
www.vreditoras.com

MÁS INFORMACIÓN EN:
facebook.com/VREditorasYA